**Clube do Crime** é uma coleção que reúne os maiores nomes do mistério clássico no mundo, com obras de autores que ajudaram a construir e a revolucionar o gênero desde o século XIX. Como editora da obra de Agatha Christie, a HarperCollins busca com este trabalho resgatar títulos fundamentais que, diferentemente dos livros da Rainha do Crime, acabaram não tendo o devido reconhecimento no Brasil.

# O CAVALO
# COR-DE-ROSA

Dorothy B. Hughes

Tradução
Giu Alonso

Rio de Janeiro, 2023

Copyright © 1946 por Dorothy B. Hughes
Copyright da tradução © 2023 por Casa dos Livros Editora LTDA.
Todos os direitos reservados.
Título original: *Ride the Pink Horse*

Todos os direitos desta publicação são reservados à Casa dos Livros Editora LTDA. Nenhuma parte desta obra pode ser apropriada e estocada em sistema de banco de dados ou processo similar, em qualquer forma ou meio, seja eletrônico, de fotocópia, gravação etc., sem a permissão do detentor do copyright.

Publisher: *Samuel Coto*
Editora executiva: *Alice Mello*
Editora: *Lara Berruezo*
Editoras assistentes: *Anna Clara Gonçalves e Camila Carneiro*
Assistência editorial: *Yasmin Montebello*
Copidesque: *Julia Vianna*
Revisão: *Suelen Lopes e Cindy Leopoldo*
Design gráfico de capa: *Giovanna Cianelli*
Projeto gráfico de miolo: *Ilustrarte Design e Produção Editorial*
Diagramação: *Abreu's System*

---

Dados Internacionais de Catalogação na Publicação (CIP)
(Câmara Brasileira do Livro, SP, Brasil)

Hughes, Dorothy B.
  O cavalo cor-de-rosa / Dorothy B. Hughes ; tradução Giu Alonso. – Rio de Janeiro, RJ : HarperCollins Brasil, 2023.
  (Clube do Crime)

  Título original: Ride the Pink Horse.
  ISBN 978-65-6005-026-6

  1. Ficção policial e de mistério (Literatura norte-americana) I. Título. II. Série.

23-155875                                    CDD-813.0872

Índices para catálogo sistemático:
1. Ficção policial e de mistério : Literatura norte-americana   813.0872

Tábata Alves da Silva – Bibliotecária – CRB-8/9253-0

---

Os pontos de vista desta obra são de responsabilidade de seu autor, não refletindo necessariamente a posição da HarperCollins Brasil, da HarperCollins Publishers ou de sua equipe editorial.

HarperCollins Brasil é uma marca licenciada à Casa dos Livros Editora LTDA.

Todos os direitos reservados à Casa dos Livros Editora LTDA.
Rua da Quitanda, 86, sala 218 – Centro
Rio de Janeiro, RJ – CEP 20091-005
Tel.: (21) 3175-1030
www.harpercollins.com.br

## Nota da editora

Dorothy B. Hughes nasceu em Kansas City em 1904, estudou na Universidade do Novo México e na Universidade Columbia e publicou seu primeiro livro, *The So Blue Marble*, em 1940. Ela teve no total catorze livros publicados ao longo da vida, dos quais três foram adaptados para o cinema, incluindo *O cavalo cor-de-rosa*, intitulado *Do Lodo Brotou uma Flor* (1947), estrelado e dirigido por Robert Montgomery.

 *O cavalo cor-de-rosa*, nossa tradução para *Ride the Pink Horse*, foi lançado em 1946. Com personagens corruptos ou de caráter duvidoso, e ambientada na cidade de Santa Fé, na Califórnia, a obra mistura elementos que vão além do mistério e da investigação, por vezes policial, outras feitas pelo próprio protagonista, e acontece durante os três dias da celebração conhecida como Fiesta, uma comemoração da reconquista espanhola daquele território. Em 1924, teve a figura de Zozobra, o *Old Man Gloom*, um boneco marionete gigante inventado pelo artista William Howard "Will" Shuster. Desde então, Zozobra, simbolizando toda a melancolia e a tristeza do ano anterior, é queimado em uma grande celebração pública.

 Dividida em três partes, uma para cada dia da festividade, grande parte da obra se passa nas ruas, principalmente porque Sailor, um gângster e "secretário" confidencial do senador Willis Douglass, não consegue encontrar um lugar para se hospedar. Ao contrário dos clássicos da literatura *noir*, o protagonista não encontra ruas desertas ou mansões mal-assombradas. Em vez disso, é a própria multidão que torna sua permanência na cidade um tanto quanto fantasmagórica. Sailor é apenas mais um entre os indígenas, os espanhóis e homens brancos que frequentam a Fiesta. Seu olhar volta-se constantemente para tais figuras, e então parece ser ele mesmo o espectro que, em meio à multidão, é invisível, tornando-o um emblemático observador.

É a partir do testemunho do protagonista que o leitor conhece as nuances de seu senso de pertencimento — ou de não pertencimento. Por meio do narrador, conhecemos seus pensamentos e descobrimos a razão de a visita a Santa Fé despertar nele memórias traumáticas, explicando por que a adequação é um elemento essencial de sua história. Dormindo nas ruas, vendo homens e mulheres indígenas confraternizando com os espanhóis durante a Fiesta enquanto, em dias comuns, nutrem desgosto uns pelos outros, Sailor se sente um forasteiro por não fazer parte de qualquer um dos grupos. A linguagem é o meio escolhido por Hughes para comunicar a percepção de seu protagonista.

Ofensivo para dizer o mínimo, Sailor não poupa palavras de cunho racista e xenófobo para se referir àqueles forasteiros em seu país que fazem com que ele mesmo se sinta um durante a Fiesta. Por transmitirem com precisão esse sentimento, nesta edição, as palavras foram mantidas para preservar a escolha da autora sobre como retratar o personagem.

Um homem de seu tempo, além de tudo, Sailor é corrompido por suas origens, por sua infância miserável, pelo corrupto senador Willis Douglass; é, também, alguém que acredita que a vida lhe deve muito mais do que o concedido. Se o que o nutre é ambição, ganância ou justiça, e se isso será sua ruína ou a escada para sua ascensão, caberá ao leitor decidir após perpassar a nebulosa linha entre o certo e o errado, entre aquilo que torna Sailor um homem mundano em seu sentido mais decadente, mas também mais humano.

Dorothy B. Hughes faleceu em 1993 como uma das poucas escritoras que alcançaram tamanha relevância no gênero, deixando uma imensa contribuição para a literatura de mistério e *noir*. Com apenas uma obra publicada no Brasil, *No silêncio da noite,* pelas editoras L&PM e Círculo do Livro, o Clube do Crime apresenta a primeira edição de *O cavalo cor-de-rosa*, com tradução de Giu Alonso e posfácio de Cristhiano Aguiar.

Boa leitura!

# O CAVALO COR-DE-ROSA

# PARTE UM

Zozobra

## CAPÍTULO 1

Ele chegou no ônibus das cinco. Estava nos assentos do fundo e não se apressou. Permaneceu ali, sentado, somente os olhos se movendo, enquanto os outros passageiros se apertavam na dianteira do veículo. Seus olhos se moviam sem parecer se mover, indo das janelas à direita, onde estava sentado, e atravessando o corredor até as janelas à esquerda. Ele não viu conhecidos, nem sequer alguém que parecesse vir da cidade grande.

Uma cidadezinha do interior. Ele não gostava do interior. Esticou as pernas para se livrar das cãibras, deslizou pelo banco e saiu para o corredor assim que possível, como se fizesse parte do bando apressado sem realmente fazer. Só alguém atento, como ele, perceberia que estava sozinho. Os caipiras com quem viera de Kansas City, atravessando planícies e montanhas, não perceberiam. Os jecas largados na plataforma de concreto daquela rodoviária ridícula não perceberiam. Foi por força do hábito que ele enfiou a mão direita no bolso do casaco ao descer do ônibus, não por nervosismo. Ele não ficava nervoso; cauteloso, sim, mas não nervoso.

Não havia conhecidos. Ele deu a volta até a traseira do ônibus, onde um babaca metido à besta em um macacão cáqui sem graça tirava as bagagens do compartimento de carga e largava as malas no concreto. O gado estava parado como gado, esperando.

Ele não fez o mesmo. Seguiu até a pilha e arrancou de lá sua velha valise. O babaca metido à besta começou a gaguejar. O babaca era um *cucaracha* com o cabelo coberto de brilhantina; tinha mais é que levar uma surra. Sailor tirou o tíquete do bolso esquerdo e enfiou no bolso do macacão do babaca. Mas não era nem a hora nem o lugar para descer a mão em alguém. Ele não queria acabar no xilindró; os caipiras às vezes eram difíceis de lidar. Especialmente com estranhos. Além disso, não queria que ninguém percebesse sua chegada. Queria ser uma surpresa, um pacotinho surpresa para o Senador.

Um esgar surgiu em sua boca enquanto caminhava. Teria bastante tempo para lidar com babacas metidos depois que lidasse com o Senador. Sua boca não estava mais se movendo quando ele entrou pisando firme na rodoviária caindo aos pedaços.

Sua valise estava pesada demais. Puxava para baixo a mão e o ombro esquerdos. A mão direita, como de hábito, estava no bolso. Não precisava dela no momento.

A pequena rodoviária estava coberta de lixo e fedendo a gente mal-lavada. Mas não estava cheia, só havia algumas pessoas nos bancos imundos. Em um deles, duas índias. Elas tinham caras largas e chatas, o cabelo como de bonecas holandesas, com uma franja cheia que chegava aos olhos pretos reluzentes, visíveis logo acima das orelhas. As duas eram bem gordas, cobertas de tecidos grosseiros verdes, azuis e cor-de-rosa, uma cor diferente para cada saia e anágua. Uma pele-vermelha tinha na cabeça um xale roxo bordado com flores em um rosa chamativo. O xale da outra era laranja e verde que nem uma abóbora de Halloween. As mulheres pareciam pobres e suadas, mas usavam uma abundância de joias, brincos de prata e correntes pesadas de prata e turquesa, muitas correntes e braceletes pesados, muitos braceletes grossos de prata e turquesa nos pulsos marrons largos. Elas pareciam saídas de um circo, mas ele não riu. Havia algo nelas que não lhe deu vontade de rir. Eram as primeiras índias que ele via.

Em outro banco havia mais uma mulher, toda preto-ferrugem do xale aos sapatos, daquele tipo que freiras usam. Ela era tão gorda quanto as índias, mas era *cucaracha*. Tinha outro *hermano* magrelo com ela, usando um macacão e um casaco cinza-escuro surrado, um chapéu oleoso enfiado até as orelhas. Com eles havia um monte de garotinhas, enfileiradas no banco com suas sapatilhas de couro barato e chapéus de palha baratos, os vestidos de chita engomados. Eram todos hispânicos, mas talvez fossem índias também. Ele sabia que todos aqueles olhos pretos quietos o observavam enquanto ele marchava até a bancada da recepção.

— Onde tem um hotel? — perguntou.

O camarada atrás do balcão de atendimento era igual a qualquer camarada atrás de qualquer balcão em qualquer rodoviária. Ele via gente demais para se importar com qualquer um, cansado de ser importunado até naquele fim de mundo nojento.

— Tem o Inca na esquina, o Cabeza de Vaca na rua de trás.

Sailor assentiu, agradecendo. Ele era de poucas palavras. O camarada completou:

— Mas você não vai conseguir quarto.

Ele virou a cabeça. Desconfiado.

— Por que não?

— Fiesta — respondeu o camarada. Então se ocupou com o telefone que tocava e o gado que entrava pelas portas dos fundos.

Sailor saiu de fininho. Não queria encrencar com o cara da rodoviária. Encontraria um quarto. O Inca era uma pocilga. Um daqueles hotéis de esquina com uma recepção minúscula, uma samambaia gigante ocupando a maior parte do espaço. Bastaria até ele encontrar o Senador, depois iria para um hotel de verdade.

Lotado. Ele aceitou porque o velho da recepção não foi um grosseirão. Era um senhor de idade, sentia muito, mas estavam lotados.

Da esquina dava para ver a placa HOTEL CABEZA DE VACA. Ficava pendurada acima da calçada, uma placa grande, e Sailor atravessou a rua estreita na direção dela. Era um hotel grande, antigo. Tinha um alpendre, com poltronas, a maioria ocupada por velhotes risonhos em chapéus panamá marrons desbotados. Quando Sailor passou, os velhos o observaram como se ele fosse um estranho. Sem interesse, apenas mera curiosidade.

A recepção era ampla, arejada e negligenciada. Escura. Não era uma opção ruim para se esconder enquanto fazia o que tinha que fazer com o Senador.

O camarada na bancada usava um uniforme impecável de gabardine e uma gravata cara, feita à mão. Era o tipo de atendente bonitão que se esperaria no Stevens, não em um hotel caindo aos pedaços em uma cidade cheia de caipiras. Estavam lotados.

O hotel tinha espaço mais que suficiente para acomodar todo mundo que viria para o fim do verão em uma cidadezinha caipira que nem aquela.

Ele ficou um pouco irritado com aquilo.

— Qual o problema?

O atendente deu uma risadinha, surpreso.

— É a Fiesta.

— O que é a Fiesta?

O atendente riu de novo.

— A Fiesta... — começou. Pegou um folheto cor-de-rosa do balcão. — Isso aqui tem as informações.

Ele pegou o papel só porque foi forçado. Pegou e enfiou no bolso esquerdo. O atendente não estava mais rindo, estava ajeitando a gravata.

— O senhor não vai encontrar quartos aqui durante a Fiesta — começou a explicar, mas sua voz acabou se desviando na direção de uma moça bonita com cachinhos de bebê.

Sailor saiu para a calçada de novo. A maleta estava mais pesada que antes. O fim de tarde estava quente; ele estava grudento e sujo da viagem de ônibus, amassado. Não conseguia acreditar que não tinha quartos em lugar nenhum. Se estivesse bem-arrumado, apostava que conseguiria um quarto no Cabeza de Vaca em um piscar de olhos. Teve vontade de acertar aquele atendente engomadinho bem no nariz. Como é que ele ia conseguir se arrumar sem um quarto?

Seguiu arrastando a valise até a esquina e atravessou a rua, passando na frente do Inca rumo ao centro. Devia haver outros hotéis. Ou uma pensão de beira de estrada. Ele virou à direita no fim da rua, seguindo os trinados da música e das pessoas. Com o instinto de quem vive em cidades grandes, procurou a rua principal.

Mais meio quarteirão, depois de uma loja de departamento J. C. Penney, um mercadinho e uma farmácia, ele encontrou a praça do povoado. Parou ali, recostado na vitrine da farmácia, e baixou a valise no chão.

Era disso que o atendente estava falando. Era a Fiesta. No alto, fios com luzes coloridas. No centro da praça havia um parque pequeno e arborizado, com árvores e bancos e um coreto embrulhado em bandeirolas em vermelho e laranja. Uma mureta de cimento circundava o parque, com entradas nos cantos, decoradas com cabeçorras grotescas de papel machê. Na rua que contornava o parque havia barraquinhas com cobertura de palha e cheirando a comida, o cheiro acre de pimenta; pilhas de latas de refrigerante, decoradas de forma extravagante mas mal-acabada, varetas baratas com bonecas de papel e penas tremulantes, palitos baratos com pássaros amarelos precários flutuando na ponta, bolas de encher presas a palitos de madeira áspera. Então isso era a Fiesta: um festival de rua tosco.

Ele pegou a valise de novo, tinha visto a placa de um hotel mais adiante na rua. Aquele não ia lhe negar um quarto. Era do lado de um salão de bilhar. Não tinha cadeiras de balanço no alpendre nem samambaias no saguão. O atendente gorducho estava em mangas de camisa. Um fliperama vibrava e estalava, quase abafando o som de suas palavras.

Lotado.

Sailor rosnou.

— Qual é a situação? Você acha que não tenho grana para pagar? Escuta aqui... — Ele quase pegou um maço de dinheiro, mas se segurou.

O gorducho interrompeu:

— Estamos no meio da Fiesta. Você não achou que ia aparecer aqui do nada e conseguir um quarto, achou? Até a gente estava com reservas há meses para a Fiesta.

— Qual é a dessa Fiesta?

— Quer dizer que você veio para cá nessa época sem saber que era a Fiesta? — O cara não riu, só pareceu surpreso. — Há 234 anos, anualmente acontece uma Fiesta aqui. Desde que...

— Não quero saber — interrompeu ele. Podia ler o panfleto cor-de-rosa quando tivesse tempo. Não estava nem aí para a Fiesta, tinha vindo a negócios; quanto antes acabasse com isso, melhor. — Onde vou dormir hoje?

O cara balançou a cabeça.

— É melhor ir pra Albuquerque. Não tem nada vazio na cidade. — Ele percebeu pela carranca de Sailor que isso não era opção. — Se você precisa mesmo estar aqui, então sei lá. Vale tentar a Junta Comercial. Talvez eles tenham quartos disponíveis.

A dúvida tremulava no queixo duplo dele.

A Junta Comercial. E algum espertinho querendo saber quem ele era e o que estava fazendo naquele fim de mundo.

Definitivamente não servia para ele. Sailor pegou a valise e inclinou o chapéu para o outro lado.

— E se eu deixasse minha bagagem aqui um minuto? De repente consigo resolver meus negócios logo e ir para Albuquerque. — Ele usou a pronúncia que ouvira no ônibus: *Albukirk*. Sabia que levaria mais tempo que isso, mas se pelo menos conseguisse se livrar do peso, poderia procurar onde ficar.

O grandalhão respondeu:

— Claro. — Simpático, até. — Não me responsabilizo, mas você pode deixar aqui. — Ele não estava interessado. — Coloca aqui atrás do balcão. Trabalho até as nove da noite. Você volta antes disso?

— Com certeza. — Ele enfiou a valise atrás do balcão. A tranca era boa. O cara não parecia curioso, de todo jeito. — Com certeza — repetiu, e saiu para o crepúsculo cor-de-rosa pálido.

Sailor ficou parado na calçada por um momento para se situar. Daquele lado havia algumas lojas. À esquerda, mais lojas, nada chique, não como o Michigan Boulevard, mais tipo a Clark Street. Exceto por uma loja de sapatos toda chique e envidraçada na esquina. À direita da praça ficava o melhor lado, com a bilheteria, um banco de fachada branca, lojas melhores. E do outro lado havia uma construção baixa e comprida, de paredes castanhas, com a calçada recuada. Ocupava o quarteirão inteiro. Podia ser um hotel, não tinha placa, mas valia dar uma olhada.

E a cidade era só isso. Os quatro lados da praça e no centro, o parque, o parque do vilarejo, todo arrumado e musical. Não tinha muita gente circulando, só algumas pessoas.

Ele se virou e seguiu com confiança para a esquina. Do outro lado, na diagonal, tinha um hotel de verdade, um grande. Não que parecesse um hotel; era um gigante de paredes caiadas castanhas, adobe, como os sabichões no ônibus chamaram, com varandas e muros do tipo de uma antiga *hacienda* espanhola. Ele sabia que era o hotel; se lembrava de ver as propagandas na chegada, La Fonda, a Harvey House. Ele atravessou a rua estreita, passando pela vitrine de esquina do hotel. Coisas chiques nas janelas. Mexicano, espanhol, índio. Sailor sabia, sem ninguém precisar contar, que a estátua horrenda de madeira escura, com contas de prata manchadas em volta da base, tinha sido roubada de algum palácio antigo.

Ele diminuiu o passo. O La Fonda era requintado; dava para ver do lado de fora. Sailor não era requintado. Estava sujo e fedido, e seu aspecto era o de alguém recém-saído de uma viagem de ônibus de quatro dias. Seu dinheiro valia o mesmo que o de qualquer outra pessoa. Talvez fingisse ter vindo de conversível, mencionando seu Cadillac casualmente, como se não fosse nada de mais.

Ele não entrou pelo arco. Ia fazer isso, mas duas mulheres estavam vindo pela calçada, duas gatas recém-saídas do banho, com roupas de linho bem-engomadas. Tudo que lhes passava pela cabeça era se recostar em algum lugar e conseguir aquele bronze dourado. Ele não queria passar por elas; não queria que o olhassem de cima como se fosse um mendigo. Sailor seguiu em frente, passando pelo muro do jardim, um alto que mantinha os zés-ninguém do lado de fora, mas permitia que se ouvisse as risadas estridentes e o tilintar do gelo dos eleitos lá dentro. Depois, um muro de tijolos caindo aos pedaços, o parquinho arenoso de pedrisco da escola paroquial. Fim do quarteirão. Uma igreja do outro lado. Pedra marrom-acinzentada e torres baixas. Uma igreja no meio do caminho.

Ele deu meia-volta e retornou, passando pela escola, pelo muro do jardim, e entrou no hotel. Não estava nem aí para quem passava ou olhava de cima ou de baixo. Aquilo era um hotel.

Não parecia um hotel; era mais uma *hacienda* espanhola por dentro do que por fora. Fresca, escura e chique, teto alto com vigas de madeira, sofás e poltronas de couro macio. Pinturas a óleo nas paredes, de índios e espanhóis. Portas duplas davam em um jardim de inverno, um toque de luz cálida com guarda-sóis chamativos, balanços coloridos espalhados aleatoriamente em torno de uma fonte azulejada. A fonte era circundada por gerânios vermelhos.

Aquele lugar seria onde o Senador ficaria, com certeza. Aquele lugar era para os de sangue azul, para os alinhados e bem-apessoados, para os nomes das colunas sociais, dos camarotes da ópera, do clube do jóquei. Não para ele.

Sailor foi grosso porque estava com vergonha de pedir um quarto ali. O atendente era um fulano qualquer, de terno escuro e cabelo rareando. Educado, mas firme. Estavam lotados. Era a Fiesta. Todos os quartos estavam reservados há meses.

Ele deu outra olhada no saguão, não tão grande quanto o da Palmer House, muitas vezes maior que aquele, mas parecia espaçoso. Não era barulhento, mas tinha um ambiente alegre, movimentado, e do bar vinha a barulheira usual. Ele adoraria tomar uma cerveja gelada, mas embora sua língua estivesse seca ele deu meia-volta e saiu do hotel às pressas.

Não queria encontrar o Senador por enquanto. Ter o Senador olhando para ele como se fosse lixo. Escolheria o local de encontro ele mesmo, nada acidental. Depois que estivesse limpo, de banho tomado e roupas passadas.

Ele saiu e se aproximou da bilheteria. Ainda tinha aquele prédio grande do outro lado da praça. Foi caminhando naquela direção, passando pelo banco e pelas lojas, mas, quando atravessou, percebeu o que era: um museu. Tinha que haver algum lugar para ficar naquela pocilga. Junto às paredes do velho museu havia um friso de índios que se estendia por todo o quarteirão. Estavam todos sentados na calçada, mulheres e crianças e bebês, todos de xales e chita e cabelos pretos curtos, os seios bulbosos e pulsos marrons cansados das mulheres enfeitados com prata e turquesa. Na frente delas, na calçada, estavam estendidas as mercadorias, arcos e flechas e tambores pintados, colarzinhos de contas, pássaros e vasos e cinzeiros de cerâmica. Atrás delas, protegidos contra colecionadores de lembrancinhas com mãos leves e pechincheiros de curiosidades, estavam os produtos de qualidade: tapetes de tear pesados, colares de turquesas, cintos imensos de prata. Ele já tinha percebido: a Fiesta era igual a qualquer outra dessas feiras baratas. Ter índios oferecendo aquelas porcarias não mudava nada.

Foi aí que se deu conta. Eles não estavam oferecendo algo; estavam em silêncio, como se nem soubessem que ele estava ali. Mas sabiam. Seus olhos escuros, mesmo os das crianças, puxados como os dos chinas, o estavam observando. Não com curiosidade nem sequer com qualquer interesse em especial. Olhavam para ele como se fosse algum tipo de animal desconhecido. Não havia expressão em seus rostos escuros. Aquilo deixou Sailor com uma sensação desconfortável, como se ele, não os índios, fosse estranho.

Ficou ali parado, a raiva e o desamparo corroendo suas entranhas. Xingou o Senador repetidas vezes, aquele filho da puta sujo, mentiroso e traidor do senador Willis Douglass. Era culpa do Senador que ele estivesse naquela cidade nos cafundós do mundo sem lugar para descansar as pernas. Ele não queria ter ido para lá. Queria estar lá cada vez menos à medida que o ônibus atravessava aquela terra de ninguém; quilômetros de nada, só terra, terra vazia. Terra que não levava a lugar nenhum, só para mais terra, e na direção do céu havia sempre a barreira inamovível das montanhas. Era como entrar em uma armadilha, uma armadilha da qual era impossível escapar. Porque, não importava o quanto se tentasse, não importava o quanto viajasse, sempre havia as montanhas rígidas para impedir seu avanço. Ele não tinha gostado nem um pouco quando chegaram naquela cidade, seu destino. Porque aquele era o centro da armadilha; estava muito longe da civilização, não importava para onde olhasse. A única coisa a fazer era dar o fora rápido.

Enquanto estava ali parado, ouviu de novo a música tilintante. Ele se virou, como se quisesse descobrir de onde vinha, como se fosse importante. Como se não estivesse desnorteado pela guarda de índios silenciosos. Havia um carrossel pequeno no canto do parque, imóvel àquela hora. Dois *hermanos* estavam sentados ali, tocando um violino e um violão. Tocando para si mesmos; não havia público. Considerando toda a confusão da festa, o parque estava deserto.

Ele desceu o meio-fio sem rumo, atravessou a rua estreita e entrou no parquinho. Foi até o carrossel, sem nem pensar, mas porque havia vida ali e a ausência de vida nas ruas e na praça decorada para o feriado de repente o deixou temeroso. Não tivera a intenção de falar com os *cucarachas*, mas lá estava ele, encostado na cerca.

— Pouco movimento — comentou.

Ele viu o terceiro homem enquanto falava, um larápio grandalhão, um verdadeiro Pancho Villa, gordo, disforme e sujo, mas seu rosto escuro parecia curiosamente tranquilo. Estava apoiado na cerca vermelha-escura gasta, o macacão desbotado e puído, preso com nós de um barbante sujo; a camisa azul cheirava a suor, os dentes amarelados, e o bafo a alho, o chapéu tão velho que mal tinha formato. Mas seu rosto estava tranquilo, feliz, até.

O gordo falou, alegre, em seu sotaque hispânico:

— É porque queimam Zozobra.

A música tilintante continuou ao fundo. Um velho fazendo o violino cantar, tão velho que os dedos eram todos tortos, tão velho que seu rosto já não fazia mais sentido, um homenzinho encolhido pela idade. O homem no violão era tão magro que parecia esquelético, o cabelo preto oleoso caindo nos olhos escuros vazios.

— O que é Zozobra? — perguntou Sailor.

— Você não sabe o que é Zozobra? — falou o grandalhão, não com condescendência, mas com surpresa. Ele puxou o barbante sujo. — É Old Man Gloom. — Soltou uma risada do fundo da barriga gorda. — Nós temos que queimar Zozobra, Old Man Gloom, antes da Fiesta começar. Quando o Old Man Gloom morre, não tem mais problema. Nós rimos e dançamos e ficamos felizes. Aí é La Fiesta.

O homem no violão começou a cantar em uma voz anasalada e monótona. O gordo deu uma risada.

— Viu? Ignacio canta para você como Zozobra tem que morrer.

Sailor acendeu um cigarro, riscando o fósforo na sola do sapato.

— Então o Old Man Gloom morreu e não tem movimento, Pancho?

Pancho Villa puxou as calças. Seu suspiro foi leve como uma folha caindo.

— Tem movimento demais. O Tio Vivo está velho. Amanhã, depois, movimento demais para o pobre Tio Vivo. Ele fica feliz de descansar um pouco.

Tio Vivo era o pequeno carrossel do grandalhão. Um carrossel à manivela, gôndolas alternadas com cavalos de madeira ferozes pintados de branco e rosa e marrom. Uma mãozorra tocava carinhosamente o pescoço de um cavalo cor-de-rosa. Os olhos castanhos estavam tomados de amor pelo seu velho carrossel.

— Tio Vivo fica velho e eu fico velho também. Nós ficamos felizes de descansar um pouquinho na praça enquanto todo mundo vai queimar Zozobra.

Sailor viu então a direção em que os olhos do Pancho apontavam. Viu grupos de dois e três saindo às pressas da praça. Todo mundo vai queimar Zozobra. Todo mundo. Se esse era o programa a se fazer, então seria lá que o Senador estaria. Seria possível, afinal, vê-lo ainda naquela noite, sob o disfarce da comemoração, para acabar logo com aquilo e sair daquele buraco.

— Obrigado, Pancho — disse ele. — Acho que é melhor eu dar o fora se quiser ver o Old Man Bloom bater as botas.

O velho gordo riu à beça, como se Sailor tivesse feito uma piada e tanto.

— Sim, é melhor ir rápido. — E riu mais, se apoiando de forma mais confortável na cerca. — Rápido, rápido — completou, rindo por não ter que ele mesmo se apressar. Porque estava confortável ali, perto do seu Tio Vivo, com o violino e o violão agitando o crepúsculo que se aprofundava. Porque tinha aprendido muito tempo atrás que Zozobra poderia ser queimado sem que ele saísse de seu conforto.

Sailor jogou a bituca do cigarro no chão com um peteleco. Seguiria os retardatários e encontraria esse Zozobra. Zozobra e o Senador.

Foi quando se virou que ele viu McIntyre. E por um momento o maquinário em seu peito paralisou.

O homem estava recostado na parede branca do banco. Um homem alto e magro com cara de cavalo. Um homem quieto que não pertencia àquele lugar. Que não pertencia à parede de um banco de caipiras com uma fita vermelha amarrada nas calças e na cabeça um chapéu preto reto com pequenos elásticos coloridos pendurados na aba. Se Sailor não tivesse paralisado naquele momento, teria caído na risada. Mas ele paralisou, a mão que descartara o cigarro congelada no ar.

Em um tom baixo e piedoso, de trás dele, ouviu Pancho:
— Algum problema?

O maquinário voltou a bater, rápido.

— Não — retrucou ele. Sua boca se torceu em um sorriso que o grandalhão não conseguia ver. — Problema nenhum.

Ele saiu da praça, então, seguro de si. Não havia problemas esperando por ele. McIntyre não o seguira até ali; tinha chegado lá primeiro. O próximo ônibus só chegaria à meia-noite, Sailor sabia os horários. Só haveria um trem para Lamy de manhã. Os trens não chegavam naquela cidade. Mac não tinha vindo dirigindo de Chicago. Estava lá há tempo suficiente para comprar um chapéu mexicano bobo e uma faixa vermelha, para saber da Fiesta. Ele não estava atrás de Sailor; estava atrás do Senador.

O sorriso maldoso permaneceu no rosto de Sailor enquanto ele atravessava a rua escura pela qual os retardatários tinham ido. Passou por uma biblioteca, um terreno baldio, casas. Não era o único que sabia onde estava o Senador. McIntyre estava lá também. Naquela noite os moradores queimariam seus problemas, mas o Senador não faria o mesmo. Os problemas dele tinham, enfim, o alcançado.

## CAPÍTULO 2

Sailor teve que atravessar dois quarteirões antes de conseguir se localizar. Tinha um policial de pele escura de plantão ali, desviando os carros. Mais pessoas subiam a colina às pressas. Ele passou pelo policial sem sequer um olhar vigilante. Quando passou pelo grande edifício cor-de-rosa, conseguiu ver as luzes do outro lado, a distância. Do outro lado da rua seguinte um milhão de pontos de luz, faróis tentando andar. À frente, as luzes do espetáculo. Os retardatários estavam andando mais rápido agora; não estavam rindo nem conversando, guardando até essa energia para se apressarem antes que o show começasse. Havia algo vibrante que era transmitido para Sailor pelo silêncio apressado deles, uma vibração que o fez apertar o passo. Ele se adiantou com eles até chegar a uma ponte para pedestres que levava a uma arena às escuras.

Mas ele parou ali, ainda distante. Não tinha esperado algo como aquilo. Não achou que uma cidadezinha caipira teria tanta gente. O campo de futebol estava lotado, uma massa de pessoas, elétrica e movediça, como a State Street no dia da grande parada. No dia que Roosevelt visitou. Ele não conseguiria encontrar o Senador naquele palheiro. Teria sido melhor ter ficado com Pancho e Tio Vivo, ter procurado um quarto.

Sailor poderia ter dado meia-volta e voltado para a praça, mas não. Fez o que todo mundo estava fazendo, se apertando na multidão para conseguir um lugar mais à frente. Foi aí que viu Zozobra.

Uma coisa imensa, grotesca, estava adiante na plataforma, um espectro cinzento de pelo menos dez metros de altura, com uma cabeça disforme, olhos ocos, orelhas pontudas de abano e uma boca larga e torta. Uma marionete gigante, com mãos gigantes de garra, mãos com uma tremedeira subindo e descendo. Da boca torta uma voz sepulcral ameaçava, brigava. Pequenas ameaças, mas quando declaradas por ele pareciam a mais pura obscenidade. *Vai chover. Vai chover e a festa de vocês vai acabar...*

Zozobra. Feito de papel machê e lençóis sujos, mas havia um fantástico terror de realidade nele. Era impuro. Era a personificação do mal.

Por um momento, a personificação manteve Sailor paralisado. Então a magia passou e ele conseguiu ver as figuras por trás da efígie. Conseguiu reconhecer o rascar baixo do alto-falante que produzia as palavras do gigante. Em meio a ele, Sailor ouvia trechos de conversas. *Shus*[*] *arrasou mesmo este ano... O melhor Zozobra até agora... Sloan*[**] *é incrível mesmo... Não seria o Zozobra sem a voz dele...* O mal era feito por humanos, não era real.

Trechos de conversas, mas nada sobre o Senador. Vozes, mas não a voz do Senador. Sailor costurou por entre as pessoas, mas seu avanço foi impedido por um tremor de animação na multidão. Figuras cobertas por lençóis brancos estavam descendo furtivamente os degraus de pedra e se posicionaram para enfrentar o espectro obsceno. Um

---

[*] William Howard "Shus" Shuster Jr. (1893–1969), pintor, escultor e professor estadunidense. Foi parte do grupo de pintores conhecido como *Los Cinco Pintores* e criador de Zozobra. [*N.E.*]

[**] John Sloan (1871-1951), pintor e gravador estadunidense. Foi mentor de William Howard "Shus" Shuster Jr.. [*N.E.*]

diabo dançante magro saltava à frente em um ritual frenético. A massa estremeceu quando as figuras se abaixaram e atearam fogo às pilhas de galhos secos aos pés do deus maligno. As figuras desapareceram com passos rápidos e esquivos. Só o dançarino permaneceu nos degraus à frente do gigante, que agora berrava, histérico, com as chamas que o lambiam. As palavras se transformaram em gemidos horrendos. O dançarino saltou e se afastou do fogo voraz. A turba gritou, comemorando, quando línguas carmesim atingiram as saias de Zozobra, lambendo cada vez mais alto.

Sailor virou o rosto. O barulho era repetitivo, fogos queimando no céu, estalinhos explodindo conforme as chamas devoravam o corpo do mal. Ele já tinha visto o suficiente. Já tinha perdido tempo suficiente com aquela palhaçada. Estava ali para encontrar o Senador. Começou a sair da multidão.

Mas, não importava para onde se virasse, Sailor parecia sempre acabar olhando de novo para a plataforma onde aquela cara horrenda choramingava e flutuava acima do fogo e da fumaça e do barulho, acima do desejo incontrolável da massa pela destruição do mal. Ao destruir o mal, mesmo um fantoche do mal, aqueles foliões estavam se tornando maus. Ele viu o rosto das pessoas, brancas e negras, ricas e pobres, pequenas e grandes, velhas e jovens. Sob a sombra das chamas, seus olhos brilhavam com o apetite pela destruição. Ele viu e subitamente sentiu medo. Queria fugir.

Não conseguia fugir. Como Zozobra também não conseguia. Ele estava cercado por uma multidão imóvel esperando a consumação final, segurando os gritos até que o rosto fantasmagórico pairasse sozinho em meio às chamas e à fumaça. E uma banda em algum lugar na escuridão começou a tocar um hino fúnebre e sensual.

A multidão se desfez, rindo, falando alto demais, como se por um momento aquelas pessoas também tivessem percebido a bestialidade que haviam invocado. Como se pudessem esquecer. Crianças gritavam e saltitavam, aqui e ali um bebê chorava em um colo. As pessoas estavam andando e seus pés levantavam poeira que se juntava à fumaça da fogueira. Do outro lado da estrada principal, as buzinas do engarrafamento gritavam e deste lado do campo a polícia impedia o público de passar para que os carros com distintivos pudessem andar. Os carros dos figurões.

Ele percebeu então que tinha sido um tolo por achar que o Senador estaria a pé, que faria parte daquela ralé. Um daqueles carros estaria tirando o Senador da sujeira e da confusão. Ele estaria de volta ao La Fonda com um drinque sofisticado na mão e uma mulher sofisticada nos braços antes que o povão chegasse à metade do caminho.

Sailor forçou a passagem pela multidão até sair do campo escuro. Não tinha notado quantas pessoas usavam roupas elegantes, hispânicos e mexicanos e índios. Todos bem-vestidos para a Fiesta. Ele entendeu então por que McIntyre estava com um chapéu espanhol e uma faixa. Com chapéu e terno pretos urbanos, Sailor se destacava como um índio na cidade. Precisaria arranjar vestimentas mais apropriadas se não quisesse dar na cara. Mesmo ali, aos tropeços no escuro, as pessoas o observavam com curiosidade.

E de repente ele viu o Senador. Estava tão próximo que poderia tocá-lo. Mas ele estava atrás da proteção de vidro e aço de um carro oficial, e os policiais continham Sailor e os outros pobretões para deixar os soberbos passarem. Era o Senador com certeza. Não dava para confundir a cara de fuinha, a fuça comprida, os olhos sonolentos, o cabelo castanho ralo com entradas na testa. Não dava para confundi-lo mesmo estando em um blazer espanhol de veludo preto com um laço vermelho amarrado sob o queixo duplo. O carro passou rápido demais para Sailor ver quem mais estava lá dentro. Só viu o Senador e o nervosismo sumiu. Sua intuição estava certa. O Senador estava ali, não se escondendo mas se mostrando, pensando que estava em segurança. Como se ainda não usasse a faixa do luto na manga. Sailor cuspiu na poeira levantada pela grande limusine preta.

Quando chegou ao asfalto, costurou por entre as pessoas que desciam a colina às pressas. Talvez conseguisse chegar ao hotel tão rápido quanto o Senador. Os carros não estavam muito à frente. Mesmo os eleitos, com permissão para viajar naquele lado do campo, tinham que descer a rua devagar. O trânsito fez um nó na esquina do prédio cor-de-rosa. Ele talvez conseguisse chegar antes do Senador ao La Fonda e esperar por ele no saguão chique. Esperaria com a mão no bolso direito, como estava agora. Sem procurar confusão, só querendo trocar algumas palavras com o Senador. Nenhuma ação, só palavras, mas com o conforto da mão no aço frio. Quando você enfrentava o Senador, precisava de todo o conforto que pudesse encontrar.

Ele ficou preso na esquina enquanto os policiais deixavam uma fila de carros passar. Sailor olhou dentro de cada veículo que seguia lentamente, de forma sorrateira, parado ali com o restante do gado esperando a ordem da lei. O Senador não estava em nenhum daqueles carros. Sailor estava inquieto, esperando, e viu uma chance de escapar pela fila na calçada oposta. O policial gritou alguma coisa quando ele saiu correndo, mas Sailor não deu atenção. Estava seguro do outro lado, com outro grupo infinito de pessoas. Nenhum policial o manteria parado em uma esquina a noite toda. Ele tinha negócios a tratar.

A praça agora estava viva. Abarrotada de gente, e a rua que a circundava, fechada para carros, lotada de pedestres.

Ele ouviu a música tilintante de Tio Vivo antes de chegar ao velho museu. Não foi para a praça, seguiu a passos rápidos pela calçada do banco sem nem lembrar de McIntyre até chegar ao banco. Mac não estava mais lá. Ele também tinha negócios a tratar ali.

Não seria nada ruim se McIntyre também estivesse esperando pelo Senador no saguão do La Fonda. Para dar um sustinho no homem. Seria mais fácil falar com ele se estivesse assustado. Não que Sailor fosse falar algo antes de um policial de Chicago, mas não seria ruim se o Senador pensasse o contrário. Sailor estava andando rápido, se sentindo bem, mas foi impedido de passar quando chegou ao banco.

Impedido por uma massa imóvel de pessoas lotando a esquina, lotando as calçadas e as ruas, apertadas como gado naquela rua aberta. Sailor desviou pela rua atrás da multidão, onde conseguiria esticar o pescoço e ver para o que estavam olhando. Zozobra estava morto. Seu fantasma não teria chegado ao centro antes deles.

Sailor ergueu os olhos no momento em que uma música começou a berrar pelo alto-falante, no momento em que a multidão suspirou e prendeu o fôlego e assobiou, no momento em que os holofotes foram acesos nas varandas do hotel.

Ele viu tudo aquilo como um caleidoscópio, as luzes, a orquestra espanhola na esquina, o líder afeminado com pó lilás no rosto. Ele viu o trono e a garota de pele escura em vestes de veludo carmim subindo nele, um velhote de ceroulas e plumas colocando a coroa dourada na cabeça dela. A multidão comemorou e as princesas espanholas em cetim branco se pavoneavam em frente ao trono. De jeito nenhum ele conseguiria se espremer e chegar ao hotel. Aquilo não eram pessoas separadas; era uma massa sólida.

Só quando as varandas se apagassem é que ganhariam fluidez novamente.

Sailor foi se apertando até chegar em um lugar familiar naquela noite estranha. O homem de ceroulas estava gritando no microfone. Falou em espanhol e a multidão gritou. Quando terminou, falou de novo em inglês, inglês com sotaque *cucaracha*, e a multidão gritou outra vez. *"Viva las Fiestas!"*, gritou ele, e a multidão ecoou: *"Viva las Fiestas!"*. Qualquer coisa agradava aqueles pobretões; o Old Man Gloom estava morto, agora era a hora da Fiesta.

Uma mulher cantava em espanhol, a voz, distorcida pelo microfone, ensurdecendo a noite. Sailor se apoiou na cerca desgastada do carrossel. Os músicos estavam do outro lado, olhando para o céu. Só Pancho Villa estava no mesmo lugar de antes, imenso e imóvel, uma das mãos no pescoço do cavalo de madeira cor-de-rosa.

Ele abriu um grande sorriso para Sailor.

— Você viu Zozobra queimar, não? Zozobra morreu. *Viva las Fiestas!*

Como se ele fosse o anfitrião e estivesse ansioso para Sailor aproveitar a comemoração.

— É. — Sailor pegou o maço de cigarros. Dessa vez ofereceu para Pancho. Riscou o fósforo na tinta vermelha-escura descascada. — É, ele morreu, sim, mas cadê os clientes?

Pancho deu uma gargalhada. A mão acarinhava o cavalo cor-de-rosa. Fumaça escapava do nariz e da boca larga.

— Dessa vez é a Rainha. O show no telhado é da Rainha. Depois que isso acabar, eu e o Tio Vivo precisamos trabalhar. — O suspiro veio da barriga, mas ele se animou. — Hoje, pouco trabalho. Está tarde e os *muchachos* vão dormir. Mas amanhã, ah... — O suspiro foi longo.

A música mais uma vez explodiu dos alto-falantes e o som de dança, calcanhares batendo, castanholas estalando. Sailor enfiou o cotovelo no espaço entre a cerca.

— Isso aqui é uma cidade de *hermanos*. Por que o Senador escolheu uma cidade de *hermanos*?

Só se deu conta de que tinha falado em voz alto quando o grandalhão respondeu.

— Hermano? Não conheço nenhum Hermano — disse ele, como se fosse um nome.

*Hermano. Cucaracha. Hispano. Chicano.* Sailor tentou achar uma tradução.

— Mexicano — respondeu.

Pacho ficou com uma expressão solene. Grande, suado e disforme, ele era a própria imagem da dignidade.

— Não — retrucou. — Não é uma cidade mexicana. É uma cidade americana.

— Então por que todo mundo fala... — ele se interrompeu antes de dizer a palavra, e então completou: — espanhol?

Pancho deixou de ficar ofendido.

— É espanhol-americano. A Fiesta é espanhola. Fala do meu povo, que veio muito tempo atrás e conquistou os índios. Muito tempo atrás. — O suspiro não foi infeliz agora. Era uma folha caindo. — Antes dos soldados gringos, os que falavam inglês, chegarem e conquistarem os espanhóis. Agora somos todos um, os espanhóis, os índios e os gringos. — Seu sorriso amarelo aumentou. — Se eu fosse Ignacio escreveria uma música sobre isso. Somos todos um na Fiesta. — Ele balançou a cabeça. — Não gosto de *hermano*. Não somos mexicanos, senhor. Mexicano é para baixo, depois da fronteira. Eu já fui ao México. — Ele se gabou.

Maracas estalaram e um coro de vozes ásperas soou pelo microfone. Os olhos de Pancho saltaram com amor.

— Os *Mariachi*! Ah... — Ele começou a se arrastar para os fundos da cerca. — Os *Mariachi* são mexicanos — falou por cima do ombro. — De Guadalajara de Jalisco.

Sailor deu a volta no cercado até onde conseguiria ver o telhado. Os *Mariachi* estavam cantando, tocando e tamborilando em seus violões rústicos de madeira. "Guadalajara...", cantavam. A orgulhosa música berrada de sua terra natal. Usavam *sombreros* enormes de palha e ternos de camponeses brancos com faixas vermelhas, tapetes de tear pendurados nos ombros. Os rostos eram esculpidos em madeira, marrons, enrugados, impassíveis. Rostos de assassinos, mas eles carregavam violões, não machetes; faziam música, não guerra. Isso era a Fiesta. A massa sólida enlouqueceu, mas os *Mariachi* não mostraram emoção. Cantaram de novo, uma música selvagem e cruel, mostrando os dentes, batendo com os nós dos dedos nos violões que mais pareciam abóboras-cabaça, agitando as cordas feitas de intestino de animal em uma velocidade maníaca.

Fiesta. O momento de celebração, de libertação da melancolia, do espectro do mal. Mas sob a celebração estava o mal; a festa era baseada em sangue, na conquista dos índios pelos espanhóis. Era uma lembrança de morte e destruição. *Agora somos um*, dissera Pancho. Uma lembrança de paz, mas antes da paz, morte e destruição. Índios, espanhóis, gringos; o forasteiro, o cara-pálida. Um na Fiesta. A trégua da Fiesta. Por que o Senador tinha vindo para aquele lugar estranho? Será que achava que estaria em segurança em uma cidade latina? Será que achava que a trégua nativa também lhe servia?

Sailor retorceu a boca com escárnio. Aquele buraco poderia parecer um fim de mundo sem igual, mas havia ônibus vindos de Chicago regularmente. Não era tão longe de lá.

E de novo ele viu o Senador. Não de pé na rua, esticando o pescoço; não, ele nunca. Estava lá no segundo andar, onde a jovem e bonita rainha se sentava em seu trono, pode confiar que ele estava. Todo arrumadinho com suas calças justas de veludo preto e a jaquetinha curta de veludo, o laço vermelho flácido embaixo do queixo. Ele estava longe demais para Sailor conseguir ver seu rosto, alto demais. Mas não havia homem alto demais que não pudesse ser derrubado. Os espanhóis derrubaram os índios e era por isso que existia a Fiesta. Aí os gringos derrubaram os espanhóis e era por isso que os espanhóis eram *cucaracha*s girando a manivela do velho carrossel, fedendo a suor e sujeira. Enquanto isso, o Senador estava lá no alto, babando na rainha falsa.

Uma mulher de branco estava dançando no terraço mais alto, pombas brancas batendo as asas em suas mãos. Ao seu redor, garotas de branco soltavam pombas brancas, os pombos decolando contra o céu azul-escuro. A orquestra ficou mais e mais animada, e a multidão soltava gritinhos de assombro. Alguém cantava algo em espanhol ao microfone. Parecia que a coisa toda ia explodir.

Sailor não queria ser pisoteado pelo gado. Atravessou a praça até o velho museu, se erguendo na beirada do muro. Não estava mais com medo dos olhares dos índios, não era o único estranho. Depois que a massa se transformasse em pessoas de novo, ele seguiria para o La Fonda. O Senador não ia fugir. Não sabia que Sailor estava lá.

Ele empurrou o chapéu para trás, acendeu um cigarro e ficou observando enquanto a praça se enchia de pessoas e movimento. Fumaça manchava o céu acima das chaminés nos telhados de palha, e o fedor acre de pimenta ficou ainda mais acre. Seu estômago lembrou que ele não comia desde o meio-dia. Um sanduíche seco, uma xícara de café em algum momento. Comeria depois. O que queria mesmo era uma cerveja bem gelada. Teria tempo para isso depois que conversasse com o Senador. Podia esperar.

Por entre a copa da árvore, as luzes coloridas e as pessoas agitadas, ele viu do outro lado da praça uma parte do hotel onde havia largado a valise. Tinha se esquecido dela. Já passava de nove da noite, mas Sailor não estava preocupado com a valise. Não estava nem preocupado em encontrar um lugar para dormir. Dividiria o quarto com o Senador, se o figurão não conseguisse um quarto só para ele. Poderia pegar a valise depois, ou mandar o Senador fazer isso.

Estava na hora. Ele desceu do degrau para a rua, quase tropeçando em duas garotas risonhas. A menor disse um "olá". Era magra como uma criança e estava pintada como uma prostituta. Ele passou por ela, por outras garotas e mulheres e crianças e homens, sem ver qualquer um deles. Ele passou pelo Tio Vivo, agora girando, as crianças agarradas aos cavalos de madeira, a música fraca tentando fingir alegria.

Ele atravessou a rua, passando pelas barraquinhas de cobertura de palha, até o cruzamento, e seguiu para o La Fonda. O show nos terraços tinha acabado, mas a calçada em frente ao hotel estava apinhada de gente. Ele passou às cotoveladas pela multidão e entrou no saguão. Parecia o Sherman na convenção dos Democratas, só que os Democratas não usavam fantasias chiques. O Senador ainda era uma agulha no palheiro, mesmo se fosse agora um palheiro em específico. Ele lutou para atravessar o saguão até a cantina, mas não conseguiu forçar a entrada. Tinha cinquenta pessoas ou mais à sua frente tentando entrar no bar lotado. Teria que esperar.

Sailor deu as costas e ia sair do saguão, mas parou. A central telefônica, o único telefone do estabelecimento, lhe deu a primeira boa ideia daquela noite. Um lugar para pegar o Senador era o quarto dele. Ele podia não estar lá no momento, mas a recepção teria o número. Ele ajeitou os ombros e começou a caminhar como se os atendentes tivessem consciência de sua presença e de seu propósito.

Uma voz baixa falou às suas costas.

— Olá, Sailor.

Ele não se virou, só parou de súbito. Então, devagar, deu meia-volta.

— Olá, Mac — respondeu.

McIntyre ainda estava com aquele chapéu de elásticos coloridos bobos, a faixa vermelha em volta da calça branca. Os elásticos eram vermelhos, verdes e amarelos.

— Veio para a Fiesta? — perguntou.

— Claro — disse Sailor, como se fosse verdade.

O Senador não tinha contratado McIntyre para protegê-lo, não tinha como. Mac não era um dos homens do Senador. Ele tinha aparecido quando o comissário da reforma foi indicado. Já tinha passado anos demais contra o Senador para virar a casaca a favor dele.

— Você veio para a Fiesta? — perguntou Sailor.

— Aham — respondeu McIntyre.

— Até que é interessante, né? — Dois caras de Chicago conversando sobre uma cidade estrangeira. — Viu o Zozobra queimar?

— Aham, vi, sim.

De poucas palavras, McIntyre. De poucas palavras e olhos penetrantes, olhos que atravessavam suas palavras e iam direto aos pensamentos. Sailor se agitou. Aquele chapéu bobo chamou a atenção dele de novo, o que o fez rir.

— Acho que tenho que comprar uma fantasia. Cheguei hoje à tarde, só. — Ele queria perguntar, então perguntou: — Já está aqui faz muito tempo?

— Uma semana — respondeu McIntyre.

Sailor não demonstrou a satisfação no rosto.

— Bom, a gente se vê — disse. Já estava com o pé erguido para se afastar quando McIntyre falou de novo.

— Onde você está ficando, Sailor?

Era uma pergunta casual, mas ele tremeu. Foi pego de calças curtas e respondeu a verdade:

— Ainda não arrumei um quarto. Meio difícil no meio da Fiesta. — Não seria surpresa se Mac achasse que ele ia dormir na rua. Se fosse útil. Sailor deu uma risada rápida. — Se não tiver sorte, tenho um amigo aqui que vai me dar uma força.

— Verdade — disse McIntyre. Não "Verdade?", só "Verdade".

Ele sabia que o policial estava pensando no Senador, e era de se esperar que ele estivesse pensando no Senador também, mas o engraçado é que não era isso. Sailor tinha pensado no homem do carrossel, o Pancho Villa gordo e sujo. Se ele não tivesse sorte, Pancho o ajudaria.

Dessa vez, ele abriu um sorriso amplo.

— A gente se vê, Mac — disse e se afastou. Se afastou enquanto McIntyre dizia: "Se cuida, Sailor". Como se ele devesse tomar cuidado. McIntyre não sabia o que ele sabia. McIntyre não sabia que o Senador estava bem onde Sailor queria.

Ele saiu do hotel, sem parar na recepção. Porque uma coisa lhe ocorreu, uma ideia rápida. McIntyre estava atrás do Senador e, quanto menos Sailor aparecesse perto dele publicamente, mais seguro estaria. Mac sabia muitas coisas. Talvez soubesse que Sailor era um dos rapazes do Senador. Era, quer dizer, no passado. Mas, por outro lado, talvez não soubesse. Amanhã ele teria tempo de pegar o número do quarto. O Senador não ia fugir, não antes de descobrir que Sailor estava ao seu encalço.

Sailor saiu de novo para a noite fria. Depois do miasma de perfume e bebida e cheiro de suor no saguão, a noite parecia um refresco. Ele ainda não tinha bebido aquela cerveja gelada. Continuava com vontade, embora já não com tanta intensidade depois do fedor de bafo alcoólico no hotel. Não queria ser pego em outra armadilha como aquela. Se conseguisse encontrar uma cerveja ali na praça mesmo, aí beberia um pouco.

Ele parou em uma das barraquinhas e perguntou. A velha enrugada mal sabia falar inglês. Havia um turbante azul enrolado na cabeça dela, e manchas de molho de pimenta no avental branco.

— Sem cerveja — disse ela com um sorriso banguela. — Coca.

Ele não queria refrigerante, mas o suor gelado grudado nas garrafas fez sua garganta seca doer. Comprou uma Coca-Cola e bebeu ali mesmo, todos ao seu redor falando em outro idioma, espanhol. De repente se sentiu solitário, ele que estava sempre só mas nunca solitário. Sentia-se deslocado, ele que não se sentia em casa em lugar nenhum além das ruas de Chicago. Um estranho em uma terra estranha. Terminou o refrigerante e continuou andando. Sua garganta não estava mais seca, mas ele ainda desejava uma cerveja. Pancho saberia lhe dizer onde encontrar. Sua fé em Pancho era quase infantil, mas apesar de sua troça, a fé só se tornava mais forte.

Ele desceu até o parque e foi na direção do Tio Vivo. Não conseguiu se aproximar. Já eram dez horas, mas as crianças ainda estavam em fila, ansiosas, encarapitadas na cerca vermelha. A música tilintava com uma alegria vívida, Tio Vivo girava, jovem, não velho, sem parar. Acima da cabeça das crianças Sailor viu o bonachão, suor escorrendo do rosto marrom redondo, os músculos flexionados enquanto ele girava a manivela que fazia os cavalos galoparem em sua pista circular.

Mais tarde falaria com Pancho. Perguntaria sobre a cerveja e o quarto. Sailor acendeu um cigarro e continuou passeando, saindo da praça e indo de volta à plataforma em frente à entrada do velho museu. Estava ocupada agora; em um canto, uma mãe magricela, com um rosto cansado e desesperançado e uma criança adormecida no colo. Dois falastrões de pele escura ocupavam o restante da plataforma, balançando os pés da beirada, se gabando em espanhol sobre seus feitos durante a Fiesta.

## CAPÍTULO 3

Ele se recostou na parede, observando o movimento da praça, as folhas escuras balançando sob os pisca-piscas, os músicos espanhóis destruindo as cordas no palco iluminado, risadas agudas e choramingos altos de crianças cansadas, os gritos dos vendedores. Acima de tudo aquilo ele ouvia, ou acreditava ouvir, a música tilintante e o giro do Tio Vivo.

Nas ruas as meninas fantasiadas e risonhas davam voltas em sentido horário, e os meninos falastrões, em sentido anti-horário. Eles cuspiam insultos e faziam convites com os olhos ao passarem. Até que o jogo ficou cansativo e pararam, reunindo meninos e meninas, meninas e meninos.

— Olá.

Ele não tinha percebido que também fazia parte da Fiesta até ela se pronunciar.

Era a mesma moça em quem ele quase tropeçara mais cedo. Era tão jovem quanto ele tinha imaginado à primeira vista, os seios ainda imaturos, pernas e braços finos, voz infantil e olhos sábios. O rosto e os lábios pequenos estavam pintados, o cabelo uma nuvem escura. Mas ela usava uma rosa vermelha nas mechas, uma saia floral vermelha ampla e chamativa, uma blusa branca de um tecido fino e bordado com cores vivas. Ela era a Fiesta. Era bonita de um jeito atrevido e infantil; ele não queria nada com ela. Nada com mulher nenhuma até que tivesse resolvido seus negócios. Aí ele poderia arrumar uma mulher de verdade, elegante, limpa e perfumada, uma que encontraria no La Fonda, não nas ruas. Ele a cumprimentou de volta e afastou os olhos, esperando que ela se afastasse, desejando que ela se afastasse.

Mas ela não se afastou. Ficou ali parada na frente dele, com os olhos pretos confiantes erguidos para ele, rindo para ele.

— Qual seu nome? — perguntou ela.

— Sailor — disse ele.

Ela riu, e a garota com ela riu também. A garota com ela tinha a rosa vermelha e a saia estampada e a blusa fina, o cabelo preto volumoso e os olhos pretos ousados, mas não era tão jovem. Tinha um nariz grande e uma bocarra simplória manchada de batom. Seus seios eram flácidos sob a blusa. Quando ela riu, Sailor lhe observou com repulsa.

— Que engraçado — disse ela.

— É? — perguntou ele com frieza, e voltou os olhos para a bonita, a menina.

— Sailor — enunciou ela. — É um nome engraçado, Sailor.

A moça pouco atraente disse:

— Meu irmão foi marinheiro na guerra. Foi daí que você recebeu o nome, não?

— Não — respondeu ele, sem sorrir. — Recebi o nome porque tive problemas com a porcaria da Marinha inteira dos Grandes Lagos.

Ele não pensava na origem do nome havia muito tempo.

— Meu irmão estava no Exército — comentou a menina. — Você foi soldado, Sailor? — Ela deu uma risadinha ao dizer isso, e a amiga riu com ela.

— Eu não fui para a guerra — explicou ele. — Tinha pés chatos.

Era mentira. O Senador o mantivera a salvo da guerra. Ele queria fugir das garotas, mas elas o tinham colocado contra a parede. Elas viram o desconforto de Sailor e pararam de rir.

— Meu nome é Rosita — contou a menina. — Esta é minha amiga Irene.

— Prazer em conhecer você — disse Irene.

Rosita estava se esticando, procurando alguma coisa. Encontrou, porque fez um sinal com a mão magra.

— Essa é minha prima, Pila.

Ele não vira a terceira menina até aquele momento. Com a apresentação, Rosita a escondeu de novo no plano de fundo. Não havia motivo para ele olhar para Pila, que não havia se movido nem falado. Mas ele olhou porque estava disposto a olhar para qualquer lugar se isso lhe ajudasse a escapar da menina magrela e sua companheira. Ele olhou nos olhos de Pila, olhos pretos insondáveis; viu o mistério pétreo de seu rosto escuro. Ela era troncuda e forte, o rosto quadrado, o cabelo preto escorrendo pelo rosto. A saia que usava estava gasta e esfarrapada, a blusa desbotada, a flor no cabelo uma piada. Ela era jovem, tão jovem quanto a menina, e ela era velha, tão velha quanto aquele velho país.

Ele sentiu medo dela, o mesmo medo que sentira antes, quando o crepúsculo se aprofundou sobre a pequena praça e a ausência de vida sob as luzes e as flâmulas se tornou irreal. Ela era irreal, estranha; ao mesmo tempo ela pertencia àquele lugar e ele era o estranho. Ela, não a menina, era a Fiesta; algo profundo e forte e antigo sob a armadilha de mau gosto, sob os truques baratos. Algo que ele não entendia porque não era dali.

Ele sentiu uma urgência frenética de fugir, não só dela mas da menina magrela e da amiga simplória. Foi salvo pela simplória, por Irene. Cansada do desinteresse dele, seus olhos pretos saltados observavam os transeuntes, e ela gritou:

— Olha, é o Eleuterio!

Ela puxou o braço de Rosita, falando enquanto andava. Rosita virou a cabeça e disse por cima do ombro:

— Adeus, Sailor.

Ele olhou de novo para Pila, temendo que ela não fosse partir, mas a menina se virou sem falar e seguiu as amigas. Ele tirou o chapéu e limpou a testa.

De trás dele veio uma risada irônica, e ele se virou para os dois rapazes magros sentados na plataforma. Não precisou falar nada; a expressão que Sailor lhes lançou foi o suficiente. Em geral era, para esse tipo de marginalzinho. Ele foi tranquilizado pelos olhares fugidios; a escapada do desprezo.

Sailor se afastou. O carrossel ainda estava girando, embora o círculo de crianças estivesse menor. Ele sentia o cheiro do suor de Pancho dali. Pancho poderia encontrar algum lugar para ele ficar, mas estaria coberto de suor. Federia a suor e pimenta e bafo de alho velho. Ele não vivia assim; não tinha ido até lá para viver assim.

Subiu no meio-fio para fugir da rua lotada e seguiu lentamente para a entrada lateral do La Fonda. O Senador tinha que ajudá-lo. Ou sabe-se lá o que aconteceria. McIntyre já devia ter ido embora àquela altura.

Sailor ia ver o Senador hoje e o Senador compraria as cervejas.

Ele pisava forte, tenaz em sua decisão, mas em frente ao edifício branco do banco parou e se escondeu nas sombras. Havia um grupo na esquina da bilheteria, um grupo de engomadinhos. Estavam rindo, alegres demais, alegres com seus trajes de cetim e seda e veludo, alegres com suas taças de champanhe. Pela festa, estavam dispostos a se rebaixar, deixar por um momento sua libertinagem afluente para sentir o fedor da parte mal-lavada da Fiesta. O Senador estava naquele grupo.

Sailor ficou ali parado, escondido nas sombras. Não tinha planejado encontrar o Senador cercado por malditos amigos. Em todos os seus planos, só tinha imaginado ele mesmo e o Senador, sozinhos, cara a cara. Nada assim. A raiva o dominou. Um grandão loiro usando veludo preto passou em passos leves, com uma vaca de expressão amarga e um véu de renda branca em um dos braços e uma loirinha de rosto pueril usando um xale laranja no outro. A vaca gritou "Hubert, você é divino!", e a loirinha se aconchegou nele. Estava usando um colar fino de diamantes ao redor do pescoço e fedia a uísque.

Sailor não tinha visto o próximo casal, só viu o Senador se aproximando e, por raiva, saiu das sombras e o confrontou:

— Olá, Senador.

A expressão na cara dele valeu a espera. O nariz protuberante, os olhos escuros sonolentos, os lábios finos e o bigode de escovinha — Sailor tinha visto o Senador reagir exatamente assim em seus sonhos. Um momento de total descrença, a compreensão e o fingimento fraco da reação, a busca pela autoconfiança condescendente de sempre. Estava tudo lá, bem como ele tinha imaginado. Ele havia surpreendido o Senador.

A cara de fuinha estava voltando à vida. O Senador não tinha falado com ele e também não se dirigiu a ele naquele momento.

O Senador se virou para sua acompanhante.

— Vai com os outros. Já alcanço vocês.

Sailor não tinha notado a presença da garota e olhou para ela quando o Senador lhe dirigiu a palavra. Olhou para ela e sentiu nojo. Por ela. Nunca tinha estado cara a cara com uma beleza tão límpida. Ela era jovem e pálida, de cabelos loiros prateados, e os olhos eram azuis e claros como o céu. Era mais alta que o Senador, meio palmo a mais, mas tinha que erguer o rosto para olhar para Sailor.

Quando o encarou, ele desfocou os olhos para ver somente os babados brancos engomados do enfeite de cabelo, a explosão branca engomada da saia. Ela não o encarou como se Sailor fosse um mendigo, seus olhos eram desinteressados, casuais.

Ele sabia quem ela era. Iris Towers. Filha do barão das ferrovias-e-hotéis-e-bancos Towers. Coluna social. Ele não sabia por que ela estava com o Senador. Não sabia que ela era a razão, o porquê de tudo aquilo; se recusava a admitir que era.

— Pode ir — insistiu o Senador, a voz grave e gentil. Pela voz, o Senador devia ser um homem grande e bonito. Era baixinho e maldoso; sua voz era uma mentira. — Não vai demorar um minuto.

Ela sorriu.

— Tudo bem, Willis. — Ela sorriu para Sailor também, e depois saiu correndo, chamando: — Esperem! Hubert, Ellie! Me esperem!

O Senador e Sailor ficaram observando a moça até que alcançasse o grupo na esquina. Quando Sailor tirou os olhos dela, o Senador o observava com os olhos apertados. Seu olhar não estava astuto naquele momento; estava cego de raiva.

— O que você está fazendo aqui? — exigiu saber.

Sailor respondeu:

— Talvez eu tenha vindo para a Fiesta. — Ele não tinha medo do Senador nem da raiva dele, porque todas as cartas estavam na sua manga. Não havia motivo para ter medo do Senador. O figurão não estava mais por cima. Ele repetiu, alegremente: — Talvez eu tenha vindo para a Fiesta.

O Senador não achou engraçado.

— O que você quer?

Sailor parou de palhaçada.

— Você sabe o que eu quero.

— O que você quer? — repetiu.

A voz de Sailor estava tão tensa quanto a dele.

— Eu quero a minha grana.

O Senador respirou fundo.

— Eu já te paguei — disse ele, como se não soubesse que aquela era uma mentira deslavada.

— Você me pagou quinhentinhos — retrucou Sailor. — Ainda falta mil. Você ofereceu 1.500 pelo serviço.

O Senador lambeu os lábios finos.

— Eu falei quinhentos — começou —, e eu me asseguraria que não tivesse problemas. Não tivemos problemas.

— Por enquanto. — Sailor sorriu. Esperou um momento. — Mas é melhor você arrumar a minha grana. Talvez você acabe tendo problemas.

Ele ficou ali plantado, as pernas bem abertas, a mão esquerda estendida, esperando. A mão direita estava no bolso direito, onde devia estar.

Um tique agitou as sobrancelhas escuras e pesadas do Senador. O bigode preto também. Seus olhos estavam nervosos, não por causa de Sailor, porque o Senador ainda achava que estava no controle da situação com ele. Estava nervoso porque a garota estava sumindo de vista. A garota de cabelos loiros prateados estava se afastando com o rapaz loiro e outros rapazes grandes e jovens, como deveria fazer.

O Senador estendeu a mão, o gesto rápido e nervoso do palanque, do escritório particular.

— Não posso falar agora — reclamou. — Estou com outras pessoas.

— Mil pratas — repetiu Sailor. Estava sorrindo, estava rindo.

Uma onda de raiva atingiu o rosto do Senador. Nada profundo, nada que fizesse a mão na arma se apertar. Só um agito de irritação.

— Não ando por aí com tanto dinheiro assim. — Dava a entender que Sailor deveria saber disso. — Me encontre amanhã.

Ele estava prestes a ir embora, mas Sailor parou no seu caminho.

— Onde? — perguntou. — Quando?

— No hotel. Amanhã de manhã.

Ele passou de raspão por Sailor, mas sua voz o pegou de surpresa antes que o Senador pudesse fugir.

— McIntyre está aqui também — comentou Sailor.

O Senador parou de repente. Quando olhou de novo para Sailor, o medo havia sumido. O olhar astuto surgira sob as pálpebras e sobre o bigode de escovinha.

— McIntyre está aqui — repetiu ele, com uma voz desagradável.

Sailor deixou que ele aproveitasse o momento. Deixou que ele se refastelasse. Então falou:

— Já está aqui faz uma semana. Eu só cheguei hoje.

Ele colocou tudo às claras. Foi bom assistir à serpente do medo se enroscar dentro do Senador de novo. Ele entendeu muito bem, entendeu como Sailor havia entendido mais cedo. McIntyre não estava seguindo Sailor.

Palavras surgiram na boca do Senador, mas ele não falou mais nada, só foi embora com suas perninhas arqueadas. Sailor ficou observando. Estava com mais sorte do que havia imaginado. Mac presente ali. O Senador dividido entre os problemas e uma loira. Ele não conseguiria usar aquele cérebro trapaceiro para funcionar se estivesse ocupado com a loira. A loira era importante para o Senador. Tão importante que ele pisaria no cadáver de uma falecida para chegar a ela?

Sailor sentiu o gosto do desgosto. Iris Towers era direita demais para deitar-se em uma cama ensanguentada. O que ela queria com o Senador, afinal? O que qualquer mulher decente iria querer com o Senador? Ele tinha dinheiro; isso explicava as putas. Dinheiro e um nome importante. Mas Iris Towers tinha mais dinheiro e mais importância do que o senador Willis Douglass. Ex-senador Douglass. Talvez ela sentisse pena dele, pela morte trágica da esposa. Fácil ver o que o Senador queria com ela. Tinha casado com uma mulher rica que envelheceu; livrou-se dela. Poderia ter uma linda loira agora. Mas não tinha pagado por isso.

A mão de Sailor tensionou-se no bolso. O Senador pagaria, e pagaria tudo. Pagaria amanhã, antes de McIntyre agir. Ele estava esperando alguma coisa, ou já teria agido antes. McIntyre gostaria de saber o que Sailor sabia. Se o Senador tentasse enganá-lo...

Ele ouviu seus próprios passos ribombando acima do tilintar da Fiesta. Estava perto do museu de novo, e a raiva embrulhava seu estômago. Raiva do safado, mão de vaca, mentiroso do Senador. Sempre na boa, com roupas de primeira, carro de primeira, hotéis de primeira, loiras da coluna social. Chorando o preço do serviço e depois dando no pé sem pagar. Achando que podia se dar bem fugindo de um acordo. Se Sailor não tivesse lido a coluna social, imitando o próprio Senador, não saberia aonde ir para cobrar o que era dele.

Uma notinha nas fofocas da coluna social. "O jovem e popular senador Willis Douglass está de férias em..." Popular com quem? Não com os caras que faziam o trabalho sujo dele. Jovem, só rindo, só rindo muito. O Senador não passaria por um cinquentão nem se pagasse o barbeiro para tingir o branco que estampava seu cabelo e sua barba. A fofoqueira só tinha acertado em uma coisa: onde encontrá-lo. E Sailor tinha alcançado o Senador. Porque já houvera um momento em que achava que ele era grandes coisas, em que achava que poderia ser como ele, e ler a coluna social fazia parte daquilo.

Mil pratas. O que lhe era devido. O seguro de vida dela pagou cinquenta vezes mais. Se Sailor soubesse disso na época, teria batido o pé pelos dois mil iniciais. Ou uma porcentagem. Não era o Senador correndo riscos; ele tinha que pagar.

Mil pratas era só um trocado para o Senador; gastara mais do que isso com essa escapadinha para a Fiesta, pagando o La Fonda, comprando champanhe, dando em cima de Iris Towers. Se fantasiando com aquele terninho de veludo. Pode apostar que o Senador não tinha atravessado o país em um ônibus fedorento. Uma saleta particular em um trem de luxo era mais o estilo dele.

Os nós em seu estômago se apertaram e a inveja rasgava suas entranhas. Tudo que ele queria era o que lhe era devido, mil pratas. Mil verdinhas para atravessar a fronteira para o México. Com mil dólares dava para viver como um príncipe no México. Zigler tinha lhe falado.

Ele montaria um negócio seguro no México, algo só dele, uma casa de apostas ou um comércio de bebidas, dinheiro rápido e fácil, dinheiro aos montes. Ele arrumaria uma loira de olhos límpidos. Casaria com ela. Talvez ela tivesse grana também, grana com grana criando mais grana. Tudo que ele queria era o seu dinheiro, e então atravessaria a fronteira. Não que não estivesse em segurança; o Senador garantira que ele estaria em perfeita segurança. Aquela parte do acordo fora mantida. Sailor não confiara no Senador nesse tocante; tinha combinado com o próprio Zigler.

Não enrolaria mais. O Senador pagaria amanhã. Ele pagaria, ou... Ao virar a cabeça, os olhos de Sailor encontraram os olhos pretos pétreos de Pila. Ele sentiu o suor escorrendo pelas axilas. Não sabia há quanto tempo ela estava ali parada ao lado dele, observando-o; não sabia nem se estivera resmungando em voz alta. O medo que o fazia suar não era nada possível de ser nomeado; era disforme, algo antigo e profundo. Ele já sentira isso uma vez antes, e a lembrança daquela ocasião voltou de forma tão aguda que ele sentiu o cheiro dos corredores limpos e frios do Instituto de Arte.

Estava no segundo ano do Ensino Médio e por algum motivo o professor levara a turma de encrenqueiros para o Instituto.

Havia uma cabeça feminina de granito em um corredor. Ele tinha olhado para aquilo, sem ser nem um pouco afetado de início, só um pedaço de pedra, um pedaço de pedra com lábios e olhos esculpidos. O professor guiara os alunos a seguir em frente, e ele foi, arrastando os pés. O que o fez voltar àquela cabeça de pedra ele nunca soube. Mas ele olhou para trás e voltou. Como se estivesse vendo uma foto, Sailor via a si mesmo, um moleque magrelo em uma camisa azul larga e calça cinza gastas, ali parado, encarando um pedaço de pedra feio. Ficou ali parado até estar tão gelado quanto a cabeça de pedra. Até um dos caras voltar e arrastá-lo de volta à turma.

Ele conhecera o medo, o medo verdadeiro, pela primeira vez na vida enquanto estava ali de pé. Achava que já conhecia o medo. Medo do cinto do velho bêbado, medo das reclamações da velha, medo dos policiais e dos tapas e dos olhos vermelhos dos ratos que saíam da parede à noite. Medo da morte e do inferno. Aqueles eram medos reais, mas totalmente diferente do medo nu que o paralisara em frente à mulher de pedra. Porque, com as outras coisas, ele estava em si mesmo, podia revidar, tinha identidade. Diante dela, sua identidade se perdia, se perdia em horrores disformes mais velhos que o tempo.

Ele tinha que dizer alguma coisa, dizer alguma coisa rápido, para tirar aquele olhar pétreo do rosto de Pila.

— Cadê suas amigas? — perguntou, a voz como um rascar antigo.

— Foram para o prédio do governo.

Quando ela falou, Sailor ouviu novamente as vozes agudas com sotaque de Rosita e Irene. Ouviu-as em outras meninas maquiadas, passeando, dando risadinhas. O sotaque de Pila era mais pesado, mas era parte dela, era o idioma daquela terra. Sua voz era doce, gentil, quase uma canção de ninar. Ele se deu conta pela primeira vez de que a mulher de pedra era uma índia. Ele se deu conta de que Pila era índia.

Sem encará-la, ele questionou:

— Por que você não foi com elas?

— Meu pai me bateria.

Sailor olhou rapidamente para ela de novo, mas não havia emoção, nada além dos olhos pretos no rosto marrom quadrado.

— Por quê? Qual o problema com o prédio do governo?

— Elas se deitam com garotos.

De novo ele evitou seu rosto, seus olhos terríveis que viam tudo e não viam nada. Ela não se moveu. Ele via seus sapatos sociais pretos gastos, baratos, sob a barra desfiada da saia florida sem volume. Percebeu então que ela era muito jovem.

— Quantos anos você tem?

— Catorze — respondeu ela. E ficou ali, imóvel, os olhos pretos fixos no rosto dele.

Sailor não podia mandar ela se afastar e deixá-lo em paz. Ele podia, mas as palavras não saíam. Ela havia se grudado nele como se Sailor fosse a única coisa familiar naquela cena minguante. Ele, o estranho. Disse:

— Vamos, vou comprar um refrigerante para você.

Ela não falou nada. Só o seguiu, caminhando atrás dele, até a barraquinha. A velhota estava lavando a louça.

— Um refrigerante — pediu ele.

Ele bateu a moeda no balcão enquanto a velha abria a garrafa, que lhe entregou em seguida. Ele passou a garrafa para Pila. Ela não perguntou por que ele não ia beber nada, ergueu a garrafa e deu um gole. Afastou a boca, descansou um minuto, então deu outro gole. Atrás da barraca, no parque, o carrossel girava, cansado; a música estava baixa. Havia meia dúzia de crianças ainda no brinquedo, mesmo sendo tão tarde, meninos escuros de macacão gasto, uma menina vesga de uns catorze anos. Pila dava goles no líquido.

— Você é índia — disse ele.

Ela baixou a garrafa.

— Sou índia, sim. De San Ildefonso.

— O que está fazendo aqui?

— Vim para a Fiesta.

— Por que você veio?

Ela riu com a pergunta, o rosto inteiro rindo dele. Foi assustador, porque ele não sabia que ela conseguia rir, que era humana. Parte da rigidez deixou sua postura.

— Tudo que eu mais queria era vir — respondeu ela. — Eu sempre quero vir para a Fiesta.

Ele viu pelos olhos dela por um momento, o brilho, a música e a dança, o cheiro bom da pimenta vermelha e o frescor do refrigerante cor-de-rosa, o carrossel cheio de luzes piscantes, as risadas e a felicidade, saias floridas cobrindo sapatos pretos velhos.

— Vamos — chamou ele. — Te pago uma volta no carrossel.

Ela baixou a garrafa. Relutante.

— O Tio Vivo é para crianças. Só para crianças. Rosie não subiria no carrossel nem...

Ele interrompeu, rude:

— Seria melhor subir no carrossel do que onde ela está. Quem diabos é essa Rosie?

— Minha prima. Meu tio e a tia dela são casados. Estou dormindo na casa da Rosita durante a Fiesta.

Ela parecia pensar que aquilo era uma honra.

Sailor estava irritado sem saber o motivo.

— Imagino que tenha sido ela que colocou você nessas roupas?

— Foi. Era a fantasia do ano passado da Rosie. Ela me emprestou esse ano. — Pila parecia contente, orgulhosa da

saia desbotada e comprida, da blusa manchada onde os vermelhos e roxos e verdes tinham se misturado na lavagem.
— Eu não tinha uma fantasia da Fiesta.

Lembrando-se das índias, ele disse:
— Achei que você ia gostar mais da sua própria fantasia.
— Com um gesto, indicou a fileira de índias ao fundo.

Pila entendeu, e com uma mistura de desprezo e orgulho, falou:
— Eu não uso roupas de índio. Estudo em uma escola para índios.

Eles tinham chegado à cerca vermelha, e as palavras silenciaram. Seus olhos seguiam os cavalos que giravam. Os olhos de uma criança; os olhos dele, encarando uma bicicleta brilhante e nova em folha na vitrine da Field's, uma bicicleta para crianças cujos pais podiam comprar bicicletas na Field's. Sailor perguntou:
— Então, quer subir?

Ela começou a concordar, mas então se corrigiu:
— Sou grande demais.

Ela disse sem emoção, com total aceitação.

Ele balançou a cabeça, se livrando daquela raiva inconveniente.

— O dono é amigo meu. Ele vai te deixar subir se eu pedir. — Sailor estudou o rosto dela. — Você já andou em um carrossel?
— Não.
— É sua primeira Fiesta?
— Não — repetiu ela. — Eu vim quando era pequena, com a minha família.

Pila virou o rosto para o museu, depois encarou Sailor de novo.
— Mas você nunca andou no carrossel?
— Não.

Os cavalos se moviam devagar, se moviam muito devagar, balançando e parando. A menina vesga desceu do pônei verde e saiu aos tropeços. Os menininhos sujos começaram a discutir em espanhol. Pancho ficou de pé, os braços abertos, reclamando.

— *Vaya!* — gritou. — *Vaya!*

Pila disse, sem decepção:

— É tarde demais.

— Ele é meu amigo — repetiu Sailor.

Ele esperou até os meninos estarem longe, fazendo cara feia, reclamando e xingando em *cucaracha*. Meninos como ele já tinha sido, da rua, meninos sem um lar para onde voltar. Pancho o viu parado ali ao fechar o portão e se aproximou. O ar noturno tinha secado o suor da camisa. Ele limpou a testa com o braço gordo.

— Você acha que não tenho clientes? — perguntou com uma piscadela.

— Aham — disse Sailor. — Tem uma cliente bem aqui.

Ele empurrou Pila para a frente. Pancho balançou a cabeça.

— Hoje já está tarde. *Mañana*. Amanhã.

— Amanhã vai ser tarde demais — retrucou Sailor. — Rosita já vai estar de volta amanhã.

Pancho não entendeu do que ele estava falando, mas entendeu o dólar que Sailor tirou do bolso.

— Eu estou velho e cansado — disse. — Tio Vivo está cansado. *Mañana*...

— Uma volta — pediu Sailor.

Pancho deu de ombros, pegou o dinheiro, desanimado, e abriu o portão.

— Uma volta completa — exigiu Sailor.

Pila se aproximou dos cavalos, tocou um, depois outros. Sailor viu, atrás dela, o velho carcomido guardando o violino. Tirou outro dólar.

— Com música. Uma música alegre. — Sailor se virou para Pila. — Suba no cavalo cor-de-rosa.

Ele se sentiu um tonto depois de dizer aquilo. Que diferença fazia para ele em que cavalo de madeira a menina índia subiria? Mas o cavalo rosa era a bicicleta vermelha na Field's, o cavalo rosa era as luzes coloridas e o tilintar da música e o refrigerante gelado e doce.

A música começou. Os músculos de Pancho se retesaram na manivela. Pila se sentou no cavalo rosa, e Tio Vivo começou seu giro de tirar o fôlego. Sailor se apoiou na cerca vermelha. Não sabia por que oferecer uma volta a ela tinha sido tão importante. Se era porque ele queria bancar o figurão. Se era por causa da criança e da bicicleta vermelha novinha em folha, o malandro com o nariz enfiado na vidraça observando a loira límpida e platinada fora de seu alcance. Se era pela tentativa de aplacar um antigo e inominável terror. Pila não era de pedra agora; era uma garotinha, o cabelo escuro escorrido se agitando às suas costas como a crina do cavalo de madeira rosa.

## CAPÍTULO 4

Ele nunca se livraria dela agora. Pila ficou de pé à sua frente e agradeceu, como se ele fosse algum grande deus branco.

Pancho apareceu por trás da menina.

— Foi uma boa volta, não?

— Aham — respondeu Sailor. Ela não disse nada. Seus olhos negros eram insondáveis. Sailor tentou fingir alegria. — Apareça amanhã e te pago outra volta. E outro refrigerante rosa.

Ele ajeitou o chapéu e saiu andando, querendo fugir, não que tivesse algum lugar para ir.

Estivera tão dedicado a surpreender o Senador com a presença de McIntyre que se esquecera de que não tinha um lugar para ficar. Sua raiva rugiu de novo, renovada, e com o combustível extra ao se lembrar do Senador trotando atrás de Iris Towers, deixando-o com uma menina índia usando as sobras de uma espevitada. Ele acabou na frente do La Fonda e entrou, decidido, esbarrando em alguns casais no caminho. Se seu dinheiro podia pagar uma volta no carrossel para uma índia, também serviria para uma cerveja no La Fonda.

Ainda havia barulho no saguão e no pátio, alguns casais, ninguém sóbrio. Ele se aproximou do bar. Estava fechado, a porta trancada. Sailor não tinha prestado atenção na hora, mas viu então que já passava da meia-noite. Um rapaz escuro em um avental azul passava um esfregão no chão. Os bêbados no pátio cantavam uma música triste fora do tom.

A atendente na recepção agora era uma mulher, uma mulher com cabelo branco amarelado e a boca ranzinza sobre o queixo duplo. Ele poderia perguntar qual o quarto do Senador, mas ela iria querer saber o motivo. Era do tipo que chamaria o segurança do hotel se Sailor lhe mandasse para aquele lugar. Ele não queria confusão. Não naquela noite. Estava cansado, tão cansado que sua cabeça girava sem parar, que nem o Tio Vivo. Ele queria uma cerveja gelada.

Saiu do hotel para a rua escura antes de poder encarar a verdade. Poderia ter ligado para o quarto do Senador, e com o número na cabeça, subido para lá depois. Da forma que tinha planejado antes de encontrar McIntyre. O que o impediu naquele momento foi a garota de olhos azuis límpidos. Ele temia que ela e o Senador estivessem no mesmo andar; sabia a cena que o Senador montaria se voltasse e encontrasse Sailor à porta do quarto dele. Não se importava com o que o Senador dissesse para ele a sós, considerando como tudo estava ele podia devolver tudo e ainda dar o troco. Mas ficou com vergonha da possibilidade de tê-la como testemunha, de ser visto como um vagabundo por ela. Uma dama que ele tinha visto apenas uma vez na vida, uma dama que estava tão distante de seu alcance quanto a estrela pálida lá no céu, quase fora de vista... Ele não queria ser um vagabundo aos olhos dela.

Desceu direto pela rua, passando pelo hotel em que deixara a valise. Seus olhos passaram pela janela de vidro plano. Tinha outro cara na recepção, um segurança durão. Não era do tipo que deixava vagabundos dormirem no saguão, não que ele tivesse visto cadeiras no saguão. Só máquinas de fliperama. Seguiu em frente. Virou e atravessou a rua em frente a uma farmácia e deu a volta no extremo oposto da praça. Lojas às escuras, calçadas desertas. Na praça ainda restavam alguns desocupados. Sentados nos bancos e na mureta circular em volta de uma lápide. Na esquina havia uma oficina mecânica deserta, e ele atravessou na diagonal até o museu de novo. Mas não virou sob o portal dos índios. Mais adiante naquela rua, tinha visto um letreiro de néon, com rabiscos em vermelho e laranja, escrito Keen's Bar. Não estava fechado. Dava para ouvir o barulho daquela distância, o estrondo cínico da jukebox, o rugido abafado de homens bebendo, os gritos agudos de mulheres se metendo com homens e bebida.

Sailor não hesitou. Foi direto para o letreiro. Um buraco. Um pé-sujo. Era lá que era seu lugar. Não com os ricaços no hotel metido à besta — ainda não era tão bom assim. Não na rua, com os *cucaracha*s e os pele-vermelhas — não estava tão mal a esse ponto. Ele abriu a porta de tela do Keen's e entrou.

A multidão no bar gritava por cima da jukebox. O ar estava dominado por uma fumaça azulada densa. Todas as mesas estavam lotadas, o quadrado da pista de dança apinhado. Todo mundo bebia, todo mundo dançava, o único silêncio personificado no *cucaracha* de cara feia que servia as mesas, serpenteando pelos espaços apertados, uma bandeja na pata erguida. De jeito nenhum conseguiria uma cerveja ali.

Uma raiva rubra o dominou. Ele não tinha onde dormir, não tinha comido nada, não conseguia nem arrumar uma cerveja naquela porcaria de cidade fedorenta. Estava prestes a dar meia-volta e sair quando viu, apoiado em uma mesa junto à parede, McIntyre. Naquele mesmo chapéu bobo, a faixa vermelha. Mac ainda não o tinha visto, estava observando a pista de dança. Sailor soube então que o Senador estava lá. O Senador e Iris Towers. Ele se ajeitou no seu lugar.

O garçom tinha chegado, às cotoveladas, até o bar. Por algum milagre estava saindo de novo, equilibrando a bandeja cheia. Parte do tesouro era uma garrafa de Pabst, uma garrafa gelada, as gotas de suor escorrendo pelo vidro.

Sailor estendeu a mão e pegou a garrafa. O símio começou a torcer a boca torta.

— Calado — ordenou Sailor, colocando uma moeda de cinquenta centavos na bandeja. — Se vira e pega outra.

Ele colocou a garrafa na boca e com os olhos avisou ao símio o que ia fazer se ele reclamasse. A bebida, tão gelada que ardia, desceu como o paraíso pela sua garganta até o estômago vazio.

Ele se afastou, os malignos olhos escuros o seguindo. Tomou outro gole e foi costurando pelo espaço apertado até McIntyre. Sentia-se inteiro novamente. O barulho, a fumaça, o brilho sujo, tudo era normal para ele. Até McIntyre, sozinho, observando, esperando, fazia parte. Sailor estava se sentindo bem. McIntyre não esperava sua chegada. Ele empurrou e empurrou até chegar à parede. Mac ergueu os olhos, sem parecer surpreso por vê-lo.

— Olá, Mac. Está se divertindo? — perguntou Sailor.

Mac estava sozinho na mesa, que poderia ser uma mesa e poderia ser um cinzeiro com tampo de madeira em cima para lidar com o público da Fiesta. Sailor estendeu a mão e puxou uma cadeira vazia para a mesa. Quem quer que fosse o dono dela poderia resolver isso na mão mais tarde.

— Tudo bem se eu me sentar? — perguntou ele, sentando-se.

McIntyre tinha um copo quase vazio à sua frente.

— Que tal uma bebida? Parece que você precisa de um refresco. — Sailor tomou outro longo gole da cerveja, as mãos acariciando a garrafa gelada como se fosse o corpo de uma mulher. — Se a gente conseguir que aquele símio venha para cá.

— Eu o chamo — disse McIntyre, com um quase sorriso.
— Acha que sou policial.

Eles conseguiam sentir o cheiro de policiais, naquele mundo intermediário em que a polícia significava problemas. Não dava para enganá-los, eles sentiam o cheiro.

Sailor riu alto.

— Essa é boa. — Ele bebeu mais um gole. — Essa é boa mesmo. Eu estava pensando a mesma coisa, sabia? — Parou de rir e continuou, em voz baixa: — Você não está aqui a negócios, está?

Inclinou a cabeça na mesma direção da de McIntyre. Lá estavam eles, do outro lado da pista de dança. O Senador; o grandão chamado Hubert; Ellie, quem quer que fosse, a vaca de renda ou a loirinha; os dois rapazes altos; e Iris Towers. Um anjo perdido no inferno. Parte dele, mas ainda límpida, ainda distante. Limpa e engomada. Mesmo com a fumaça, Sailor conseguia ver o nariz vermelho, os olhos vermelhos do Senador, do jeito que ele ficava quando bebia. O Senador não estava se divertindo, estava de cara feia em cima de uma dose de uísque. Tinha muitos motivos para ficar assim.

McIntyre estava falando.

— Você não saberia quais são meus negócios, saberia?

Sailor manteve os olhos no Senador e riu.

— Não saberia nem se são negócios ou se você veio para a Fiesta.

— Bastante gente de Chicago veio para a Fiesta — disse McIntyre. — O senador Douglass está ali.

— Aham, eu vi. E Iris Towers.

McIntyre pareceu um pouco surpreso. Ou teria parecido surpreso se Mac tivesse essa capacidade.

— Você conhece Iris Towers?

Sailor deu uma gargalhada.

— Conheço de nome. — Ele ergueu a garrafa, virou. — Você não acha que um zé-ninguém que nem eu conheceria Iris Towers, acha? — Ele bateu a garrafa na mesa, sentindo-se bem, refrescado e ardente, tudo ao mesmo tempo. Seus olhos pareciam brilhar. — Consegue chamar aquele símio para nos trazer uma bebida?

McIntyre virou o rosto para o bar. Ergueu o dedo. O garçom veio balançando os braços de gorila. Quando viu Sailor na mesa, os olhos se encheram de um ódio fresco.

— Eu pago — disse Sailor. — Mac, o que vai querer?

Se o símio *chicano* tivesse uma faca debaixo do avental, seria bom parecer próximo de um detetive de Chicago. Sailor não queria arrumar problema com os locais.

— A mesma coisa. Bourbon e água.

— O mesmo para mim também, uma Pabst Blue Ribbon.

McIntyre estava de olho na mesa do Senador de novo.

— Sabe quem são os outros?

Sailor negou com um estalo de língua.

— Aquele ali é Hubert Amity. — McIntyre apontou. — Da Amity Engines. A sra. Amity é a de véu de renda.

A vaca de expressão amarga. O velho Amity era um dos maiores apoiadores do Senador quando estava em Washington. Um homem cujo rosto mais parecia uma machadinha. Bem diferente do filho, Hubert.

McIntyre continuou:

— Kemper Prague é o de *sombrero*. O que está quase caindo no chão. — Kemper Prague. Playboy milionário da North Shore. Muitos escândalos políticos manchando sua reputação, mas sempre abafados. — Não conheço os outros. Devem ser talentos locais.

Sailor disse, com a voz dura:

— Aposto que não precisam trabalhar pra viver.

Ah, o Senador tinha se dado bem desde que parou de vender sabão e entrou na política. Teve o dinheiro da esposa para começar. Ela era mais velha que ele, pelo menos dez anos, mas seu dinheiro não tinha idade. O Senador havia percorrido um longo caminho desde o casebre pré-fabricado no lado sul. Com corrupção e o dinheiro da esposa, todo dele agora, tinha se dado bem sozinho. Mas não era o suficiente. Agora estava entrando na classe dos milionários. Tudo do bom e do melhor para o Senador. Mas ele fugiria de uma dívida de mil dólares se pudesse. Só que não podia.

— Não apostaria nisso — disse McIntyre. — O que será que o Senador está querendo agora? — questionou com uma leve curiosidade.

Sailor poderia contar para ele. Mas McIntyre tinha que ver por si mesmo, estava vendo-a bem ali.

Será que McIntyre não estava vendo-a, a rosa branca, a estrela pálida?

— Talvez queira virar governador.

Sailor deu uma risada.

— Por que ele ia querer ser governador? Já foi senador.

— Ser o governador do estado soberano de Illinois não é um trabalho ruim. — McIntyre estava tranquilo. — Não traz só prestígio, mas também pode ser bem lucrativo.

O garçom veio deslizando com a bandeja. Tinha trazido a cerveja, mas olhou de cara feia para Sailor.

— Setenta e seis centavos — falou.

Sailor tirou um dólar e jogou na bandeja.

— Pode ficar com o troco.

O símio o olhou com ódio em vez de agradecimento, mas a cerveja estava gelada, e Sailor tocou a garrafa com os lábios com carinho. Limpou os cantos da boca com as costas da mão e baixou a cerveja.

— Não acho que ele precise tanto assim de dinheiro — disse, pensando no seguro de vida.

Cinquenta mil, sem contar com os imóveis.

— Ninguém acha que tem dinheiro suficiente — respondeu McIntyre com severidade.

A cerveja estava boa mas Sailor sentia a cabeça começar a girar. Sabia que estava na hora de agir. Não era idiota para achar que era boa ideia conversar com um policial enquanto estava bebendo. Não era de beber, nunca tinha sido. Era um dos motivos para ter permanecido tão próximo do Senador. Ele podia confiar que Sailor não ia ficar bêbado e dar com a língua nos dentes. Sempre foi do tipo de beber uma única garrafa de cerveja. Duas não era muito, mas ele não tinha comido quase nada o dia inteiro. Tomou um café com pãozinho doce de manhã, um sanduíche seco e mais café no almoço. Ia terminar aquela cerveja e ir embora. Tomou outro longo gole. Que delícia, que delícia.

— Não acho que ele vá ser governador um dia — comentou McIntyre.

O Senador estava indo para a pista. Ela também. Eles iam dançar. Ele estava abraçando a cintura branca e limpa dela. Sailor segurou a garrafa com força e cuspiu entre os dentes:

— Filho da puta.

McIntyre o ouviu. Sailor falou baixo, a jukebox estava berrando "Apple Honey", de Woody Herman, os homens estavam discutindo aos gritos e copos tilintavam e mulheres guinchavam e cadeiras arrastavam, mas McIntyre o ouviu. Mac encarou Sailor com seus olhos firmes e sem cor.

— Ele vai ser governador se quiser — disse Sailor, e riu como se não tivesse acabado de xingá-lo de filho da puta e McIntyre não tivesse ouvido.

O detetive da Homicídios o observou calmamente por um momento, então repetiu:

— Não acho que ele vá ser governador um dia.

E se virou de novo para a pista de dança.

Sailor não sabia o que Mac estava tentando dizer. Não sabia porque era assim que Mac era. Nunca dizia nada direto, que nem um policial idiota. McIntyre deixava as coisas no ar. Talvez quisesse dizer que o Senador não seria governador

**O CAVALO COR-DE-ROSA**

porque ia para a cadeira elétrica. Ia para a cadeira elétrica pelo assassinato da esposa.

Sailor terminou a cerveja. O Senador ainda estava quicando na pista, o braço esmagando a branca Iris.

— Não comi o dia todo — disse Sailor com a língua pesada. — Vou arrumar alguma coisa pra comer.

— Pode pedir aqui — comentou McIntyre.

Sailor empurrou a cadeira e se afastou da mesa.

— Quero comer em algum lugar em que consiga sentir o gosto da comida. A gente se vê, Mac.

Ele assentiu.

— Se cuida.

Ele não estava bêbado, não estava nem alto, mas sua cabeça girava de leve. Foi atravessando a multidão às cotoveladas. Tropeçou em um bêbado que saía da mesa. O bêbado usava calças chiques como as do Senador.

— Olha por onde anda — ameaçou.

— Cala essa boca — retrucou Sailor, mas não parou para calar ele mesmo a boca do bêbado, só saiu daquela pocilga para a noite. Forçou o ar parado para fora dos pulmões, inspirou o ar fresco. A noite estava gelada e doce, com um leve aroma de fumaça, como uma fogueira de pinheiros. Sailor voltou para a praça, para a esquina do museu. A praça estava escura e quieta, só a corrente de luzes coloridas fracas acesas na escuridão. Ele viu sombras mais pesadas sob as sombras do portal. Montes, enrolados em cobertores e xales. As índias camelôs estavam dormindo, as coisas que tinham espalhado pelas calçadas estavam agora embrulhadas em grandes sacos de tecido como roupa suja. Talvez ele pegasse um cobertor emprestado e dormisse com elas. Soltou um palavrão baixinho. Nunca tinha precisado dormir no chão.

Não havia lugar para comer na praça. Estava adormecida: escura, quieta, adormecida. As barraquinhas estavam adormecidas, assim como as chaminés de onde antes fumaça fina saía. As lojas em torno da praça estavam às escuras e adormecidas também. O hotel barato era somente uma luz fraca. Ele atravessou o parque e seguiu pela direita. Não tinha investigado a rua que saía da praça por aquele lado. Podia haver outro hotel... lotado. Fiesta, sabe como é. Mas devia haver, em algum lugar, um bar ou restaurante que ficasse aberto a noite toda. Mesmo essas cidadezinhas caipiras precisam de algum lugar para alimentar os trabalhadores do turno da noite. Ele virou na rua que cortava aquela. Já tinha passado por ali mais cedo, mas não notara o restaurante na esquina, em frente ao Inca. Não estava pensando em comida naquela hora.

Uma placa iluminada ficava pendurada acima da calçada. Ele não leu as letras vermelhas grandes, só as azuis pequenas, que diziam KANSAS CITY STEAKS. Enquanto lia, viu alguns homens abrirem a porta e entrarem.

Não levou nem um minuto para chegar à esquina. A lanchonete estava realmente aberta. Tinha muita gente sentada nas cabines e no balcão. Sailor entrou.

Pegou um lugar no balcão entre um cara em mangas de camisa e uma boneca de vestido de seda barato. A boneca o encarou com grandes olhos redondos quando Sailor abriu as pernas para se sentar na banqueta. Ele não a encarou de volta, fixou o olhar no copo longo e amarelo bordado no boné do chef. Permaneceu encarando o símbolo até o cara se aproximar e perguntar:

— Vai querer o quê?

— Dois sanduíches de filé sem asneiras, uma porção de fritas e uma garrafa de leite.

— Mal passado?

— E grosso.

Sailor tirou um cigarro do bolso e acendeu. A boneca, com um sotaque anasalado do Kansas, perguntou:

— O que houve com a torta, Gus?

Ela parecia achar que era uma belezinha, mas não era. Seu rosto parecia o de uma boneca de borracha, redondo e vazio, e o sotaque franzia o nariz dela. Ela não sabia que seu olhar era predatório; achava que eram lindos olhos azuis e que ninguém conseguia de ver seu verdadeiro espírito.

Gus respondeu, tranquilo:

— Está no forno. Não precisa ficar neurótica, Janie.

Ele largou um copo d'água e alguns talheres baratos na frente de Sailor. Os guardanapos de papel ficavam à disposição em cima do balcão.

Ela se virou para a garota ao seu lado e comentou:

— O serviço aqui está ficando horrível.

Apesar de ter falado à outra garota, a boneca mantinha a atenção em Sailor pelo canto do olho. Se começasse a subir no seu colo, ele a tiraria de lá a tapas, mas por enquanto só a ignoraria. Se bem que ela provavelmente saberia onde arrumar uma cama para ele; o problema era o que viria com os lençóis.

Ele encolheu os ombros para sair da vista dela. O cara do outro lado estava devorando um presunto e bebendo café. Não estava com ninguém; era como Sailor, só queria comida.

— Você por acaso sabe onde arrumar um quarto? — perguntou Sailor.

— Não. — Ele não parou de comer. — Não tem quarto disponível em época de Fiesta.

O sujeito não estava interessado em papo, e Sailor não o incomodou mais.

Não dava para fugir da Fiesta nem na lanchonete. Do outro lado do balcão circular havia gente fantasiada, gente fantasiada também em algumas das cabines. Jovens, a maioria, loiras, ruivas e morenas com rapazes desajeitados. Crianças, cheias de apetite, sem querer saber de nada além de diversão; Zozobra morreu, vida longa à Fiesta. Quando ele era da idade do bobão orelhudo à sua frente, McIntyre já o tinha colocado no xilindró uma vez, por roubo de carros. Mac era só um guardinha na época. Os dois tinham subido muito na vida, cada um a seu modo.

Ele sempre gostara de Mac. Mac não dava sermão; dizia a real, sem enrolar. Se roubar carros, vai para a prisão. O que Mac não sabia era que os rapazes por trás dos roubos de carro tinham uma opção melhor: se não for pego roubando carros, não vai para a prisão. Sailor não tinha visto muito Mac desde que se mudara para o norte. Um olá aqui e ali, quando você menos esperava. Mac não tinha tentado se meter. Era honesto, era preciso dizer. Não queria propina. Acreditava no que dizia. Você machucou alguém e vai acabar se machucando também. Era um policial honesto, na mente e no coração, e no trabalho também. Foi por isso que o comissário da reforma o nomeara chefe do Departamento de Homicídios. Agora ele estava por aí de novo.

Tinha que ser algo grande para colocar Mac nas ruas. Algo como prender o ex-senador Douglass por assassinato. Aquele chapéu bobo que estava usando podia enganar alguns dos caipiras, mas não enganaria ninguém que já tivesse visto Mac trabalhar. Que já tivesse notado os olhos cinzentos e quietos dele.

Gus baixou o prato de cerâmica pesado com dois sanduíches abertos, os filés pingando sangue nas torradas, outro prato com batatas fritas.

— Café?

— Garrafa de leite. — Ele já estava com a boca cheia. As batatas estavam quentes demais. Ele mordeu, afastando a língua.

— É, eu ouvi.

Gus abriu a geladeira, pegou o leite.

— Pode pegar duas logo — disse Sailor. Ele não queria cortar os sanduíches; deu uma grande mordida e mastigou.

Sabia que estava com fome, mas não que estava com *tanta* fome. O leite estava ainda melhor do que a cerveja. Ele virou metade da garrafa enquanto mastigava.

De início, não reconheceu o homem com a boca gordurenta cheia, os olhos vermelhos, o colarinho sujo. Não até a boca se abrir de novo para engolir mais um pedaço do sanduíche. Ele estava olhando para um espelho. O homem era ele, sujo, amassado, o cabelo bagunçado escapando pela testa debaixo do chapéu, a barba escurecendo a mandíbula. Precisava encontrar um lugar para se limpar antes de encontrar o Senador no dia seguinte. Podia dormir no banco da praça, mas precisava se barbear, tomar um banho, trocar de roupa. Sailor mastigou com uma raiva impotente pelo que o Senador fizera com ele naquele dia. Tinha que pagar por aquela indignidade. Cinco mil não seria o suficiente.

A porta de tela se abriu e ele ouviu a risada de um grupo que entrava. Estava receoso em olhar; pelo canto do olho via as fantasias. O grupo passou pelo lado oposto do balcão, e ele empurrou o chapéu para cobrir os olhos. Depois que passaram, ele observou. Não era o grupo do Senador. Eram só mais alguns foliões da Fiesta que tinham ficado acordados até tarde.

Ele começou a comer mais rápido. Não queria ser pego na luz ofuscante da lanchonete pela turma do Senador. Seu estômago estava inchado quando terminou, e o cigarro já tinha um gosto bom de novo, não mais como erva velha e seca. Ele pegou a conta, pagou no caixa e deu o fora, batendo a porta de tela às suas costas. Mas o Senador e seu grupo não estavam esperando para entrar. Não havia ninguém na calçada.

Da esquina, as luzes do Cabeza de Vaca mais adiante na rua zombavam dele. Do outro lado, as luzes do pequeno Inca o ignoravam. Malditos sejam eles e malditos sejam seus néons. Ele encontraria um quarto melhor do que os daqueles lixões.

Sailor dobrou a esquina e refez seu caminho até a pequena colina. Virou à esquerda e continuou descendo a rua. Devia haver algum lugar com vaga para ele. Livrarias, joalherias, sapatarias, lojas de móveis. Ele andou pela escuridão, as lojas cada vez piores, o caminho mais escuro. Nada do outro lado, uma escuridão total de cinema, poderia muito bem armar uma barraca no saguão se tivesse uma. Bares escuros com sons abafados e sons não abafados, o cheiro acre de bebida barata ofendendo suas narinas. Apenas alguns quarteirões depois e a rua terminava. Nada além. Casinhas escuras, fazendas, campos vazios. Além disso, montanhas. Sem hotéis, sem placas de quartos, nem mesmo um puteiro. Nada mais naquela direção, então ele voltou. Parou por um momento para acender outro cigarro, tentando pensar no que fazer, para onde ir.

E parado ali, o mal-estar voltou a apoderar-se dele. A inquietação de uma terra desconhecida, de escuridão e silêncio, de línguas estranhas e de um povo estranho, de cheiros desconhecidos, até mesmo o cheiro fresco da noite era desconhecido. O que dominou seus poros naquele momento foi o pânico, embora não conseguisse dar um nome a isso. O pânico da solidão; de ser ele mesmo o estranho, embora permanecesse inalterado, a temível perda de identidade. Dominava seus poros e escorria novamente, úmido no frio da noite. Parado, ele tremia, então se moveu de súbito, na direção da praça, na direção da identidade. Ouviu o barulho de passos enquanto se movia e virou a cabeça rapidamente, a mão direita tensa e rápida no bolso. Ninguém estava andando atrás dele. No entanto, quando ele voltou a se mover, ouviu mais uma vez os passos leves. Teve uma pontada momentânea de algo parecido com medo, lembrando-se do ódio ardente nos olhos do garçom.

Então se deu conta. Não havia qualquer pessoa ali além dele mesmo. Eram seus próprios passos que ouvia. Sua risada curta foi um som feio e alto no escuro da noite. Sailor continuou andando, batendo os calcanhares com ferocidade na calçada rachada. Ele não estava com medo. Não tinha medo do garçom *chicano* nem de qualquer homem que caminhasse. Não conhecia o medo desde que o velho fora enterrado, o cinto fechando as calças em volta da barriga inchada.

Ele caminhou de volta pela rua escura, um quarteirão, depois outro, e atravessou na diagonal até o bar estranho ao lado da barbearia. Não porque queria uma bebida, mas porque viu a figura cadavérica de Ignacio, o violonista, pela porta aberta em meio à fumaça. Porque ele encontraria Pancho, e Pancho encontraria um lugar onde ele pudesse descansar.

Aquilo não era uma pocilga como o Keen's Bar, era ainda pior. Um salão apertado, com um bar sujo e nada mais. Nem mesmo uma jukebox. Era ali que os homens, homens pobres, iam se embebedar quando o chicote da pobreza os atingia com força demais para resistir. Aquele era o tipo de boteco que o velho frequentava sempre que tinha dinheiro para um porre barato. Onde o velho gastava as moedas que a velha trazia para comprar pão. Quando o velho não conseguia ficar em pé, ia para casa aos tropeços e batia nas crianças porque não havia pão para alimentá-las.

O velho jazia em um túmulo de indigente, onde merecia estar. A velha estava ao lado dele; não era culpa dela ter se acabado esfregando o chão para ganhar o pão e largado as crianças na rua. Algum dia Sailor a tiraria de lá; mandaria colocar uma lápide branca acima dos seus velhos ossos. As meninas eram putas, os meninos tinham que trabalhar. Alguns escriturários, outros viviam de bicos. Não ele. Isso não tinha sido bom o suficiente para ele. Ele sabia o que queria: dinheiro, dinheiro suficiente para ir para a North Shore. Nada de trocados. Nada de mudanças. Trabalhos seguros. Dinheiro de verdade. Ele era útil para o Senador porque não bebia e ficava bem com as roupas que o Senador comprava. Era um rapaz bonito e o Senador gostava que seus homens tivessem a aparência certa para a North Shore. Ele tinha ombros bons por causa do boxe; era rápido e durão; fazia o trabalho sujo para o Senador desde que era um bandidinho de dezessete anos, e nunca o decepcionava. Aquele podre do Senador.

Uma bela lápide branca. Talvez com um anjo rezando em cima. *Aqui jaz.* Ele não sabia quando a velha tinha nascido nem onde. *Morte: cortiços de Chicago, 1936. Descanse em paz.* A única paz que ela conhecera.

Entrou no lamaçal vermelho do bar e o fedor revirou seu estômago. Aguardente barata. E maconha. Mas ele tinha que encontrar Ignacio, descobrir onde Pancho dormia. Seguiu pelo bar, esticando o pescoço, encarando os rostos escuros e sujos e feios, manchados de bebida da pior qualidade, matraqueando nas suas línguas estranhas. Ele seguiu, sentindo o fedor das calças sujas e das camisas sujas, do suor seco e da merda e do bafo deles. Até que encontrou Ignacio.

— Cadê o Pancho? — exigiu saber.

Ignacio o encarou como se nunca tivesse visto Sailor na vida. Olhos pretos sem expressão, olhos tristes e bêbados naquele rosto emaciado. Falou algo em espanhol:

— *Quien es Pancho?*

A barreira da linguagem era insuportável, mais insuportável do que o fedor do lugar.

— Pancho — gritou Sailor. Então se deu conta de que Pancho Villa era o nome que ele havia inventado para o gordo; não sabia o nome dele de verdade. — Seu chefe. O gordo. O cara do carrossel. — Encontrou o espanhol: — Tio Vivo.

O cadáver continuou a observá-lo com seus olhos pretos sem expressão.

Mas ele estava falando alto demais, e os outros homens naquela parte do bar estavam ouvindo, observando. Desconfiados do terno e do chapéu de Sailor, por mais amassados que estivessem; desconfiados de seu nariz, de seus olhos e de seu inglês. Desconfiados e cautelosos, esperando que Sailor cruzasse a linha, esperando com facas que ele começasse alguma coisa. Seus punhos se fecharam quando o homem atarracado atrás de Ignacio se aproximou com dificuldade. Mas o homem não o atacou, só sorriu com os dentes tortos.

— Ele perguntar quem é Pancho — disse o homem, rindo como um hiena. O sotaque era tão pesado quanto a fumaça vermelha. — Ele não falar *inglês*. Ele não entender. Eu falar pra ele. — Ele tocou a própria camisa azul amassada.

— Olha, você...

— Eu sou Pablo Gonzalez — continuou o homem. — Eu falar *inglês*. Ele não falar *inglês*. Eu falar pra ele.

— Fale para ele que quero saber onde está o Pancho. — Sailor fez uma careta. — O nome dele não é Pancho. O grandão. O chefe do carrossel. Tio Vivo.

Pablo Gonzalez desandou a falar em espanhol com o magrelo. Sailor esperou, cheio de esperança, sem esperança alguma. O magrelo balançou a cabeça magra, os olhos sem expressão.

— Pelo amor de Deus, ele trabalha com o cara...

Pablo interrompeu pacientemente.

— Ele não saber onde estás Don José Patricio Santiago Morales y Cortez... — Seu sorriso estava ainda mais simiesco. — Que você chama Pancho.

Era isso. Ele jogou uma moeda para o feioso.

— Pode comprar cinco doses para você — rosnou.

E deu o fora dali rápido.

Ignacio estava mentindo. Ou o cara de macaco não falava *englês* tanto quanto o violonista. A barreira da linguagem era ainda mais frustrante. Se ele conseguisse falar com Ignatz descobriria onde o tal de nome comprido estava. Pancho tinha nome de duque, não de um velho qualquer cuidando de um carrossel.

Ele não falava espanhol e isso o deixava onde estava antes: na rua. Subindo as ruelas estreitas, batendo perna por aquela cidade de caipiras. De pé em uma esquina de uma cidade estranha e escura, com luzes coloridas piscando acima da sua cabeça e grotescas máscaras de papel machê o encarando com ódio.

Não havia nada a fazer agora além de acampar na porta do Senador. Tentar enrolar a velhota da recepção com alguma história mirabolante e chegar até ele. O escárnio nos olhos azuis límpidos de Iris Towers não era tão importante quanto estar em uma cama. Ele continuou andando, passando pelas lojas às escuras, pela vitrine pouco iluminada do hotel em que deixara sua bagagem, até a esquina. Mas ele não atravessou para o hotel. Parou. Parou por conta de uma voz na noite. Um canto.

Por entre as árvores ele viu o balançar suave de uma gôndola do Tio Vivo. Era de lá que vinha a música, uma canção tristonha e desafinada, tomando o ar da noite. Ele deu as costas para o hotel e seguiu para o pequeno carrossel.

Sailor permaneceu nas sombras até o fim da música.

— *Adiós* — cantou o cantor. — *Adiós, mi amigo*.

A voz doce foi diminuindo até ficar em silêncio. Mas o silêncio não era o mesmo da rua escura com as lojas malévolas. As copas das árvores se agitavam e a gôndola rangia e os ecos da canção tristonha permaneciam nos ouvidos. Pancho levou uma garrafa aos lábios. Estava largado na gôndola, seu peso fazendo-a balançar de leve. O chapéu estava apoiado nos seus joelhos e os pés descalços, encostados no assento em frente. Ele baixou a garrafa, estalou os lábios, colocou a rolha e deitou a garrafa dentro do chapéu. Foi aí que viu Sailor.

— *Ai yai!* — gritou. — *Mi amigo!* — Seu rosto se enrugou com sorrisos. Ele abriu os braços frouxos, cálido e receptivo. — *Mi amigo!* Onde é que você foi? Venha beber comigo.

Sailor abriu o portão e passou pela cerca.

— Não quero beber, quero uma cama.

— Vou dividir minha cama com você — jurou Pancho. — Mas primeiro vamos tomar uma dose. — Ele ergueu a garrafa sem rótulo, deu uma olhada através do vidro e sorriu. — Vamos tomar uma dose, depois outra dose. Aí vou cantar para você.

Ele arrancou a rolha com os dentes e estendeu a garrafa.

— Não, obrigado — disse Sailor. — Só quero dormir.

O gordão podia cantar todas as músicas de ninar que quisesse se arrumasse uma cama para Sailor.

— Mas não! — A boca de Pancho se inclinou para baixo. Seu rosto inteiro pareceu desapontado. — Você é meu amigo, não? Você é meu amigo e não vai beber comigo? — Parecia que ele estava prestes a chorar. Já tinha matado metade da garrafa. Mesmo sem a evidência era óbvio; ele estava perto demais do riso, do choro, do canto, da declaração de amizade.

Sailor pegou a garrafa. Não dava para discutir com um bêbado. Ele limpou a boca com a palma da mão, virou a garrafa e deu um gole. Só a amizade o impediu de cuspir quando baixou a garrafa. O negócio queimava que nem soda cáustica; o gosto era de pimenta-do-reino. Ele devolveu a bebida para Pancho.

— Ah! — O gordo abraçou a garrafa. — Bom, não? Hoje bebemos tequila. Não pulque. Não sotol. Tequila. Porque é a Fiesta. — Ele bebeu, fechou a garrafa e colocou de volta no chapéu, então mexeu os pés descalços. — Sente, meu amigo. Você acha que meus negócios não estão bons? Mas hoje é tequila. É bom, não?

Sailor se encolheu na gôndola ao lado dos pés descalços. Bem que ele gostaria de tirar os sapatos também. Seus pés estavam suados e pesados depois daquele dia.

— É uma maravilha, Pancho.

A gôndola começou a balançar quando ele se sentou. Ela se moveu no escuro, a folhagem brilhante no céu da praça, e os cavalinhos se agitaram de leve, como se dormissem. Sailor afastou o chapéu e sentiu o ar fresco da noite na testa.

— Zozobra está morto — disse Pancho. — *Viva las Fiestas*. — Ele tirou a rolha da garrafa e a passou para Sailor em um movimento fluido. — Vamos beber, certo? Porque meus negócios estão bons?

— Chega para mim — disse Sailor, preparando uma expressão triste. — Prometi para minha mãe quando eu era criança. Um gole, nada mais. Meu velho era um bêbado.

Pancho deu de ombros.

— Às vezes, é bom para um homem ser um bêbado. — Ele virou a garrafa. De jeito nenhum tinha mais de um gole depois desse. Mais um e Sailôr levaria o gordo para a cama. Pancho estalou os lábios e começou a cantar com tristeza: — *Adiós, adiós, mi amigo...* — Seus olhos se reviraram, desconfiados. — Onde está a menina índia?

— Eu a deixei aqui — respondeu Sailor. — Com você.

— Ela ficou muito triste que você a deixou.

— Eu tinha negócios a tratar.

— Sempre você pensa em negócios. — Pancho parecia triste. Por um momento apenas. Seus lábios estremeceram. — Mas é um bom negócio para mim você pensar em negócios. *¡Hola!* Bebo tequila.

— Se você me encontrar uma cama, te compro outra garrafa amanhã de noite — prometeu Sailor.

— Com você eu divido minha cama — Pancho repetiu a promessa. — Divido meu poncho. Você é meu amigo. Mas primeiro, outro gole. — Ele virou a garrafa, mas o sorriso não chegou ao seu rosto. — Aaaah — gemeu. Então lançou a garrafa vazia nas sombras trêmulas debaixo de uma árvore.

— Vou comprar outra amanhã — repetiu Sailor. — Vamos para a cama agora.

Ele moveu a gôndola.

— Um momento. — Pancho o impediu. — Primeiro bebemos juntos.

Sua manzorra ergueu em triunfo outra garrafa do líquido transparente. Ele sorria enquanto arrancava a rolha com os dentes, depois ofereceu a garrafa.

— Lembra? Minha promessa.

— Verdade. — Pancho suspirou. — Eu também fiz promessa. Muitas vezes. — O brilho retornou aos seus lábios. — Mas é a Fiesta. Hoje bebemos.

Sailor pegou a garrafa. Não era homem de beber, e aquela manguaça espanhola branca não devia ser consumida nem por homens, nem por animais. Parecia colocar fogo nas tripas. Mesmo assim, ele bebeu. Não importava. Nada mais importava naquela noite. Se não podia dormir, ele beberia. Não havia motivo para ficar alerta. Ele bebeu, engasgou, depois devolveu a garrafa para Pancho.

— *Bueno!* — Pancho aplaudiu. — Bom, não? — Ele tomou um gole, repetiu o ritual de recolocar a rolha na garrafa e pousá-la no chapéu gorduroso. — A menininha índia... — começou, sem jeito.

— As amigas a largaram. — Sailor decidiu que aqueles eram os fatos. — Não sabia o que fazer com ela, estava me seguindo por aí. Então comprei-lhe um refrigerante e paguei por uma volta no seu carrossel. Ela nunca tinha andado em um.

— Não — disse Pancho, os olhos percorrendo a praça até o portal do museu onde as índias dormiam em silêncio. — Não. — Talvez só tivesse lhe ocorrido naquele momento. — As crianças índias não andam no Tio Vivo.

— Não têm dinheiro? — perguntou Sailor com aborrecimento.

— Talvez não, talvez sim. — Ele deu de ombros. Passou a garrafa. Sailor aceitou e bebeu. — Os índios são uma gente engraçada. São orgulhosos, os índios. Talvez não queiram que seus pequenos se misturem com os mexicanos e os gringos. Talvez não queiram que gritem com eles "Fora daí, seus índios sujos". Os índios são engraçados. Não se misturam. — Ele tomou um gole reflexivo. — Os espanhóis dizem que são povos orgulhosos. Antigamente, talvez. Talvez eles tenham chegado de cavalo, um povo orgulhoso, com ouro nas selas. Dizem que é verdade. É por isso que existe a Fiesta. Porque os orgulhosos espanhóis conquistaram os índios. Don Diego de Vargas, com sua cota de malha e sua sela de couro fino no seu cavalo orgulhoso. É o que dizem.

Sailor se lembrava vagamente da história.

— Acho que já li alguma coisa assim — comentou. A gôndola balançava de leve, e as folhas escuras farfalhavam na noite.

— Não é bom ser um conquistador, acho — disse Pancho. — Os espanhóis eram um povo orgulhoso quando conquistaram, mas não são mais. Os gringos vieram depois e conquistaram os espanhóis. Não pela espada. Com dinheiro. — Seu lábio pendeu, e ele deu uma piscadela para Sailor. — Com dinheiro. Terras e peles e lã e comprando e vendendo dinheiro. É isso que não entendo. O comprando e vendendo dinheiro. Mas os gringos *fidaputa*, eles entendem. — Ele respirou fundo, feliz. — São gente engraçada, os gringos, não? Talvez tenham sido orgulhosos antigamente, mas acho que não. — Seu nariz se franziu. — Não, acho que não. Gente

**O CAVALO COR-DE-ROSA**

orgulhosa não chafurda atrás de trocado, cinquenta centavos, um dólar, não? Gente orgulhosa é orgulhosa demais.

— E esses espanhóis orgulhosos aí de vocês? — perguntou Sailor. Não esperou o convite; esticou-se e pegou a garrafa do chapéu. — Também não eram loucos por dinheiro? Você não acabou de dizer que eles também estavam procurando a todo-poderosa grana?

— Não, não — negou Pancho. — Eles não estavam procurando trocado, cinquenta centavos. Eles procuram ouro, *mucho oro*, as sete cidades de ouro de Cíbola. Você acha que existiram as sete cidades de ouro?

— Pode ser que sim — disse Sailor. Se ir atrás da grana grande em vez de trocado era o que tornava alguém orgulhoso, ele sentiria muito orgulho de si mesmo amanhã. Não estava prestando muita atenção. O berço se balançava e as folhas se balançavam e havia uma quietude nele, uma paz naquela escuridão de balanço gentil.

— Pode ser que sim, pode ser que não. — Pancho suspirou. — Os espanhóis eram um povo orgulhoso na época. Mas não eram um povo bom. Eram gananciosos e egoístas e cruéis. Não vieram com paz e amor no coração. Amor pelo céu e pela terra e pelos povos desta terra. Eles vieram para roubar. — Seus olhos brilharam como as folhas escuras sobre a praça. — Alguma coisa acontece com eles. A terra não gosta deles. Eles são cruéis com o povo da terra. Eu sou índio.

— Pensei mesmo que fosse — murmurou Sailor. Como Pila. Havia algo de semelhante no homenzarrão e na menina de pedra; ele não sabia o que era, mas reconhecia sua existência.

— Minha avó era apache — disse Pancho. — Também sou espanhol. Os espanhóis são pessoas boas agora. Porque são pessoas humildes. É bom para eles serem humildes assim como é bom para os índios serem orgulhosos. É como a terra quis que fosse.

Pelo jeito que Pancho falava sobre o país, era de se pensar que a terra era alguma deusa pagã que precisava ser obedecida. Que precisava receber sacrifícios. Não só um monte de nada até onde a vista alcançava e as montanhas no final. As montanhas que se erguiam como uma barreira contra o céu.

— E os brancos?

— Os gringos? Bá! — Pancho bufou. — Eles não são desta terra. Não trazem nada para esta terra. Tudo que querem é tirar seus trocados. Nunca que são desta terra.

Os estranhos. Os sem existência.

Pancho continuou, confortável:

— Eu sou índio e sou espanhol. Meu avô era um Don espanhol. Por isso eu me chamo Don José Patricio Santiago Morales y Cortez. É o nome do meu avô. Minha avó era sua escrava.

— Lincoln libertou os escravos — comentou Sailor, como se lesse de um livro, um livro de escola, e estivesse olhando pela janela a fumaça e a poluição e o frio das garras esqueléticas de um dia de inverno em Chicago.

Ele ia para a escola porque a escola tinha aquecimento. Preferiria ir para o salão de bilhar, que também tinha aquecimento, mas sempre tinham uns bisbilhoteiros invadindo o salão em busca de crianças. E o gordão que cuidava do estabelecimento não queria problemas com a lei. Ele vendia baseados por baixo dos panos e não podia se meter com a polícia, então entregava as crianças direto nas mãos dos guardas. Elas, por sua vez, tinham medo de denunciar o esquema de baseados porque tinham visto o gordão matar um homem uma vez. Pegou o cara e quebrou as costas dele no meio, que nem um pedaço de pau. Ele era tão gordo que você não imaginaria que conseguisse se mover tão rápido ou ter tanta força. Ele não foi preso por quebrar as costas do cara porque todos no local, até as crianças, juraram que foi em legítima defesa. O cara estava doidão e tinha puxado uma faca para o gordo. Além disso, os tiras provavelmente deviam saber dos baseados. Dava para sentir o cheiro de longe, nem precisava entrar. O mesmo cheiro enjoativo do boteco onde Sailor encontrara Ignatz naquela noite. Era provável que os tiras levassem uma parte do ganho. Se Sailor não tivesse ido à escola por causa do aquecimento, até terminar o Ensino Médio, o Senador não o teria escolhido entre os vagabundos no salão de bilhar da esquina. O Senador não teria pagado a faculdade para ele — sim, a Universidade de Chicago, por um ano e meio. Sailor tinha uma boa educação. Ele não era nenhum vagabundo.

Pancho deu de ombros.

— Quem é esse sr. Lincoln? Os espanhóis não conhecem. Os índios não sabem que ele os libertou. São pobres escravos. Depois de um tempo os gringos aparecem e falam, sr. Lincoln libertou os escravos. Vocês não ser escravos mais. Vocês ir pra casa agora. E vocês mexicanos *fidaputa* trabalham pra gente agora. — Ele sorriu. — Você sabe por que você é meu amigo, *señor* Sailor?

— Não tenho ideia — respondeu Sailor com um bocejo.

— Porque eu sou índio — disse Pancho. — E você foi bom com a menininha índia. Você não a chamou para sua cama e disse "eu te pago uma volta no Tio Vivo".

Ele não respondeu "Eu não tenho cama". Ele respondeu:

— Pelo amor de Deus, ela só tem catorze anos.

— E importa? — Pancho deu de ombros. — Ela é mais velha, acho, aos catorze, do que as margaridas dos gringos com o dobro da idade. Mas você é um homem bom. Compra um refrigerante para ela e uma ótima volta no Tio Vivo com música tocando... no cavalo cor-de-rosa. — Seu sorriso era amplo, cálido. — Você faz isso para ela só para ela ficar feliz. Não para roubar nada dela. Você é meu amigo. — E começou a cantar de novo: — *Mi amigo, mi amigo, mi amigo, amo te mucho...*

— Tudo bem — disse Sailor. Estava desperto de novo. A garrafa já estava quase no fim, ele havia deixado um último gole para Pancho. — Vamos para a cama, certo?

— Você também é meu amigo — continuou Pancho, com uma expressão zombeteira nos olhos semicerrados —, porque não falou: "Seu mexicano desgraçado, deixa essa menina andar ou eu..." com a mão no revólver aí no bolso.

A mão de Sailor pulou para o bolso direito. A arma ainda estava ali em segurança. Mas como Pancho sabia que estava ali? Será que McIntyre sabia? Ele não queria arrumar problemas.

Pancho continuou, efusivo:

— Não, não. Você é um bom homem. Pagou bem pelo favor. Para a indiazinha Pila andar no cavalo cor-de-rosa. Você deu presentes para o pobre Pancho e para o pobre Ignacio e para o pobre e velho Onofre Gutierrez. Você fez todo mundo feliz na Fiesta.

— Zozobra está morto — citou Sailor, ironicamente. — *Viva las Fiestas.*

Ele riu alto, uma risada que assustou a noite escura e trêmula. Ninguém nunca dissera que ele era um bom homem. Ninguém nunca tivera razão para chamá-lo de bom.

— É por isso que você é meu amigo, meu primo. Eu também sou um homem bom. Um homem orgulhoso e um homem bom.

O grandalhão provavelmente já tinha matado uma dúzia de homens na juventude, quebrado suas costas como se fossem pedaços de pau.

— Se não for bom, você não pode ser orgulhoso — continuou Pancho. Ele ergueu a saideira, estreitando os olhos para o pouco que sobrava. Se tivesse outra garrafa escondida naquele couro de elefante imenso que chamava de calça, ele,

Sailor, mataria o velho com as próprias mãos. — Você não pode ser orgulhoso se está com medo, se escondendo pelos cantos. Não pode ser orgulhoso se fica se dobrando aqui e ali para aqueles *fidaputas* safados dos gringos. Não pode ser orgulhoso se fica inventando coisa para roubar cinquenta centavos. Não, não. Só os índios são orgulhosos.

— Aham — disse Sailor. — Vamos.

— Porque eles não se importam com nada. Só com esse país que é deles. Eles não se importam com os gringos nem com os pobres mexicanos. Esses povos não pertencem ao país deles. Não se importam porque sabem que esses povos vão embora. Logo, logo.

— Pode demorar muito — comentou Sailor, olhando para as lojinhas, os botecos e lanchonetes. Não era fácil se livrar das coisas que traziam os trocados.

— Eles podem esperar — disse Pancho com paciência. — Os índios são um povo orgulhoso. Eles podem esperar. Um dia...

Mil anos. Dois mil anos. Um dia... Talvez fosse essa a melhor maneira de fazer as coisas, não se preocupar com o agora, esperar o tempo cuidar de tudo. E se a medida de tempo fosse de mil, dois mil anos? Um dia tudo ficaria bem. Se você fosse índio.

Talvez esse fosse o terror que a índia de pedra gerara. Um dia você não seria nada. Portanto, você não era nada. Ele já estava sem paciência para a filosofia de tequila de Pancho. Chega de ideias.

— Pode beber — disse Sailor. — Preciso dormir um pouco. Tenho negócios a tratar amanhã.

Pancho apertou os olhos para o golinho que sobrava na garrafa.

— Você prometeu à sua santa mãezinha.

Ele encheu a boca de tequila, bochechando, saboreando.

Sailor lançou os pés para fora da gôndola e pulou suavemente.

— Agora vamos dormir, sim. — Pancho suspirou. Então coçou a barriga, estalou os dedos sujos dos pés e enfiou o chapéu gorduroso na cabeça, puxando-o para baixo. Ele gemeu e grunhiu enquanto saía da gôndola e ficou de pé, vacilante. Deu um tapão no ombro de Sailor. — Vamos dormir lado a lado porque somos amigos. Só bons amigos têm uma conversa boa como essa que tivemos hoje à noite. Uma boa conversa e uma boa bebida dividida. Não sotol, tequila! Para aquecer o coração e a barriga.

Sua manzorra, seu corpanzil empurrou Sailor na direção do poste central do carrossel.

— Você é meu amigo — cantou ele. Afastou a mão e se abaixou, ondulando, para uma pilha de trapos sujos perto do poste. Não caiu, mas se ajeitou em um salto perigoso, com a graça de um dançarino, quando pegou um dos trapos e ficou de pé de novo. — Para você, meu poncho. — Ele estendeu o trapo sujo com os olhos marejados de afeição. Um pedaço de lã comprido, trançado com tiras coloridas transformadas pela sujeira e pela noite em nada além de claro e escuro. Carinhosamente, ele o estendeu para Sailor. — Para você, *mi amigo*. Se enrole nele e não vai sentir frio esta noite.

Sailor aceitou a coberta. Sem jeito. Com relutância. Não havia mais nada a fazer. Não sem partir o coração do velhote. Ele já tinha feito mal a muitas pessoas nessa vida, com certeza; mas não queria magoar aquele velhote. Aceitou o poncho, mas não se embrulhou nele.

— Não estou com frio — disse. — Estou com meu casaco, está vendo? Pode ficar, você é que precisa dele.

— Não, não. — Pancho balançou a cabeça, com o movimento vacilando nos pés descalços. — Vou me aquecer com o calor da nossa amizade. — Ele deu um passo para o lado. — Pode vestir e venha se deitar aqui.

Sailor interrompeu.

— Aqui? No chão? — Seus dedos se fecharam em punho em volta do poncho. — Quer dizer que você dorme aqui?

— Mas é claro — falou Pancho com uma careta. — Eu conseguiria dormir entre quatro paredes, em uma cama em que muitos já dormiram, muitos já morreram? Não, não, não! Eu durmo onde consigo respirar, *señor* Sailor. Esta noite vai dormir aqui comigo, não? Aqui onde você consegue respirar e ter bons sonhos.

Mas que inferno. Ele não xingou em voz alta. Para dormir no chão ele tinha passado horas ouvindo uma mistureba de inglês e espanhol, para isso ele tinha bebido tequila, para isso tinha suportado as ideias de um velho peão sobre o mundo em que vivia. Tudo isso para dormir no chão. Que nem um índio. Enquanto o Senador descansava no La Fonda, em lençóis limpos, em uma cama custando sete dólares a noite.

— Você não achou que eu tinha uma casa, achou? — perguntou Pancho, ansioso. — Você não achou que eu deixaria meus cavalinhos para os ladrões da noite?

Ele nunca tinha dormido no chão na vida. Já tinha sido pobre, já tinha vivido em cortiços, mas nunca tinha dormido sem um teto sobre a cabeça. Estava fervendo, mas quando seu olhar encontrou os olhos tristes de Pancho, ele mentiu. Não sabia por quê. Talvez a tequila o tivesse deixado mole.

— Tudo bem por mim. — E viu a felicidade voltar para o rosto marrom do velho. — Para mim está tudo ótimo.

Pancho usou a ponta do pé para empurrar um enorme saco de juta.

— Isso é bom, aqui um travesseiro para sua cabeça. Se embrulhe no poncho assim. — Ele imitou. — Você vai dormir bem, meu amigo.

Sailor se embrulhou no poncho como indicado. Abaixou-se para o chão, desajeitado como um camelo. Não tirou o chapéu ao deitar a cabeça. Já era bem ruim estar enrolado naquele trapo cheio de pulgas. Sabe-se lá o que havia no saco também.

— Você está confortável, não? — perguntou Pancho.

Não, ele disse mentalmente, mas em voz alta respondeu:

— Estou bem.

Pancho se ajoelhou como um elefante gracioso ao seu lado. Fez uma prece, uma prece em espanhol. Deus esteja conosco. Que os santos nos cuidem e nos abençoem. Ele se esticou na terra, os braços debaixo da cabeça.

— É bom dormir sob as estrelas. Boa noite, meu amigo. — Pancho então fechou os olhos e, assim, caiu no sono. E começou a roncar.

Sob as estrelas. Aquele velho maluco. Estavam sob o toldo do carrossel. Nenhuma estrela à vista. Ignacio e Onofre estavam em um quarto. Pila estava em um quarto. As moças que mais cedo estavam deitadas no gramado do prédio do governo estavam em seus quartos. A boneca que lhe observara no restaurante estava em um quarto. McIntyre tinha um quarto e o gorila do garçom tinha um quarto e o Senador tinha um quarto de sete dólares por dia no melhor hotel da cidade. Todo mundo dormia em um quarto, em uma cama, exceto os índios que não se importam porque em dois mil anos não haveria mais quartos nem gringos nem mexicanos para dormir neles. Todo mundo, exceto os índios malucos e um velho maluco mestiço, meio índio e meio espanhol, e o espertinho de Chicago que achou que encontraria uma cama o seguindo.

O chão era duro e os roncos de Pancho, vigorosos. O poncho pinicava e ardia. E o ódio de Sailor contra o Senador ardia ainda mais, como um dente podre, rasgando feito pano. O Senador pagaria. Pagaria por todas as indignidades, mas pagaria ainda mais por fazer Sailor dormir no chão. Que nem um índio. Que nem um velho maluco *chicano* mestiço. Que nem um cachorro.

**O CAVALO COR-DE-ROSA**

As folhas nas árvores altas do parque farfalhavam como chuva. Ao longe ouvia-se fragmentos de risada e os profundos silêncios que vinham depois. O vento era um som pequeno e fresco correndo pela praça escura. Pancho roncava. Um cachorro uivava contra a solidão noturna; um coro respondia com latidos afiados; silêncio cobria novamente a noite. O silêncio em frente ao museu era mais profundo que a escuridão dali. Nenhum ser vivo podia existir naquela escuridão, naquele silêncio. Talvez esse fosse o segredo na pedra: os índios não eram vivos, eram espíritos de um dia há muito esquecido, caminhando pela terra, esperando. Esperando, sabendo que tudo além deles passaria, que os dejetos do homem branco passariam, e eles permaneceriam.

A solidão, a falta de identidade que o aterrorizara duas vezes naquela noite, uma ao lembrar do passado com a visão do rosto de Pila, mais tarde naquele momento de sombras e silêncio na rua desconhecida, o atingiu de novo. Ele se ergueu, mas devagar se encolheu de volta no chão. Pancho estava ali ao seu lado. Os cavalinhos de madeira estavam balançando de leve com o vento. A praça continuava igual.

O sono o dominou porque Sailor estava cansado demais para permitir que o desconforto o derrotasse. Mesmo o tremor de um medo desconhecido, a raiva de sua humilhação atual, não conseguiram superá-lo. Ele fechou os olhos, a tensão sumiu de seu corpo. Ele flutuou entre a terra dura e o berço da inconsciência.

Estava mergulhando na agradável inconsciência quando, através dos olhos fechados, a carranca cinza-esbranquiçada do Zozobra flutuou acima dele. Os olhos mortos ardiam, a boca horrenda crocitava. *Eu sou o mal. Eu sou o espírito desta terra estranha. Vá embora. Vá embora antes que todo o bem se transforme em mal. Tudo é mal. Vá embora. Vai chover e eu vou estragar a festa de vocês...*

Ele sabia que estava dormindo, mas não conseguia acordar. Não conseguia fugir daquela cara flutuante obscena. As labaredas se ergueram, cada vez mais altas, mas nem o fogo podia destruir o mal. Ele sabia que estava dormindo e então... ele estava dormindo.

# PARTE DOIS

Procissão

## CAPÍTULO 1

Ele acordou com o badalar dos sinos da igreja. Alto e claro como o sol, eles atravessavam o ar fresco da manhã. Pancho estava de lado, erguido no antebraço. Seus olhos sonolentos piscavam com alegria para Sailor.

— Está de manhã — anunciou Pancho. Ele ficou de pé com dificuldade, puxando a calça pelos quadris gordos. Bocejou e se espreguiçou e afastou o sono com um chacoalhar como um cachorro se secando. — Uma boa manhã, meu amigo. *Señor* Sailor. Os passarinhos estão cantando nas árvores...

Sailor deu uma espiada no relógio. Ainda antes das seis. Eles tinham ficado conversando (Pancho falando, basicamente) até depois das três.

— Sinos — murmurou, e fechou os olhos. Dava para ouvir os pássaros com os olhos fechados; não estavam cantando, estavam criando um inferno de pios e barulhos. *Clang clang, piu piu piu.* Ele puxou o poncho para o queixo e tentou voltar a dormir.

Quando acordou de novo, os sinos da igreja ainda estavam tocando. Alto e forte, mas seu relógio dizia oito e agora o sol iluminava o verde da praça em grandes áreas claras. Sailor se sentou, empurrando o poncho sujo, enfiou a mão por baixo do casaco e coçou os ombros.

— Dormiu bem, meu amigo? — perguntou Pancho, sentado no banquinho de Ignacio, comendo uma rosquinha. Açúcar cobria seus lábios.

— Não é bem o Stevens — respondeu Sailor com um sorriso. O grandão não sabia do que ele estava falando. — Mas estou me sentindo bem.

Ele se espreguiçou e bocejou, se interrompendo quando duas meninas atravessando a praça o encararam e deram risadinhas. Elas estavam bem-vestidas em seus trajes de seda barata, seda cor-de-rosa e turquesa. Equilibradas em sandálias brancas de salto alto, havia resquícios de palha branca nos cabelos negros. As bocas estavam pintadas. Camponesas indo para a missa da manhã.

Oito horas, a missa das crianças. Os sinos estariam tocando e a velha estaria reclamando: *Rápido, rápido, rápido. O sino já tocou. Você ainda não amarrou os sapatos nem lavou o pescoço nem abotoou o casaco... Vai se atrasar para a missa, rápido, rápido, rápido.*

O velho estaria se barbeando, ele se barbeava aos domingos, o rosto da cor de carne crua. Como ele ficava de pé depois da bebedeira de sábado à noite era sempre uma surpresa para as crianças. Isso os atrasava no domingo. Ele afiava a navalha no cinto grosso e raspava os pelos grisalhos do rosto. Parecia lixa contra lixa. *Rápido, rápido, rápido. A missa vai começar. Você está com sua Bíblia e seu rosário e seu lenço... vai se atrasar para a missa. Rápido rápido rápido.*

As crianças iam à frente aos tropeços, os sapatos pretos engraxados, os rostos esfregados até arder com sabão amarelo. A velha em seu vestido preto de domingo, apressando-se atrás deles com seus passos curtos nos sapatos de domingo, sapatos pretos de cano alto com bicos finos que apertavam seus pés. Ela tirava os sapatos quando voltava da igreja, calçava as velhas pantufas, as que só tinham um pompom, quaisquer cores que estivessem já transformadas em um cinza sujo pela fuligem de uma residência precária de Chicago. O velho vinha junto a passos largos, um pouco à frente dela, em seu terno de sarja preta, apertado demais na barriga; o terno bom que tinha comprado anos antes quando trabalhava como jardineiro e era um jovem de respeito. Muitos anos antes, as crianças nem se lembravam. O velho andava com pompa como se fosse o Deus Todo-Poderoso do Universo pelo qual estavam indo à igreja, não o bebum que roubava o dinheiro que a velha ganhava para comprar comida, o dinheiro que ela ganhava no raiar do dia depois de passar a madrugada inteira esfregando chãos de mármore. *Rápido, rápido, rápido...*

A igreja ficava logo depois da esquina e eles chegaram assim que o último badalar deixou seu eco, marchando pela igreja juntos, o velho e a velha e as crianças, as oito. Oito crianças e comida que não bastava nem para uma sequer. Ajoelhando-se juntos, rezando juntos, marchando juntos para o domingo cinzento e gelado de Chicago. Para o domingo quente e suarento de Chicago.

— É uma bela família que o senhor tem aí, senhor...

O velho todo convencido e aceitando os elogios nos degraus da igreja e a velha sorrindo tímida e cutucando as luvas pretas gastas. Ela as pintava com graxa de sapato sábado à noite. As crianças paradas como pregadores, com os vergões coçando sob as ceroulas sujas de inverno, sob as chitas suadas de verão.

O padre, em sua batina manchada, parecendo um santo cego, pálido e pio. Santos não deviam estar em igrejas miseráveis; ali devia haver um padre guerreiro, como um anjo vingador e sua espada em chamas. Para derrubar o velho. Para destruir o velho e seu sorriso falso de domingo bem ali, nos degraus da igreja.

O santo padre cego e pálido e as santas freiras inexpressivas, rezando e pregando sobre o Senhor Jesus e as crianças tentando ficar bem quietas sentadinhas com as bundas cheias de bolhas e as barrigas clamando por pão. Se você

**O CAVALO COR-DE-ROSA**

não ficasse quieto, ficava de castigo na catequese, a não ser que a freira com a verruga fosse a professora, aí tudo que acontecia é que ela te dava um tapa na cabeça com a régua. Talvez ela soubesse sobre as costas vergastadas e as bundas machucadas das crianças, talvez fosse por isso a régua na cabeça. Talvez ela também tivesse sido uma criança de um lar miserável antes de ser freira. Talvez ela batesse para não chorar por elas. Crianças miseráveis não queriam ninguém chorando por elas.

Mas não foi por nada disso que ele saiu da catequese, saiu por conta própria e o guarda o pegou depois de quatro dias e o devolveu ao velho, e os olhos do velho eram como olhos vermelhos de rato enquanto ele tirava o cinto e se aproximava devagar. Foi dessa vez que ele usou a faca no velho. O velho quase o matou, e ele não matou o velho, embora quisesse. Ele cortou o velho e foi mandado para o reformatório como delinquente juvenil. Com o velho nada aconteceu, só o costuraram e pronto.

O reformatório era melhor do que a casa dele. Três refeições por dia e ele não apanhava sem motivo. Aprendeu a roubar carros e podia fumar, se não fosse pego. Foi a primeira vez que ele foi para o reformatório, mas não a última. Na última ele não ficou muito tempo, foi solto quando o velho morreu. A velha chorava que nem um bebê, como se o velho tivesse sido um bom marido para ela. Usou um véu de luto sobre o rosto, que escondia seu choro e a mancha roxa que o velho lhe deixara antes de cair morto. As outras crianças foram ao enterro, mas ele não. Ele foi ao salão de bilhar, e um dia conheceu o Senador.

Os sinos barulhentos tocaram e ele se coçou e observou os retardatários atravessando a praça e correndo pela rua ensolarada. *Rápido rápido rápido.* Ele não tinha que correr. A última vez que estivera em uma igreja foi quando a velha morreu. Câncer, o médico disse. O médico devia ter dito simplesmente que ela estava cansada. Cansada de ficar de joelhos esfregando mármore a semana inteira, de ficar de joelhos na igreja aos domingos.

Tinha sido por isso que ele fugiu da catequese. Porque ele não conseguia se ajoelhar todo dia, de manhã, de tarde e de noite, e agradecer a Deus por suas bênçãos. Agradecer a Deus pelos ratos raivosos nas paredes e o velho obsceno que batia com ódio nos filhos. Agradecer a Deus pela mãe que se matava de trabalhar tentando alimentar oito crianças. Agradecer a Deus por não ter o que comer, pela sujeira, pelo inverno congelante, pelo verão abafado, pelos dentes ruins, pelas dores de barriga, por nunca ter o que comer. Talvez, se ele fosse índio tudo estaria bem. Ele saberia no tempo certo que não importava. Pobreza, crueldade, injustiça eram dejetos; o tempo cuidaria deles. Você podia ficar lá em cima, em um travesseiro de nuvens, tocando harpa, e rir que nem o diabo por dois mil anos. Ou parar de cutucar as chamas do inferno o suficiente para uma risadinha. Filosofia de maluco. Mas o velho Pancho tinha boas intenções. Era bondoso como um cachorrinho, oferecendo seu saco de rosquinhas velhas, dizendo:

— Pode pegar. Come uma.

— Não, obrigado. — Ele tirou o chapéu, jogou o cabelo para trás, colocou o chapéu de volta. Sacudiu as pernas para acordá-las. — Tenho que seguir com meus negócios.

— Você dormiu bem, não? — Pancho estava ansioso, mastigando a rosquinha massuda.

— Dormi — disse Sailor. — Me sinto um novo homem.

O engraçado é que ele realmente se sentia bastante bem. Desperto e vivo, e o ar, ao mesmo tempo cálido e fresco, tomando seus pulmões.

— Que bom. — Pancho sorriu. — Você vai voltar?

— Claro. A gente se vê.

Ele se virou e saiu da praça em direção ao hotel onde era bom que sua valise estivesse em segurança. Sentia-se ele mesmo outra vez. Uma noite no chão não tinha mudado isso. Sentia-se ele mesmo e tudo que precisava era de um banho, de um café, e estaria pronto para enfrentar o Senador.

Havia, de manhã cedo, velhas nas barraquinhas de telhado de palha, ligando os fogos, abrindo cofres, ajeitando as iscas, os passarinhos frágeis nos gravetos, os doces e balões, os chapéus pretos com fitas vermelhas, amarelas e verdes. McIntyre não era um cara mau; tinha comprado o chapéu de uma das barraquinhas da praça. Não era como o Senador, contratando uma costureira para arrumá-lo com sedas e cetins como um barão espanhol, sem preocupação com preço, e ao mesmo tempo tentando economizar em um acordo de negócios.

Sailor atravessou a rua, decidido, subiu o meio-fio alto da calçada e entrou no hotel. O grandão de camisa de manga comprida estava de volta à recepção, parecendo cansado, Fiesta demais. Ele deu uma olhada em Sailor.

— Você não veio pegar sua mala.

Sailor apoiou os cotovelos no balcão.

— Não encontrei um quarto. Tive que ficar sentado a noite toda. Não consegue me arrumar um lugar hoje, consegue?

— Não — rosnou ele. Mas não de forma irritada, só cansada. — O pessoal está dormindo em turnos agora. Se você encontrar alguém que queira te dar um turno, por mim tudo bem.

— Não tem quem eu conheça na cidade — respondeu Sailor. — Ninguém vai embora hoje?

— Não. Ninguém vai a lugar nenhum até o fim da Fiesta.

— Quer dizer que ainda não terminou?

Sailor não tinha lido o panfleto cor-de-rosa amassado no bolso, havia imaginado que a Fiesta era como o Quatro de Julho, o Memorial Day ou algo assim.

— Hoje e amanhã — falou o atendente, amargo.

Sailor espelhou a amargura dele por um momento. Então se lembrou: só precisava resolver seus negócios e ir embora. Para Albuquerque, El Paso, além da fronteira. Não precisava continuar ali.

— Escuta — começou. — Olha só. Eu passei a noite toda na praça. Tenho uns negócios a tratar com um cara. Um figurão. Não posso aparecer assim. Não troco de roupa faz quatro dias. Estou fedendo.

A expressão do sujeito concordou.

— Tudo que eu quero é tomar um banho e fazer a barba. — Ele enfiou a mão no bolso e tirou uma nota de cinco. Não dava para oferecer só um dólar para um gringo durão daqueles. Não adiantaria nada. Aquele cara não era *mi amigo*; era um atendente-barra-segurança de um hotel barato. — Você tem um quarto aqui. Só me deixa tomar um banho. Só isso.

O cara encarou a nota de cinco com a expressão certa.

— Sei, não — começou. — Eu divido o quarto com o cara do turno da noite.

Sailor cobriu a nota com os dedos e começou a tirá-la do balcão.

— Mas ele está tomando café agora — prosseguiu o atendente, às pressas. — Se ele voltar, posso tentar segurar ele aqui embaixo um pouco. — Ficou de pé. — Seja rápido — mandou. — Vou segurar ele aqui embaixo. — Assim ele não precisaria dividir o dinheiro. Ele empurrou a valise de Sailor de debaixo do balcão. — Vem comigo. — Não se ofereceu para levá-la.

Sailor pegou a mala; os trincos não tinham sido mexidos.

Ele seguiu o cara pelas escadas íngremes sem tapete para o andar de cima. O atendente tirou uma chave do bolso e destrancou uma porta logo após o último degrau. Um quarto minúsculo, com uma cama de solteiro desarrumada, gravatas na cômoda de carvalho, duas cadeiras cheias de roupas penduradas. Nada chique, mas era um quarto e parecia bom. Sailor baixou a valise devagar no carpete empoeirado. Não que ele se preocupasse em levantar o pó centenário do lugar; só não queria que o peso da mala fizesse barulho.

O cara estendeu a mão para a nota de cinco.

— Claro — disse Sailor tranquilamente. Começou a tirar a mão do bolso, mas parou. — Olha só esse terno. — Ele se observou no espelho. Parecia que tinha dormido com aquela roupa por uma semana, em um assento grudento de ônibus, no chão com folhas e grama e gravetos e terra. — Não posso fazer negócios com um figurão desse jeito. — Ele catou no bolso uma nota de um e estendeu os seis dólares para o atendente. — Pode mandar passar para mim?

— É domingo — respondeu o cara, mas pegou as duas notas mesmo assim.

— Eu sei, mas isso aqui é um hotel.

Sailor tirou o blazer e levou para a cômoda. Esvaziou o bolso esquerdo, o papel cor-de-rosa amassado, o folheto da Fiesta; um maço de Philip Morris, ainda com dois cigarros; uma cartela de fósforos do Hotel Raton. Pegou a arma disfarçadamente na mão direita enquanto mexia no bolso esquerdo e continuou falando rápido.

— Hotéis têm alfaiates que passam aos domingos. Queria dar uma limpada também, talvez ele pudesse passar uma escovinha?

Sailor tirou a arma por baixo do folheto cor-de-rosa e o cara pareceu não ter visto. Virando-se para o atendente de novo, o corpo escondendo seus pertences em cima da cômoda, tirou o cinto e desabotoou as calças.

— Pode mandar alguém. Não vai demorar. Um homem tem que causar uma boa impressão quando está falando sobre negócios.

Ele esvaziou os bolsos da calça, enrolando um lenço em torno do maço de dinheiro para escondê-lo do rapaz. Não que fosse nada de arregalar os olhos; uns setenta dólares, nenhuma fortuna. Mas aquele abutre parecia capaz de apagar alguém por dez pratas, talvez até cinco.

— Vou ter que segurar o Alfie por mais tempo.

— Que nada! Não demora tanto assim para passar um terno. Limpar e passar. — Ele se aproximou e pendurou o blazer e a calça no antebraço forte do rapaz. — Você vai ganhar uns trocados e o gerente nem vai precisar saber. — Ele deu uma piscadela. — Nem o Alfie.

— Certo.

Sailor ficou ali de pé no carpete feio e empoeirado, o chapéu na cabeça, a camisa solta por cima da cueca azul de seda. Até o cara fechar a porta. Ficou ali parado até ouvir os pés dele descendo os degraus. Então se moveu rápido. Girou a chave na fechadura e a deixou lá. Tirou o chapéu e jogou-o na cômoda. Que maravilha.

— Meu Deus. — Suspirou.

Uma porta trancada, um chuveiro, uma privada. Tudo dele. Até o terno voltar. Ele estava com sorte. Tirou a camisa e a cueca sujas, amassou tudo junto, tirou os sapatos e as meias. Podia se limpar, se esfregar.

Não era surpresa que estivesse pensando tanto no velho, na velha e na própria infância. Não ficava tão sujo assim desde que era moleque.

Ele nem parou para abrir a valise, só pegou a arma e foi para o banheiro. Deixou o revólver na tampa da privada e entrou debaixo do chuveiro, abrindo-o ao máximo. A água o atingiu como uma chuva de verão de Chicago. Como uma chuva do Paraíso. Ele ficou ali parado por um momento, aproveitando a sensação como uma árvore aproveitando a chuva.

Butch e Alfie eram muito generosos. Tinham deixado uma barra grande de sabão de pinho na pia, uma garrafa de tônico capilar no armário. Ele se ensaboou, lavou o cabelo, se ensaboou de novo. Lavou-se até tirar todo o fedor do ônibus e do poncho de Pancho e do chão em que dormira que nem um cão. Saiu do chuveiro um homem limpo. Poderia ter ficado ali mais uma hora se tivesse certeza de que Butch não havia notado a arma nem arrumaria problemas se Sailor demorasse.

Ele pegou a melhor lâmina e se barbeou. Pegou a loção pós-barba e o tônico. Essas coisas deviam ser de Alfie, porque o cara do dia não era dos mais cheirosos. Levou a arma de volta até a cômoda, assobiando. No espelho, viu-se limpo e bem apessoado. Até lavou o pente de bolso antes de pentear o cabelo cacheado preto.

Abriu a mala ainda assobiando. Meias limpas, cuecas limpas, camisas limpas. Se tivesse sido esperto, teria trazido um terno extra também, mas tinha contado em resolver a questão rápido e se mandar para o México, onde mandaria fazer ternos novos de linho sob medida. Talvez tivesse trazido um terno extra de qualquer maneira se tivesse espaço na valise, mas um terno não era tão importante quanto a bebê. Ela brilhava no fundo da mala. A submetralhadora mais linda que já tinha visto, um presentinho do Senador de dois anos atrás. Sua bebê. Nunca usada; ele era importante demais na organização para lidar com artilharia. Isso era para os capangas. Mas ele queria uma, e na época o Senador lhe dava o que ele quisesse. Seria bem útil agora quando ele começasse seus negócios no México. Uma submetralhadora era útil para os negócios do Senador em Chicago. Ele acariciou o carregador, então fez uma careta consigo mesmo. Parecia uma criança com um brinquedo. Mas era uma bebezinha e tanto.

Escolheu cuecas de seda verde-claras, meias verde-escuras; uma camisa branca e uma gravata com fundo do mesmo verde e estampa cinza. Ele se vestia bem; aprendera com o

Senador. Nada exagerado; isso era coisa dos brutamontes. Ele conseguia ficar tão chique quanto o Senador; melhor, porque era jovem e nada feio; o Senador era um merdinha com cara de fuinha. Se Iris Towers esbarrasse nele hoje, não torceria o nariz.

Vestiu a cueca, as meias e os sapatos, polindo-os com a roupa suja. Enfiou a roupa amassada em um canto da mala. Ele estava se preparando para trancá-la quando ouviu uma batida na porta. Congelou.

— Quem é?

— Seu terno tá pronto.

Não era o atendente do dia, essa voz tinha sotaque. É claro que o grandalhão ia chamar um moleque para o trabalho, ele teria que dar outra gorjeta... e o atendente ganharia uma parte. Respondeu dizendo que tudo bem e bateu a tampa da valise. Tirou uma moeda de 25 centavos da pilha de trocados em cima da cômoda, escondeu a pistola embaixo do lenço e foi abrir a porta.

O garoto era pequeno e escuro, segurava o terno em um cabide. O terno estava ótimo.

— Obrigado — disse Sailor. Deu a moeda ao garoto e fechou e trancou a porta na cara dele. O preço valia a pena para poder terminar de se vestir sem o atendente grandalhão olhando.

Ele ficava ótimo bem-vestido. Sentia-se ótimo também. Encheu os bolsos de novo, a arma descansando ali no bolso direito. Era uma automática pequena; parecia um brinquedo, mas não era, de jeito nenhum. Ela funcionava muito bem. Sailor acendeu um cigarro, deu uma longa tragada, pegou a escova de Alfie emprestada para limpar o chapéu. Um bom chapéu limpava-se com uma escovada. Mesmo se você tivesse dormido nele. Aquele era um dos bons. Custou quinze dólares, no mesmo lugar onde o Senador comprava os dele.

**O CAVALO COR-DE-ROSA**

Sailor trancou a mala, olhou em volta. Tudo do jeito que estava antes. Nada foi esquecido. O folheto cor-de-rosa. Ele dobrou o papel e enfiou no bolso. Talvez ainda tivesse a chance de lê-lo, descobrir o que estava acontecendo.

Arrastou a mala escada abaixo, até a recepção. O grandalhão estava sozinho lá, de cara feia. Sailor pousou a chave no balcão.

— Obrigado — disse. — Com certeza salvou minha vida.

Havia algum respeito na expressão do atendente agora, vendo Sailor do jeito que ele normalmente era, do jeito que ele era em Chicago. O cara disse:

— Sem problemas. Quer deixar a mala de novo?

— Não, vou levar para o La Fonda — respondeu Sailor casualmente, só para ver mais respeito nos olhos suínos do cara. — Me vê dois maços de Philip Morris. — Enquanto o atendente pegava os maços, ele perguntou: — Teve algum problema com o Alfie?

Não seria esperto exagerar muito aqui; talvez precisasse de outro favor algum dia. Talvez precisasse voltar para essa cidade um dia.

O cara colocou os maços no balcão e entregou o troco.

— Mandei ele fazer uma tarefa qualquer — explicou. — Fiquei de saco cheio de ouvir ele reclamar de como a esposa o tratava. Antes de ele dar no pé. Se ela fosse tão ruim, não sei por que ele ficaria 22 anos com ela. Você precisava escutar. Vinte e dois anos na casinha de cachorro, pelo que ele fala.

— Valeu, Butch. A gente se vê.

Ele pegou a mala e saiu para a calçada. A praça ainda estava bastante quieta. A Fiesta não começava tão cedo. Estava a apenas meio quarteirão do La Fonda; isso não era mais uma coisa boa. A bolsa não estava mais leve do que no dia anterior.

Sailor estava quase na esquina quando os sinos tocaram de novo. Mais alto, mais forte agora, e junto ao badalar ele ouviu o tilintar do violão e o rascar do violino. Na catedral, ele viu a multidão, todo o povo na frente da igreja, de pé nas ruas. Gente nas ruas até o La Fonda. Quando ele chegou à esquina, uma banda marcial começou uma marchinha. A banda e o tilintar e o estrondo dos címbalos e dos sinos, todos soando juntos naquela triunfal manhã de domingo. Ele atravessou rápido e baixou a valise enquanto a procissão virava a esquina. Não era tanto uma procissão, mas ele ficou parado no meio-fio encarando a passagem como o resto dos camponeses. Primeiro a banda marcial, depois uma dúzia de pessoas, homens e mulheres, todos usando veludo preto, vinho e roxo, com correntes douradas nos pescoços. Atrás deles, a rainha, em seu véu de renda com uma capa de veludo vermelho nos ombros e a coroa dourada na cabeça. As princesas em veludo vermelho vinham andando atrás dela, todas meninas negras e bonitas. No final vinham os músicos da corte, violões e violinos.

Era como uma foto da corte da rainha Isabel quando Colombo pedia suas joias. Como uma corte da velha Espanha, aqui em uma ruela de vilarejo sob o sol brilhante e quente, senhores e damas e toda a comitiva real marchando por uma ruela de vilarejo até a imensa catedral marrom-acinzentada no alto.

Os sinos soavam e a banda tocava e a corte andava com uma lentidão majestosa pelo curto quarteirão. Sailor os encarava como todos os outros, até subiu o quarteirão para observá-los melhor. A corte parou no cruzamento e da esquina veio outra procissão. Um arcebispo em seu manto carmesim, branco e dourado, seguido por frades de marrom. Os sinos ressoaram mais alto à medida que a procissão do arcebispo subia os degraus de pedra, passava lentamente pela calçada e atravessava as portas abertas da catedral. A comitiva real o seguiu. As pessoas fecharam o caminho atrás deles, ocupando a igreja. Os sinos pararam e fez-se um grande silêncio na rua. Aí os curiosos que não iam à missa solene quebraram o silêncio com seus barulhinhos de fala, riso e movimento.

Sailor se virou e entrou no hotel. Carregou sua mala até o guarda-volumes perto do bar fechado. Uma moça bonita estava lá, de olhos e cabelos pretos, franzina. Ela estava com uma flor vermelha no cabelo, uma saia verde e vermelha brilhando com lantejoulas, uma blusa transparente com bordados pesados de flores azuis e verdes e vermelhas. Ela sorriu, com um ar de frescor da manhã.

— Posso guardar isso aqui por um tempo? — perguntou Sailor.

— Certamente — respondeu ela, e lhe deu um recibo numerado e um sorriso. Não um sorriso de flerte, um sorriso honesto e bonito.

Ele sorriu de volta.

— Está bem pesada, pesada demais para você. Permita-me guardá-la.

Ela abriu o portãozinho do balcão e ele colocou a valise no canto mais distante, para ficar fora do caminho. Desse jeito, ninguém tropeçaria nela e se perguntaria por que tanto peso.

— Obrigado — disse ele.

Ele caminhou até a recepção, seus braços balançando em liberdade, seguro de si, até um pouco arrogante. A bruxa velha com cabelo branco-amarelado não estava lá. O homem atrás do balcão era só uma engrenagem, como na Palmer House ou no Stevens. Um cavalheiro que você não reconheceria se o encontrasse na rua cinco minutos depois.

Sailor perguntou rapidamente:

— Senador Douglass? Willis Douglass?

O atendente sabia de quem ele estava falando sem nem precisar procurar e lhe deu o número do quarto. Sailor se virou e pegou o telefone da recepção, deixando o atendente ver seus movimentos, ouvindo-o pedir o número do quarto.

A telefonista não precisaria de fones para entender; estava sentada do outro lado da recepção, somente uma coluna retangular separando-os. Se aquele fosse um hotel grande, com mais de um telefone e distante, fora de vista, ele não teria que passar por toda aquela palhaçada. Que Deus tenha misericórdia daqueles plebeus caipiras. Tudo era difícil para eles, inconveniente. Não dava para ter nem um segredo sequer em um vilarejo assim.

Ele ouviu o toque e sofreu um choque momentâneo ao pensar que talvez o Senador não estivesse no quarto às 9h30 de um domingo. Talvez estivesse com a calça de veludo marchando na direção dos sinos e da banda na catedral para mais Fiesta. O Senador na catedral era uma piada. Sailor segurou o fone com a mão esquerda; a mão direita, enfiada no bolso direito de modo automático. Foi outro choque quando, após o toque, o Senador rosnou:

— Alô.

Sailor protegeu o bocal com a mão e falou com uma voz sedosa:

— Estamos mandando um pacote para o senhor, senador Douglass.

E desligou sem esperar o Senador começar a xingar. Conseguia imaginar muito bem como ele falaria com um recepcionista de hotel que ousasse acordar o ex-senador de Illinois por causa de um pacote. O sorriso nos lábios de Sailor era delicioso quando ele atravessou o portal da esquerda. Era o que separava as salas de jantar do pátio. Havia algumas pessoas sentadas ali. Ele não se importaria de ficar sentado lá fora em um balanço de cores vivas. Em uma mesa sob um guarda-chuva listrado com uma cerveja gelada borbulhando. Mais tarde. Agora, um pouco de trabalho. O sorriso estremeceu. Ele não perderia tempo parado no corredor, socando a porta; o Senador estaria desperto e esperando. O bom e velho Senador!

Sailor não sabia onde ficavam os elevadores, só que não estavam à vista na recepção, então deviam estar em algum lugar nos fundos. Tinha que haver pelo menos um elevador, ou o Senador não teria um quarto no quarto andar. Ele não subiria quatro lances de escada para o quarto nem com um monte de Fiestas acontecendo.

Ele se virou bem onde o portal dava em outro, mais largo. Grandes sofás e poltronas, e uma lareira ampla o bastante para assar um cordeiro. Aquela sala tinha portas de vidro que também davam para o pátio, e mais arbustos em vasos nos cantos. Ele não viu elevadores e foi até onde o portal da direita encontrava aquele. Havia um menino de avental azul, com um rosto escuro idiota, limpando os cinzeiros de uma mesa.

— Cadê os elevadores? — perguntou Sailor.

O menino pareceu ainda mais idiota quando ergueu o dedo escuro sem falar nada.

Sailor seguiu a direção do dedo. Não tinha certeza de que o idiota sabia o que ele queria; talvez pensasse que Sailor estivesse perguntando da privada. Não pareciam elevadores, aquele lugar parecia um palácio espanhol, vigas escuras e grandes poltronas ricas e uma mesa polida de madeira escura com um vaso cheio de pequenos crisântemos. Ele olhou pela porta aberta para um cômodo amplo em um nível mais baixo, rico e sombrio, com um piano de cauda, cadeiras de veludo vermelho, uma lareira. Do outro lado da porta degraus azulejados e uma balaustrada de ferro fundido levavam ao andar de cima. Ele estava se perguntando se era por ali que se subia quando viu a menina do guarda-volumes apoiada na parede.

— Olá — começou ele, e viu que não era a menina do guarda-volumes. Era outra menina de olhos e cabelos escuros, com outra fantasia espanhola colorida. Ele se aproximou. — Estou procurando os elevadores — disse e, ao falar, chegou à esquina e viu o elevador, só um.

Ela não falou nada, só deu uma risadinha silenciosa e entrou na gaiola enfeitada. Sailor a seguiu.

— Quarto — disse ele.

Se tivesse problemas, ele se faria de burro. Ela se lembraria dele e o menino idiota se lembraria dele. O cara da cidade grande perdido procurando elevadores de manhã cedo na Fiesta. Mas não teria problemas. Ele enfiou a mão no bolso direito e a manteve ali.

A menina o deixou no quarto andar e ele esperou que fechasse a gaiola e começasse a descer antes de se mover pelo corredor. Uma placa esculpida e pintada indicou o caminho certo. Sua mão estava relaxada no bolso, mas permaneceu ali quando ele bateu na porta.

A porta se abriu e a bronca começou.

— Eu não consigo compreender por que... — Então o Senador percebeu quem era. — Você.

Sailor já estava com o pé na beirada da porta. Sorriu.

— Claro que sou eu.

Ele passou pelo Senador e deixou que fechasse a porta. Que imagem, o Senador, um frango magro embrulhado em um robe de seda listrado preto e marrom, um robe bonito demais para um velho. Seu rosto estava amassado de sono, o cabelo ralo pingando, o bigode bagunçado.

— Você me pediu para vir, não pediu? — Sailor atravessou o quarto de maneira insolente, derrubou uma revista e um jornal no chão e se sentou na melhor poltrona de estofado amarelo vivo. O Senador ficou em silêncio. — Nada mau. — Ele avaliou o quarto devagar. Era amplo, com duas camas de casal, uma delas ainda bem arrumada com um edredom amarelo com detalhes em preto. A outra cama estava tão amassada quanto o Senador. — Eu não consegui um quarto — completou, observando a cama vazia com intenção.

O Senador entendeu. Entendeu e ficou incomodado. Ele estava no espírito certo para conversar sobre negócios, um ótimo espírito para Sailor. Quando o Senador estava bem

**O CAVALO COR-DE-ROSA**

aprumado, frio, era perigoso. Agora estava agitado, agitado demais para conversar.

— Não consegui um quarto, nem por bem, nem por mal — continuou Sailor, recostando-se na poltrona e pegou o maço fechado de Philip Morris. Só tirou a mão do bolso direito pelo tempo necessário para abrir e colocar o cigarro na boca. Estava relativamente seguro. O Senador não estava com nenhuma arma escondida debaixo do robe listrado. Nada além dos punhos nos bolsos de cetim. — Pena que eu não sabia que você tinha uma cama extra — disse, acendendo o cigarro. — Teria vindo para cá. — Ele assoprou o fósforo com uma nuvem de fumaça. — Acho que não vou precisar dormir aqui hoje. Já vou estar seguindo meu caminho.

O Senador tinha conseguido reunir as palavras a essa altura.

— Que ideia é essa de me acordar a essa hora? — exigiu saber. Tentou ser frio e arrogante, mas não deu certo. Estava irritado demais para conseguir.

Sailor arregalou os olhos, como se fosse inocente.

— Você me pediu para vir vê-lo hoje de manhã — disse, insolente. — Não pediu? — insistiu quando o Senador não falou nada.

— Não pedi para me acordar de madrugada — retrucou ele por entre os lábios apertados. — Imaginei que você esperaria até uma hora civilizada.

Ele se aproximou de Sailor, cuja mão direita se apertou dentro do bolso direito. Não demais, só caso fosse necessária.

— Me passe um cigarro.

— Claro.

Sailor passou o maço, manteve a mão estendida para recuperá-lo. Não seria a primeira vez que o Senador se esquecia de devolver um maço novinho de cigarros. Quando ele era jovem e inocente, achava que o Senador era realmente o cara mais inteligente que já havia saído de North Shore, achava que aquilo era classe. Um cara que não se importava com essas ninharias. Sim, era isso que ele achava. Não sabia como o Senador era mão de vaca naquela época.

Ele manteve a mão direita firme e os olhos fixos no Senador até recuperar o maço. Deixou que o homem encontrasse seus próprios fósforos. Ele acendeu o cigarro, a mão trêmula, e deu uma tragada profunda. Então perguntou a Sailor, frio, mas ainda com aquele nervosismo sob a pele.

— Então o que é que você quer?

Sailor riu. O Senador não estava muito bem se não conseguia pensar em nada melhor do que isso. Sailor podia se dar ao luxo de rir dele.

— Você sabe o que eu quero, Senador. Falei ontem à noite o que eu queria. — Ele tragou, devagar e com prazer. — Minha grana — declarou, sério.

— Você já foi pago.

— Eu recebi a entrada. — Sailor puxou a fumaça, sem pressa. — Eu recebi quinhentos. O preço era 1.500. Lembra?

O Senador retrucou por entre os dentes trincados:

— Mil dólares. É um roubo. — Ele fez uma careta, andando de um lado para o outro. Sailor esperou até o Senador parar de gastar o carpete, atravessar o quarto e encará-lo por cima de seu longo focinho. — Se eu te der um cheque de mil, você sai da cidade ainda hoje.

Sailor se recostou confortavelmente. Estava tão tranquilo quanto se estivesse se balançando na gôndola do Tio Vivo. E disse:

— Não. — Esperou até o Senador se arrepiar que nem um porco-espinho, esperou até ele abrir a boca, então falou, antes que o homem dissesse qualquer coisa, com um tom tranquilo: — O preço subiu.

Ele tinha acertado em cheio com essa. Sabia que acertaria. A sensação de ver o Senador de queixo caído foi a melhor coisa do mundo.

— Você está louco?

— Eu não. — Sailor franziu a boca. — Talvez já tenha estado, mas não mais. — Ele foi na jugular. — Quero cinco mil.

— Não vai conseguir — retrucou o Senador.

— Acho que vou. — Ele amassou a guimba do cigarro no cinzeiro de *sombrero*. Olhou para o Senador com atenção e repetiu, com uma ênfase tranquila. — É, acho que vou, sim.

O Senador não disse nada. Havia palavras demais na sua boca e ele não sabia qual usar primeiro. Também estava furioso demais para pensar direito e rápido, talvez tivesse muitas coisas em mente ou memórias demais. Não conseguia usar as palavras do jeito preciso e maldoso que teria feito se estivesse no controle.

Sailor continuou atacando.

— Eu vou conseguir, sim. E não vai ser em cheque. Vai ser em dinheiro. Cinco mil em dinheiro. — Ele ergueu os olhos para o Senador. — Já viu o McIntyre?

Os lábios do homem estavam pálidos, como os lábios de um velho desdentado.

— Isso é chantagem. — Havia uma luz nos seus olhos, uma luz maldosa. — Existem leis contra chantagem.

— Existem leis contra assassinato também — retrucou Sailor, sem se abalar.

O Senador estava trêmulo ao tentar apagar o cigarro, sentado na beirada da cama desfeita.

— O que McIntyre quer? O que ele está fazendo aqui?

Sailor o observou por um minuto antes de responder.

— Não sei. Não falei com ele... — a última palavra veio como um ferro quente — ainda.

— Você estava com ele no Keen's ontem de noite.

Ele não sabia que o Senador tinha visto os dois lá. Estivera do outro lado do salão esfumaçado e escuro, com um grupo chique e a garota ouro-prateada, e estivera bebendo.

Mas o Senador não estava bêbado demais para deixar de perceber a presença de Sailor com McIntyre.

— É, a gente bebeu juntos.

O Senador rosnou.

— Eu não sabia que você e o McIntyre eram amigos.

— Somos. — Sailor acendeu outro cigarro, o fósforo que riscou no salto do sapato estalando alto no silêncio. — Somos, sim. Conheço o homem desde que era criança. Um dos meus amigos mais antigos.

A língua ferina do Senador surgiu, umedecendo os lábios secos.

— O que ele tinha a oferecer?

— Nada — disse Sailor. — Nadinha.

O Senador foi forçado a pressioná-lo. Porque não sabia o que McIntyre sabia ou intuía, porque não sabia o que Sailor havia contado ao policial. Ele ainda não estava com medo de verdade porque não sabia o que Sailor sabia. Não tinha a menor ideia do que Sailor sabia. Sailor estava guardando aquela informação, guardando-a para o soco final. O nocaute.

Mas o Senador estava inquieto; ver McIntyre e Sailor juntos foi o suficiente para deixá-lo inquieto. Ele teria ficado bastante incomodado se os visse juntos em Chicago. Ali, naquela cidade estrangeira, era como sussurros entre estranhos.

— O que ele tinha a dizer? — perguntou o Senador. Quando Sailor não respondeu, ele insistiu. Sua voz craquelou como gesso seco. — O que ele falou?

Sailor não queria mencioná-la. Ela não tinha a ver com esses negócios escusos. Mas o Senador estava patinando, e Sailor usaria qualquer coisa para vê-lo dar de cara no chão.

— Estava me contando sobre os seus amigos — começou. Forçou-se a falar o nome. — Sobre Iris Towers.

O rosto do Senador ficou roxo. Quase roxo.

— Que direito ele tem de ficar falando dela? — Sua voz estava rouca de raiva.

— Policiais são engraçados — comentou Sailor, como se achasse curioso. — Acham que têm o direito de se intrometer na vida de qualquer um — disse, de forma dramática.

— Principalmente McIntyre. — Os lábios finos começaram a se franzir, a cuspir as obscenidades sobre o policial. Quando ele parou, Sailor concordou:

— Verdade. — Ele bocejou. — Mas não dá para discutir com o cara que está no comando.

Isso fez o Senador parar. Era uma frase dele, que usava para manter os rapazes na linha. Não dá para discutir com o cara que está no comando. Não se você quer continuar vivo.

— É tudo politicagem — disse o Senador. Ele começou a dançar para cima e para baixo no carpete de novo, as pernas magrelas e peludas saindo debaixo do robe, o pescoço comprido e a cara de fuinha por cima. — Não é nada além de politicagem suja. Porque eu apoiei Lennie. — Ele pegou um dos próprios cigarros na mesa de cabeceira. Aquele olhar calculista nos olhos. — Eu bem que gostaria de saber por que McIntyre está aqui. Quem o mandou.

Sailor sabia o que o Senador queria dizer. Ele queria que Sailor descobrisse. Outro trabalho. Tanto trabalho, e a dificuldade para conseguir que o Senador abrisse a mão para pagar.

Sailor sorriu.

— Acho que eu sei por que ele está aqui.

O homem ergueu os olhos rapidamente.

— Por quê?

Suas suspeitas por Sailor e McIntyre estarem bebendo juntos estava cobrindo o Senador de cima a baixo.

Sailor respondeu, devagar, com seriedade:

— Acho que ele está procurando o homem que matou sua esposa.

A cor sumiu do rosto do Senador. Escorreu até que ele ficou mais cinza do que o cinza no rosto da velha quando ela voltava para casa na manhã cinzenta e cansada. Ele se recuperou rápido o suficiente, mas a cor não voltou, não por muito tempo. Ele disse:

— Jerky Spizzoni a matou.

O coração de Sailor estava disparado. O Senador não tinha como saber, na superfície ele estava tranquilíssimo.

— A arma do Jerky a matou. — Ele sorriu.

— O que você está tentando fazer? — Os lábios do Senador franziram em uma careta terrível. — Você sabe o que aconteceu. Foi testemunha...

Sailor interrompeu.

— Está tudo certo no papel.

A voz do homem sumiu.

— Como assim?

— Teve um probleminha — respondeu Sailor, começando tão calmamente que era impossível dizer que trombetas do apocalipse tocavam dentro dele. Ele queria que Ziggy estivesse aqui para ver o Senador. Queria ter trazido Ziggy. Mas não dava. Porque nem Ziggy sabia o que ele sabia. Devia ter uma ideia na época que toda aquela história ia virar algo bom. Para ele. Escondido sob camadas do inconsciente devia haver algo esperando para ser libertado. Algo como ter dormido no chão em uma cidade estranha.

Ziggy ia se amarrar nessa cena quando se encontrassem no México. Ziggy sempre adorava as imitações que Sailor fazia do Senador; essa seria a melhor de todas. Seria ainda melhor se o Senador não tivesse colocado a dentadura ao abrir a porta para receber a encomenda. Bom, ele poderia contar a cena como se ele estivesse sem os dentes de cima. Seria mais engraçado assim.

— Teve um probleminha — repetiu ele. — Ah, os rapazes pegaram Jerky naquela noite. Bem como você mandou. E Jerky se ferrou mais tarde na mesma noite. Bem como você mandou. — Seus lábios estavam tão finos quanto os do

Senador. — Claro, eu sei que Jerky não servia mais para nada. Ele tinha ficado maluco. Teria nos vendido por trocados.

— O que deu errado? — perguntou o Senador por entre os dentes cerrados.

— Duvido que você adivinhe — brincou Sailor.

— Não tenho intenção alguma de adivinhar. O. Quê. Deu. Errado?

— Problemas com o carro.

O Senador ficou tão furioso que não conseguia falar.

— Foi logo depois que eles fugiram. Tinham pegado a estrada de volta para Chicago com Jerky e... tiveram problemas com carro. Mas foi uma sorte. Tinha uma fazenda por perto. Então eles não precisaram ficar na chuva enquanto consertavam o carro. Lembra que estava chovendo naquela noite? O fazendeiro os deixou entrarem no celeiro...

— Por que eles não telefonaram?

— O caipira não tinha telefone.

— Eles poderiam...

Sailor interrompeu de novo.

— Tudo estava ótimo no papel. Mas eles se atrasaram em algumas horas. Pena que você não sabia. Nesse intervalo, você ligou para a polícia avisando sobre o assassinato da sra. Douglass.

O Senador estava imóvel.

— Por que eu não sabia disso?

— Os rapazes ficaram com medo de contar. — Sailor deu um suspiro irônico. — Estavam com medo de que você fosse ficar com raiva.

— Por que você ou o Ziggy não me contaram?

— Estou contando agora.

Ele estava tremendo, de verdade, as perninhas magras não conseguiam ficar paradas.

— Por que esperar até agora? Por que eu não fiquei sabendo antes de sair de Chicago? Se eu soubesse...

— Você fugiu rápido demais — ralhou Sailor. — E não deixou endereço de contato. Ziggy achou que estava no Canadá, pescando.

— Você me encontrou — falou ele, frio como gelo.

— É — concordou Sailor. — Eu encontrei você.

Ele ficou trêmulo de raiva de novo. Agitando-se para lá e para cá no tapete.

— Como você descobriu onde eu estava?

Sailor riu.

— É engraçado. Eu li no *Tribune*.

O Senador não acreditou nele.

— É verdade — insistiu Sailor, assentindo. — Na coluna social. Aquela repórter deve ter alguém por aqui que manda os furos para ela. — Ele citou: — *O jovem e popular senador Willis Douglass...*

E calou a boca sem precisar ser mandado. Rindo em silêncio.

O Senador estava pensando, pensando muito.

— Mac sabe sobre esse... probleminha?

— Talvez. Nem eu, nem Ziggy sabíamos até semana passada — admitiu. — Os rapazes não iam contar. Mas aí o caipira viu uma foto do Jerky em alguma história sobre casos sangrentos e apareceu. — Ele deu uma risadinha. — Ele ia contar para os rapazes sobre o criminoso que estava no carro com eles.

— Quer dizer que ele procurou os rapazes, não a polícia?

Sailor abriu um largo sorriso.

— Humpty estava ligado naquela noite no celeiro. Falou para o velho que, se aparecesse em Chicago, podia parar no restaurante e ganhar uma refeição por conta da casa. Economizou uma gorjeta assim. — Sailor ficou sério. — Ainda bem que ele é mão de vaca. O caipira ia procurar a polícia, mas Humpty o segurou. Aí ele e Lew foram correndo atrás do Ziggy.

— O que Ziggy vai fazer sobre isso? — perguntou o Senador, com pressa.

— Nada. — Sailor sorriu ao ver a boca aberta do homem. — Falou para os caras inventarem uma história para o caipira, dizendo que descobriram e que ajudaram a polícia a pegar o Jerky. Ele deu dinheiro para os caras levarem o caipira para um passeio na cidade com tudo pago. Deixar o cara cansado, depois mandá-lo para casa.

A boca do Senador ainda estava aberta.

— Ziggy avisou aos caras para não deixarem nada acontecer com o caipira — completou Sailor, com frieza. — Não queria que o caso fosse reaberto por conta de outro... acidente. Falou para cuidarem do cara como se fosse uma criancinha. — Deixou o Senador absorver tudo aquilo antes de terminar. — Aí o Ziggy deu no pé.

Tudo que o Senador disse foi:

— Ziggy é esperto.

O telefone não podia ter tocado em melhor hora. Tocou bem quando o Senador estava recuperando alguma confiança. Ele atendeu e seu "alô" soou normal.

Era a garota. A prateada Iris Towers. A voz do Senador entrou no modo atuação, aqueles tons doces e graves surgindo.

— Sim, aqui é Willis. Sim, eu já estava acordado. — Ele se sentou na beirada da cama e deu as costas para Sailor. — Perdão por tê-la deixado esperando. Fiquei enrolado com uma questãozinha de negócios... Não, não vai demorar. Encontro você na Placita em vinte minutos. — Sua voz era muito íntima. — Peça um daiquiri para mim e guarde meu lugar... Tchau.

Ele desligou e levou um momento para se recompor antes de se virar de volta para Sailor. Começou a falar como se não houvesse sido interrompido; como se não tivesse passado a maior parte da última hora e meia sendo um covarde. Até manteve o tom de voz sedutor para Sailor.

— Não o culpo por querer ir para o México até que a poeira baixe. Imagino que seja para lá que você está indo? — Assentiu bruscamente, sem esperar resposta. — Vou arrumar os mil dólares. Não sei bem como, já que você se recusa a aceitar um cheque. Você sabe que não ando com dinheiro assim. Os bancos não abrem aos domingos. Se puder esperar até amanhã...

— Os bancos não abrem no feriado também — interrompeu Sailor, então se calou, deixando o Senador se enforcar com a própria corda.

— Verdade, amanhã é Dia do Trabalho — lembrou. — Certo, vou arrumar os mil dólares para você de alguma forma. Volte depois, lá pelas cinco da tarde, e vou estar com o dinheiro. Tenho que me vestir agora, ainda não tomei café da manhã.

— Nem eu — disse Sailor, sem se mover. Continuou sentado ali, encarando o Senador. — Falei que o preço tinha subido. São cinco mil agora.

Ele fez uma careta de raiva.

— Você não vai conseguir. — Ele trincou os dentes. — Melhor pegar os mil e dar o fora enquanto pode. Você não está em posição de negociar.

Sailor retrucou baixinho:

— Estou, sim.

O Senador o encarou, tentando entender o que ele queria dizer, certo de que não era o fato que o Senador era o único a saber; imaginando se Sailor tinha se vendido para McIntyre, certo de que ele não ousaria; encarando o rosto impassível do homem, sem obter resposta. Ele revirou as palavras de Sailor na mente e não conseguiu chegar a nenhuma conclusão sem perguntar.

— O que é agora? — exigiu saber.

— Eu não matei sua esposa — respondeu Sailor.

Esse era o momento que ele estava esperando e o momento que faria valer a pena todos os atrasos e percalços. O

Senador ficou paralisado. Parecia muito velho, murcho e velho. Naquele momento, era idêntico ao violinista caquético do Tio Vivo. Havia apenas uma casca mecânica.

— Eu atirei nela, sim, mas não a matei. Outra pessoa fez isso. — A voz de Sailor era baixa, mas clara. — Tinha alguém vindo. Eu precisei dar o fora.

Quando conseguiu, o Senador sussurrou:

— Ninguém vai acreditar em você. — Ele balançou a cabeça, horrorizado. — Ninguém nunca vai acreditar em você.

— Talvez não — disse Sailor. — Mas eu posso jogar essa merda toda no ventilador se começar a falar. E eu estou limpo, eu posso falar. Mesmo se ninguém acreditar em mim.

Ele ficou de pé, a mão apertando a arma com tanta força que os dedos doíam. Ele tinha que sair dali. Naquele momento, o Senador poderia matá-lo se conseguisse. Matá-lo com as próprias mãos, sem precisar contratar ninguém.

Sailor foi até a porta, mantendo o Senador na mira dos olhos e do bolso. O Senador sabia o que havia naquele bolso. À porta, falou:

— Vejo você às cinco da tarde.

Ele não poderia voltar ali, não agora que o Senador teria tempo para fazer planos. Com uma careta, continuou:

— Na Placita. Esteja com os meus cinco mil. Não estou nem aí para como você vai conseguir. Me traga os cinco mil e você não terá problemas.

Ele abriu a porta, saiu e a fechou, tudo em um único movimento. Como se o Senador fosse tentar pegar uma arma, como se não estivesse ali parado, entorpecido, murcho e velho. Enquanto ia até o elevador, a mão de Sailor ainda estava doendo de tanta tensão no seu bolso direito.

## CAPÍTULO 2

Ele encontrou com McIntyre quando virou na extremidade sul do portal, a parte onde ficava a grande lareira. Não tinha percebido antes, mas havia imagens de índios esculpidas na lareira, na mesma cor de areia daquela cabeça que tinha visto no museu de Chicago quando era criança. Ele não lhes lançou mais do que um olhar rápido porque não queria ser lembrado daquela experiência. Já tinha coisas demais em que pensar.

Não sabia exatamente por que havia entrado no portal em vez de seguir em frente, percorrendo a passagem lateral até a porta da frente e saindo do hotel. Talvez tivesse pensado em se sentar em um dos confortáveis sofás de couro e se controlar. Não sabia por que estava tão nervoso. As coisas tinham acontecido do jeito dele. Percebeu isso apenas depois de ter espalhado a notícia, apenas ao notar que tinha que sair daquele quarto rápido, antes que fosse tarde demais. Era alguma coisa na forma que o Senador recebeu a notícia, como algo morto, como um zumbi. Ele nunca tinha visto o Senador daquele jeito antes. Isso lhe deu arrepios.

A parte confusa era que ele sabia por que o Senador havia reagido daquela maneira. Era a garota, a linda garota de olhos límpidos que esperava por ele na Placita. O Senador não teria ficado morto de medo se não fosse por ela. Teria agido como sempre, astuto, perverso e inteligente. A parte confusa era que Sailor não queria vê-lo derrotado assim;

queria o velho Senador, aquele de quem queria quebrar os dentes havia meses, talvez mais. Não queria quebrar os dentes de um zumbi. Tudo o que Sailor queria fazer agora era correr, sair da cidade rápido, sem nem esperar a grana. Talvez fosse por isso que ele estava indo para os sofás, para tentar recompor a imagem do Senador como ela deveria ser, para esquecer o velho enrugado que havia deixado lá em cima.

Porque o Senador iria se recompor. Sailor sabia disso tão bem quanto sabia o próprio nome. E cabia a ele estar pronto para encontrar o homem verdadeiro, não carregar a imagem que tinha agora em sua cabeça.

Estava indo para o sofá quando McIntyre o chamou. Estava sentado naquele sofá.

— Olá, Sailor.

Ele teve que agir rapidamente. Teve que sorrir como se o sorriso não estivesse cortando sua boca, tirar os dedos doloridos do bolso direito e torcer para que McIntyre não visse que estavam sem circulação. McIntyre, que sempre via tudo.

— Olá, Mac.

— Tomou café da manhã com o Senador?

Sailor riu.

— Que nada. Não tomei nem uma xícara de café.

McIntyre pensava que ele e o Senador estavam fazendo negócios juntos. Estava certo, mas também estava errado. Pensou que Sailor estava ali porque o Senador mandara chamá-lo. Não foi difícil saber o que McIntyre estava imaginando ao ver Sailor saindo dos elevadores.

Não queria problemas com o policial. Seu álibi era bom e McIntyre sabia que era bom. Mas Sailor não queria que Mac inventasse alguma desculpa para mandá-lo de volta para Chicago. Queria manter as relações com Mac amigáveis como tinham sido até agora. Talvez ele ainda tivesse que contar com Mac.

— Por que não vem tomar café comigo? Na Placita?

— Vamos almoçar — disse McIntyre, ficando de pé e se juntando a ele.

Foi muito rápido. McIntyre queria algo. Talvez já estivesse se preparando para dar o passo seguinte. Talvez o caipira de Wisconsin tivesse ido à polícia depois que os sujeitos o enfiaram no trem. Mas agora já estava feito. Ele e McIntyre estavam subindo na direção do correio. Talvez McIntyre soubesse onde ficava a Placita. Sailor não sabia, só sabia que, se visse o Senador com a garota de novo, quem sabe sua raiva voltasse. A raiva fazia um homem lutar. Ele não poderia pegar o Senador a menos que usasse os próprios punhos.

McIntyre andava como se soubesse para onde estava indo. Sem pressa, mas direto. Sailor apertou o passo para se igualar. McIntyre ainda estava usando o chapéu preto bobo e o lenço vermelho na cintura. Mas não parecia bobo. Parecia mais McIntyre do que nunca.

— Onde você está ficando? Aqui? — Sailor não gostava de andar em silêncio com um policial.

— Sim. Aqui — respondeu McIntyre.

— Uns quartos bonitões.

— Não o meu. — Ele sorriu com isso.

— Como você conseguiu um quarto aqui durante a Fiesta?

Sua tensão estava se esvaindo só de caminhar com McIntyre. Esse Mac era um cara tranquilo com quem se estar.

— Reserva.

Mentiroso. Não tinha feito reserva com antecedência. Ele tinha vindo depois de descobrir que o Senador estava lá. Mas o diretor do Departamento de Homicídios de Chicago conseguiria um quarto em qualquer lugar. Alguém em Chicago falaria com os Harveys, e o Harveys falariam com a Harvey House. Arrumariam algo para McIntyre. Do mesmo jeito que o Senador conseguira um quarto.

McIntyre parou na porta do bar, La Cantina.

— Quer um daiquiri geladinho? — perguntou Sailor com um sorriso.

— Um pouco cedo para mim — respondeu McIntyre, mas entrou no bar, e Sailor foi atrás. — Anda bebendo, Sailor?

— Eu não. Uma garrafa de cerveja é mais minha praia.

Ele se perguntou se McIntyre o estivera observando na noite anterior. Esse era um dos perigos com Mac; você nunca sabia quando uma sombra não era uma sombra.

McIntyre atravessou o bar. Eles não poderiam ter bebido se fossem homens que bebiam; o bar estava fechado, com uma placa pintada com uma cena espanhola em cores vivas.

— Domingo — comentou McIntyre.

Ele ainda estava na frente, e os dois entraram na Placita, o jardim espanhol murado. Estava arrumado com mesas brancas, e as garçonetes estavam fantasiadas, saias floridas, blusas bordadas com flores. Aquela era a Fiesta do lado certo dos trilhos. Em um banco construído em torno de uma velha árvore frondosa, havia homens espanhóis vestidos de veludo, garotas com saias mexicanas cintilantes e flores nos cabelos. Lá estava Iris Towers, o cabelo claro envolto em rosas douradas, a saia branca pintada com arabescos dourados. Ele a viu e os sinos da igreja começaram a badalar pelo jardim tranquilo. Os sinos aumentaram para um hino triunfal, a banda tocou com orgulho, violões e violinos soando alegremente. Tudo porque os olhos dele viram uma garota loira debaixo de uma árvore em um antigo jardim espanhol, e ela era radiante, não o que ele temia depois daquela manhã. E a raiva o consumia de novo. E a raiva era boa, mas ele não podia deixar McIntyre perceber.

Os sinos e a música eram reais; o som ficou mais alto quando o desfile passou do outro lado do muro alto. Desta vez, Sailor estava do lado certo da parede, onde estavam as risadas mais alegres. A Placita começou a encher depois que o som da música diminuiu, e as risadas e o barulho ficaram mais animados. Ele e McIntyre pegaram uma mesa no canto, perto da parede oposta, onde podiam observar a entrada, onde podiam ver quem estava sentado em cada mesa. McIntyre a havia escolhido.

Eles pediram e ficaram em silêncio, sentados lado a lado em cadeiras brancas de ferro fundido de forma que ambos podiam observar a Placita. Estavam esperando pelo mesmo homem. Ele apareceu, imaculado, com uma camisa branca e calças de flanela branca, uma faixa colorida em volta da cintura. Estava limpo e barbeado, o cabelo penteado, o bigode escovado. Estava limpo e parecia consigo mesmo, a menos que você notasse as olheiras mais fundas sob seus olhos estreitos.

Sailor não queria falar sobre o Senador agora. Então perguntou:

— Já bebeu tequila, Mac?

Isso chamou a atenção do policial, mas não o fez desviar os olhos. Como os de Sailor, eles observaram o Senador seguir em uma reta até a árvore, até Iris Towers e os homens de veludo e as mulheres brilhantes com ela. Observaram o Senador ser recebido, suas explicações em voz baixa, suas desculpas.

— Nunca — respondeu Mac.

— Eu provei ontem — continuou Sailor, como se McIntyre estivesse interessado. — Não consegui recusar. O velhote engraçado que cuida do carrossel insistiu. Eu sou *mi amigo* dele por algum motivo.

O Senador e o grupo dele se sentaram à maior mesa disponível, e ele se certificou de que Iris estivesse ao seu lado. A mesa era próxima da que McIntyre tinha escolhido, quase próxima demais. Talvez Mac soubesse que aquela era a reserva do Senador.

McIntyre comentou:

— É porque você pagou para uma menina índia dar uma volta no Tio Vivo.

Sailor sentiu um calafrio. Mac estava de olho nele. Assim como estava de olho no Senador. Só que Mac não podia estar atrás dele, tinha chegado ali primeiro. Sailor soltou uma risada breve.

— Você anda me vigiando?

— Só não quero que você arrume problemas — disse McIntyre com tranquilidade. — Não quero que algo aconteça com o Senador.

Ele estava de olho para ver se Sailor tentaria contratar algum assassino local para apagar o Senador. Esperto da parte do Mac. Pancho, o velho filósofo, um pacifista. Aquilo fez Sailor rir de verdade. Sua risada chamou a atenção do Senador e ele virou a cabeça depressa, os olhos maldosos capturando Sailor e McIntyre, depois se voltando para o grupo. Talvez sua mão estivesse tremendo um pouco ao acender o cigarro de Iris Towers. Talvez sua perversidade tivesse se solidificado.

— Você não acha que estou procurando problemas, acha, Mac? Vim para cá para a Fiesta, como todo mundo.

Enfim McIntyre se virou para Sailor.

— Não veio por causa de Jerky Spizzoni?

Ele sabia. Sailor ficou cauteloso, frio e cauteloso. Não estava pronto para falar. Ele jogaria limpo se o Senador jogasse limpo com ele.

— O que tem Jerky?

— Não foi ele que matou Eleanor Douglass.

Sailor fingiu surpresa, com cuidado para não exagerar.

— E quem matou?

Se McIntyre apontasse um dedo acusando-o, Sailor teria que abrir a boca. Mas Mac não fez isso. Talvez desse na mesma, mas era assim que McIntyre agia. Assim não precisava ouvir negações. Disse apenas:

— Achei que você pudesse saber.

— Eu? — retrucou Sailor com um pouco de indignação. — Você sabe muito bem que eu estava com Leonard Ziegler naquela noite, repassando os livros contábeis no escritório do Senador.

Ele e Ziggy eram o álibi um do outro para aquela noite, e era um bom álibi. Ninguém além deles e do Senador sabia que havia uma forma de sair do prédio sem passar pelo ascensorista. Pelo armazém da rua de trás. Ou será que McIntyre sabia?

— Verdade. Você é o secretário confidencial do senador Douglass, certo?

— Aham. — Era. Até descobrir o rato mentiroso e mão de vaca que ele era. Aí pediu demissão. Demitiu-se. — Eu nem sabia que a sra. Douglass tinha morrido até vocês aparecerem procurando o Jerky.

— É, encontramos a arma dele perto do corpo. Com as digitais e tudo. Pena que não conseguimos falar com ele.

— Já descobriram quem apagou o cara?

A garçonete finalmente trouxe o *consommé* deles.

— Um café, por favor — pediu Sailor, sorrindo como se não tivesse nenhuma preocupação no mundo. — Tenho que tomar meu café antes do almoço.

Ela era alta e loira e alegre.

— Agora mesmo. — E saiu, girando a saia florida para ele.

McIntyre começou a comer.

— Não. Tem muita gente que pode ter feito isso.

— Pois é — concordou Sailor. — Ele traiu todas as gangues de Chicago.

Incluindo a do Senador. Mas não dava para chamar os homens do Senador de gangue. Eram funcionários dele. Porque ele tinha muitos negócios, não trambiques. Não chamava de capangas; eram colegas. *Se vocês, meus colegas, puderem fazer isso ou aquilo...* Os capangas adoravam; gostavam de receber aquela baboseira.

**O CAVALO COR-DE-ROSA**

— Mas ele não matou a esposa do Senador — disse McIntyre. — Ela já tinha morrido quando ele chegou naquela noite.

Ele não podia perguntar como McIntyre sabia daquilo. Como ele saberia? Sailor aumentou um pouco o tom da surpresa.

— Sério?

— Sim — respondeu McIntyre. — O senador Douglass ligou para a delegacia às dez da noite. Tinha acabado de chegar em casa e encontrado a esposa morta. Parecia que ela havia surpreendido um ladrão. Parecia que Jerky era o ladrão. A arma e as digitais dele. Até nos passou pela cabeça que ele pudesse ter planejado matar o Senador. Você sabe que foi o testemunho dele que mandou Jerky para a prisão.

— É, eu sei. E o Jerky acabou derrubado naquela mesma noite. — A loira serviu o café de um bule redondo de vidro. — Obrigado — disse Sailor.

Ele colocou duas colheres de açúcar no café, mexeu e bebeu. Então começou a comer o *consommé*. Iris Towers estava contando alguma história para a mesa. Suas mãos se mexiam com delicadeza e seus olhos azuis límpidos eram como o sol em um lago azul. O Senador riu como se ainda soubesse rir. Quando ele colocou a mão no braço dela, os olhos de Sailor se estreitaram para a sopa.

— Por que você acha que não foi Jerky?

— Às dez horas daquela noite Jerky tinha acabado de sair de uma fazenda no Wisconsin. Estava lá desde 21h15.

Sailor soltou um assobio baixinho. A loira achou que ele estava chamando-a e se aproximou para encher sua xícara de café.

— Obrigado, boneca — agradeceu ele, então colocou mais café, mexeu e bebeu. — Como você ficou sabendo dessa história? Alguém abriu o bico?

— Por mais estranho que pareça, não. O sr. Yost, o dono da fazenda, comentou com os vizinhos e o xerife ficou sabendo. Aí mandou o homem vir a Chicago falar comigo. Um homem bom e honesto, o sr. Yost. Mas lento. Se tivesse comentado antes que três homens pararam na fazenda dele com o carro quebrado na noite de 12 de março...

— Vocês descobriram quem apagou Jerky naquela noite?

— O sr. Yost identificou um deles. Johann Humperdink era um. O outro provavelmente era Lew Barrows. Os dois deram o fora. — Ele falava com uma certeza tranquila. — Mas vão aparecer. Ou a gente vai fazer eles aparecerem.

Humpty e Lew tinham escapado bem a tempo.

— Você conhece Humperdink e Barrows, Sailor?

Ele terminou a sopa.

— Conheço, claro. Você sabe onde eu cresci. Conheço todo mundo das antigas. Já comi muito no restaurante do Humpty. Mas não são meus amigos, se é isso que está perguntando, Mac.

Ele piscou para a loira enquanto ela tirava os pratos. Só porque não estava a fim de piscar. O Senador não estava prestando muita atenção ao grandão loiro que contava alguma história longa para a mesa. Iris Towers estava envolvida por completo, mas o Senador se perguntava sobre o que Sailor e McIntyre conversavam tanto. Seria melhor se o Senador estivesse ali, somente observando. Sailor se sentiria melhor com ele lá. O Senador conseguia apaziguar os ânimos de uma forma que Sailor nunca foi capaz. A única razão pela qual Sailor ainda não tinha abandonado McIntyre, mandado o homem dar o fora, era porque já tinha visto o Senador em ação. Já tinha aprendido algumas coisas.

— Fico surpreso de Humpty estar envolvido em alguma coisa assim. Sempre achei que ele fosse um cara honesto. Claro que Lew já teve alguns problemas no passado... era da gangue do Sleagle. — Era esperado Sailor saber coisas assim.

Não porque ele mesmo já tivera problemas no passado, mas porque era o secretário do Senador e tinha que conhecer os caras que batiam o ponto nas antigas.

— Fiquei um pouco surpreso com Humpty também — concordou McIntyre.

Isso era uma boa notícia. Significava que McIntyre não sabia muita coisa sobre a organização do Senador.

— Tem certeza de que era Humpty?

A loira trouxe um grande sorriso como acompanhamento para a salada de Sailor. Ele poderia levá-la para sair hoje, se estivesse procurando uma loira.

— A identificação foi definitiva. Mesmo se ele não tivesse sumido. "Saiu de férias" — citou McIntyre.

— Talvez tenha saído mesmo.

O molho da salada estava ótimo. Sailor conhecia molhos porque já tinha comido com o Senador em bons restaurantes. No Boulevard. Em hotéis chiques. O Senador e Ziggy eram muito exigentes com molhos de salada.

— Ele não deixou um endereço de contato. Recebeu o sr. Yost algumas semanas atrás, passeou com ele pela cidade. Quando Yost viu a foto de Jerky no barbeiro, em uma dessas revistas de casos de crimes, foi até Chicago só para avisar Humperdink que tipo de cara estava no carro dele naquela noite. Yost não sabia que Jerky havia morrido. Tinha ido com a cara de Humpty, achou que era um camarada simpático. Quis avisá-lo antes que Jerky desse algum golpe nele.

— É engraçado como as coisas são.

Talvez Ziggy estivesse errado em deixar o caipira ir embora. Talvez fosse melhor assim. Se Yost tivesse desaparecido em Chicago, aquele xerife do interior poderia ter causado problemas e nenhum deles teria escapado. Como aconteceu, ninguém estava em apuros. Só o Senador. McIntyre o estava observando, enfiando ovos mexidos de maneira automática na boca enquanto o observava.

— É mesmo engraçado. É o que torna a vida de policial tão interessante. — McIntyre passou manteiga no pão. — Você nunca sabe o que vai acontecer. — Ele não tirava os olhos do Senador. — Humperdink falou para Yost que tinha descoberto quem era o Jerky no dia seguinte, pelos jornais. Disse que Jerky tinha pedido uma carona.

— Pode ser — comentou Sailor.

— Pode ser — concordou McIntyre. — Humpty pode estar mesmo de férias. — Ele limpou a boca com um grande guardanapo quadrado e laranja. — Mas não foi Jerky que matou a sra. Douglass.

— Acho que você tem razão. — Sailor assentiu. — Foi outra pessoa.

Era isso que McIntyre tinha a intenção de descobrir. Quem era essa pessoa. Era por isso que estava ali. Devia ter mais do que uma intuição para estar usando aquela faixa vermelha e o chapéu espanhol bobo. Mais do que um seguro de vida de cinquenta mil dólares.

— Eu gostaria de conhecer o senador Douglass — comentou McIntyre.

— Você não o conhece? — A surpresa de Sailor não foi fingimento.

— Só o encontrei uma vez, muito tempo atrás. — McIntyre sorriu, um sorriso verdadeiro. — Eles não mandam os peões do departamento para falar com gente que nem o Senador. Foi o comissário que lidou com ele quando a sra. Douglass morreu.

A moça de saia florida trouxe um cardápio.

— Sobremesa, senhor?

Ele queria sobremesa, mas queria mais ir embora. Antes que McIntyre fizesse as perguntas erradas, ou seja, as perguntas certas. Ele esperou o policial responder. McIntyre pensou. O grupo do Senador ainda estava na mesa, e Mac decidiu:

— Vou querer a torta de pêssego e mais café.

— Eu quero um sundae de chocolate.

Era melhor comer. Não podia dizer a Mac que tinha negócios importantes a tratar. Mac sabia que ele não tinha nada a fazer além de ficar andando por aí.

O Senador disse algo a Iris Towers e ela o observou com um olhar coquete e com um sorriso que era do jeito que você gostaria que uma mulher sorrisse para você. Do jeito que você gostaria que uma mulher não sorrisse para um assassino; não uma mulher jovem, bonita e intocada.

Sailor declarou, com irritação:

— Vou apresentá-lo a você.

— Achei que iria — falou McIntyre, tranquilo.

— Vou encontrá-lo aqui, na Placita, às 17h15. Se você quiser aparecer, eu faço as apresentações.

Quinze minutos sozinho era tudo que ele precisava. Se o Senador não cumprisse o acordo, não seria ruim que McIntyre aparecesse.

— Estarei aqui.

A loira trouxe as sobremesas, anotou a conta e deixou no centro da mesa.

Sailor pegou a nota.

— Pode deixar comigo. Estou pela conta do departamento — disse McIntyre.

— Hoje não.

Ele podia pagar um almoço para Mac, que estava ajudando-o a conseguir sua grana. Algum dia, quando tivesse um hotel como este, no México, ele convidaria Mac. Tudo por conta da casa. Mac não era um cara ruim. Ele se perguntou se Humpty e Lew estariam no México. Não queria continuar com a organização de sempre, queria ficar sozinho. Sem cortes. Se bem que Lew era o melhor gatilho do ramo.

— Tem quarto para hoje? — perguntou McIntyre.

Ele não queria aquela pergunta. Mac não devia se dar conta de que Sailor ia embora ainda naquele dia.

— Sim, estou bem para hoje.

McIntyre terminou a torta.

— Engraçado o Senador não ter feito reserva para o secretário dele. Quase como se ele não soubesse que você viria.

Sailor entregou uma nota de cinco para pagar a conta, então teve que ficar esperando o troco. Esperando e tentando pensar em respostas para McIntyre. O policial estava se aproximando. Se dissesse que o Senador não sabia que ele viria, Mac ia achar que Sailor tinha vindo correndo para trazer a ele a notícia sobre Jerky. Se dissesse que o Senador estava esperando sua chegada, o homem teria feito uma reserva para ele, a menos que estivessem separados. Isso afirmaria que o Senador achava que Sailor significava problemas.

Ele riu e repetiu a velha piada.

— Não vim a trabalho. Vim para a Fiesta. — Ele acendeu um cigarro, tragou, estendeu o maço para McIntyre, que negou com a cabeça. — Não sabia que tinha que fazer reserva nesse fim de mundo. Não fui esperto como você.

O Senador e o grupo ainda estavam na mesa grande quando Sailor e McIntyre se levantaram. Passaram tão perto que Sailor viu os pelos da nuca do Senador se arrepiarem. Ele estava com medo. E deveria estar mesmo.

Eles saíram da Placita, atravessaram o bar vazio e chegaram ao saguão.

— A gente se vê às 17h15, Mac.

Não queria ficar andando com o policial a tarde inteira sem fazer nada. Deixou McIntyre parado ali e saiu do hotel como se tivesse que estar em algum lugar importante dali a cinco minutos. Quando chegou do lado de fora, diminuiu o ritmo. Não eram nem duas da tarde. Ele tinha mais de três horas para matar. E nenhum lugar para ir.

O sol estava ardendo na ruazinha. Ele foi andando até a praça devagar. Para a Fiesta.

A rua que cercava a praça estava coberta de papéis e restos de comida e esterco de cavalo e crianças arrastando saias coloridas. Havia crianças montadas em burros e outras esperando sua vez. Havia dois garotos maltrapilhos de jeans vendendo passeios em um grande cavalo acinzentado. Tantas crianças estavam esperando no meio-fio que o cavalo ficaria ocupado até depois de amanhã. O carrossel estava girando a toda velocidade, a música tilintante perdida na massa barulhenta de crianças se apertando contra a cerca, gritando para serem as próximas. Acima da multidão, Sailor podia ver os músculos de Pancho se contraindo, suas costas doendo, suor banhando-o enquanto girava a manivela sem parar. Os balcões das barraquinhas de palha estavam todos lotados. No coreto, uma banda mexicana tocava em grandes alto-falantes de metal. Não eram só crianças lotando a praça, velhos e jovens, bebês berrando nos braços das mães, barbas brancas cuspindo tabaco nas calçadas; mulheres velhas, mulheres adultas, mulheres jovens tagarelando em espanhol; jovens desengonçados e garotas maquiadas se entreolhando, trocando insultos provocativos, se preparando para a noite e para o gramado do prédio do governo.

Não havia um lugar para sentar. Cada centímetro do meio-fio, o muro de concreto em torno do pilar memorial, até os degraus da esquina que levavam à praça estavam lotados de gente. Era preciso passar por cima das pessoas para voltar para a rua. Sailor passou por cima de uma mulher que estava amamentando um bebê, saindo da praça abarrotada de volta para a rua. Escapando da armadilha da Fiesta. Ele escapou e olhou de volta.

Para a Fiesta. Para o parquinho lotado, com bandeiras desbotadas e máscaras penduradas e lâmpadas coloridas penduradas em fios. Sentindo o cheiro de pimenta e refrigerante e bosta e perfume barato e suor e fraldas; o lugar caótico com música e risadas e gritos e insultos e conversas e choros de criança. Por isso Zozobra queimara. Para que essas pessoas pudessem acreditar que essa mentira espalhafatosa era boa. Ele passou pelos transeuntes animados e descuidados e chegou à calçada oposta, passou por cima de mais gente até parar sob o portal do museu. Aquele espaço também estava lotado, lotado demais para lutar por um lugar. Os locais fantasiados e os visitantes, sem fantasias — ele já estava na cidade há tempo suficiente para perceber quem eram os forasteiros —, bloqueavam a passagem, inclinando-se para ver os produtos dos índios espalhados na calçada.

Somente os índios não faziam parte da confusão. Sentados contra a parede, seus xales brilhantes ondulando ao redor, os olhos negros inescrutáveis, irônicos. Sentados em silêncio, sem falar a menos que alguém falasse com eles, sem oferecer suas mercadorias, vendendo se solicitados, as mãos escuras trocando mercadorias por dinheiro com escárnio, se não desprezo. Porque eles sabiam que aquilo tudo era faz de conta; porque com o tempo aquelas pessoas estranhas não existiriam. Pila já tinha sido uma criança sentada ali, com olhos negros amendoados, tão inescrutável como os mais velhos e tão indiferente. Sailor não conseguiu passar pela multidão, só conseguiu se virar para a rua, passar por cima das cabeças dos ocupantes do meio-fio e cair no asfalto.

Ele não ia conseguir passar três horas lutando contra aquela multidão saturada da Fiesta. Ele não ia conseguir passar três horas em pé. O sol e o calor e o almoço se juntaram para atingi-lo com todo o peso de seu cansaço. Ele só queria deitar e dormir.

Sabia que era inútil, mas era algo a fazer. Sempre havia uma chance. Ele fez a ronda pelos hotéis novamente. Foi em vão, como sabia que seria. Tudo estava lotado.

Não havia sequer uma cadeira vaga em um saguão ou no alpendre do Cabeza de Vaca. A única coisa que a viagem de ida e volta lhe valeu foi, por um breve período, tirá-lo do fedor da Fiesta. Mas ele voltou. Com uma fatalidade meio desesperançada, porque não havia outro lugar aonde ir, porque todos os caminhos levavam à praça.

As ruas estavam girando mais alto, mais rápido; no coreto, um cantor gordo de cabelos pretos fez explodir os microfones e a multidão gritou "*¡Hola!* Olá!" como se fosse bom. Uma criança correndo com restos de sorvete cor-de-rosa no rosto sujo esbarrou nas pernas de Sailor e enxugou as mãos pegajosas no tecido.

— Saia do meu caminho — rosnou Sailor.

Um balão estourou atrás dele e o garoto que segurava o bastão agora nu gritou. Ele tinha que sair dali. Seus pés ardiam, seus olhos doíam e seu nariz fedia. Se conseguisse alcançar Pancho, o velho saberia onde Sailor poderia descansar. Ele devia conhecer um bar tranquilo e legal que abriria a porta dos fundos no domingo. Um bar com garrafas de cerveja geladas e sem música espanhola. Atropelou os foliões até chegar à periferia da sólida falange que cercava o Tio Vivo. O dobro de antes. Ali ele teve que parar. As crianças eram uma massa intransponível. Ou fluida demais. Quando passava por uma, mais seis corriam adiante, cutucando-o com cotovelos e joelhos, limpando a sujeira das mãos e dos pés em seu elegante terno escuro. As crianças eram como formigas, multiplicando-se bem à sua frente. Eram aterrorizantes; Sailor sabia que, se fosse derrubado, elas iriam enxamear por cima dele, devorando-o sem saber ou se importar com seus atos. Ali, Pancho estava tão longe dele como se estivesse abandonado na Wrigley Tower.

Ele se virou, mais assustado do que irritado. Se não encontrasse um lugar para descansar, não estaria apto a enfrentar o Senador às cinco da tarde. E, sem aviso, seus olhos encontraram os de Pila. Sailor sentiu o mesmo choque da noite anterior, quando a viu pela primeira vez. A mesma lembrança de terror, de uma cabeça de pedra que o reduzira à inexistência. Sua reação imediata foi virar as costas, não a reconhecer. Mas não podia fazer isso. Ela estava lá. Ela existia. Ele era o único sem existência, a figura onírica vagando naquele terrível pesadelo.

Lá estava ela, com a mesma saia florida esfarrapada, a mesma blusa em que o bordado escorria em listras roxas e vermelhas descontroladas. Seu cabelo preto caía reto pelas costas e a flor vermelha estava pendurada em sua têmpora. Ela ficou imóvel. Não falou com ele. Mas os olhos, escuros, vazios e sábios, fitavam o rosto dele como os olhos cegos e pétreos de outrora.

— Olá — falou ele, com a voz rouca.

— Olá — respondeu ela, com a boca pintada como as de Rosita e Irene, mas o batom havia borrado de alguma forma; refrigerante, cachorro-quente ou comida apimentada, não homem. O batom manchava seu rosto como os bordados mancharam a blusa.

— Quer dar outra volta no carrossel?

— Não — disse ela sem oferecer explicação, mas o brilho no seu olhar que se dirigiu por um momento para as crianças se acotovelando perto de Tio Vivo era o de uma índia. Era o olhar das mulheres gordas de xale sentadas em silêncio junto ao muro do museu, distantes, desdenhosas da vulgaridade daqueles que se empurravam para passar.

Pila não disse mais nada, e Sailor encarou a distância atrás dela, querendo fugir, fugir do pesadelo e da figura recorrente no sonho daquela menina mulher de pedra transformada em carne. De repente ele riu, riu duramente de si mesmo, por deixar uma feirinha caipira derrubá-lo. Ele, um homem versado de Chicago, ficando nervoso porque uma índia burra não sabia falar direito. Ela não era uma feiticeira, era um presente dos céus.

Ele se aproximou dela e agarrou seu braço.

— Você tem um quarto, não tem? — exigiu saber.

Pila ergueu os olhos para ele, sem expressão.

— Você tem um lugar para dormir, não tem? Uma cama? — insistiu ele.

— Sim — respondeu ela.

Ele apertou mais seu braço.

— Nós vamos para lá agora — disse Sailor, e começou a arrastá-la pela multidão, sem se importar se estava empurrando ou esbarrando em alguém. — É longe?

— Um quilômetro e meio.

— Vamos pegar um táxi.

Sailor a afastou da praça e da Fiesta, em direção à barraca em que um letreiro de néon anunciava táxis na noite anterior.

Estavam com sorte. Um velho sedã preto, amassado, descascando e caindo aos pedaços, estava chegando. Sailor sabia que era um táxi porque a palavra estava pintada na frente.

— Vamos — ordenou.

Ela não estava tentando fugir, mas ele sentia sua relutância pelo aperto no braço.

— Vamos — repetiu.

Então ela falou:

— Não posso levar você para essa casa.

Foi aí que ele parou. Antes de chegarem ao táxi. Não sabia o quanto precisava daquela hora em uma cama até a recusa de Pila tornar sua vontade ainda mais aguda.

— Não pode, é? — A exigência de Sailor era feia. — Por que não?

Pila ficou imóvel onde ele a soltara. Como uma saca de farinha, como algo lavrado em pedra. Ela não estava tocada por sua raiva, nem assustada, envergonhada ou curiosa. Repetiu, sem nenhuma emoção na voz:

— Não posso levar você para essa casa.

— Por que não? — exigiu ele de novo. — Qual o problema com "essa casa"? Não acha que sou bom o suficiente...

Foi aí que Sailor começou a rir. Pensou no que ela provavelmente estava pensando desde que ele a agarrara na praça.

— Pelo amor de Deus, Pila — falou ele. — Não quero você. Só quero um lugar para tirar um cochilo.

Ela estava tão segura com ele quanto em um convento. Ele não se metia com crianças de catorze anos. Ele não a queria; queria sua cama.

Então parou de rir por causa da expressão no rosto dela, aquela expressão mais antiga que o tempo. Não era a expressão de uma despudorada como Rosie, mas mesmo assim ele sabia que, se a quisesse, poderia tê-la. Fácil como lhe dar um refrigerante ou uma volta no Tio Vivo. Para ela, ele tinha a mesma importância que essas coisas.

Sailor não se deitaria com ela nem se fosse obrigado. Como estava nervoso, acabou soltando:

— Você não precisa se preocupar com seu velho te batendo.

— Meu pai está no *pueblo*.

Ele não sabia o que era um *pueblo* ou onde isso ficava, mas entendeu, pelo jeito que ela falou, que seu velho não estava ali. Não precisava se preocupar com ele aparecendo de repente. Não era isso que a incomodava. Não entender o deixou irritado. Ele exigiu saber:

— Então o que está te preocupando? Vamos.

— Eu não posso levar você para essa casa — repetiu ela.

Agora ele estava mesmo puto. Era bom o suficiente para comprar um refrigerante para ela, mas não para levá-lo para casa. Podia não estar parecendo nenhum prêmio agora, mas ainda era bom o suficiente para uma cabana de índia.

— Certo, se é assim, esqueça.

Sailor girou para longe dela, para a rua, sem ter nenhuma direção em mente, só querendo se afastar da garota índia metida que achava que ele não era bom o suficiente para levar para casa. Caminhando a passos duros pelos paralelepípedos quebrados da calçada, ele ignorou a presença da Fiesta.

Ele continuou andando, se afastando da Fiesta, para qualquer lugar longe daquela lama dourada, das pessoas que achavam que eram felizes porque estavam todas fantasiadas com fitas e elásticos, comendo cachorros-quentes e comida apimentada, bebendo refrigerante, ouvindo a música tilintante. A fumaça da pira do Zozobra havia nublado seus olhos; elas acreditavam que o grito de "Old Man Gloom está morto" significava mesmo aquilo, que uma palavra podia se tornar fato pelo ato de ser dita.

Sailor já estava na metade da rua quando Pila tocou seu ombro. Ele não tinha notado ela o seguindo; foi uma surpresa, uma surpresa ruim.

— O que você quer agora? — questionou com selvageria.
— Eu vou com você.

Ele não parou de andar.

— Sai. Não quero te ver.

Ele continuou com passos ainda mais duros, como se estivesse esmagando-a. Isso não a afastou. Sailor sentiu o toque delicado de seu braço marrom na manga.

— Fora — mandou.

Era como se Sailor estivesse falando com a mulher de pedra no corredor gelado do museu; não com uma menina, ao mesmo tempo jovem e velha, em uma rua suja de um vilarejo estrangeiro sob o sol ardente.

Ele parou na esquina e a encarou.

— Pronto — disse —, pode ir embora.

Foi um erro olhar para ela, porque ao olhar para ela ele viu seus olhos, seus olhos negros e sem expressão. Teve medo de que ela estivesse prestes a abrir o berreiro por conta do jeito que falou com ela. Não tinha esperado que ela continuasse igual, tão terrivelmente inalterada, como se ele não estivesse ali.

— Eu vou com você.

Sailor poderia talvez tê-la ameaçado e se livrado dela. Mas não. De repente não importava se ela estava vindo junto ou não. Não importava mais do que isso; não importava mais do que sua existência importava para uma índia.

Ele atravessou a rua e passou pelo posto de gasolina, pelo casarão de muros altos, sabendo que ela vinha junto, sem saber por quê, sem se importar. Ele atravessou depois do casarão, em direção ao som da música que vinha do prédio alto perto do parque cercado, o prédio do governo. Ele não tinha a intenção de ir para lá, mas quando chegou à calçada que circundava o parque, passou pelo portão de ferro, entreaberto, e entrou na quietude verde. A música de alguma forma combinava com a quietude. Não era uma música boa, era anasalada e lamuriosa, quatro rapazes deitados na grama, cantando em harmonia *"Adiós, mi amigo, adiós..."*. Talvez fosse a música, a mesma música que Pancho cantara, o que a fazia parecer boa na tarde quente, com o cheiro doce e fresco da grama sob as árvores altas.

Ele seguiu pela trilha de cascalho, se afastando da música, até um lugar solitário em que a cantoria era um tremor distante. Ele se jogou na grama alta. Não olhou para Pila, sabia que estava ao seu lado. O sol atravessava as folhas da árvore; o calor resfriado pela mata era um calor agradável. Ele tirou o chapéu e o colocou sobre os olhos.

— Eu não poderia levar você para essa casa. Você não seria bem-vindo.

— Certo — disse ele. — Certo.

Ele já tinha entendido, ela não precisava desenhar. Não se importava agora. Estava confortável, muito mais confortável do que estaria em um barraco de adobe infestado de pulgas.

— Você não seria bem-vindo porque eu o levaria para essa casa. Porque você viria com uma índia para essa casa.

Sailor afastou o chapéu, só o suficiente para que pudesse vê-la, embora ela não conseguisse enxergar seus olhos sob a aba.

— O que eles têm contra índios? — quis saber. — Eles são índios também, não são? Seus tios?

— Meu tio, sim. Ele se casou com uma *española*, minha tia é espanhola. Ela e a gente dela, eles acham que os índios não são tão bons quanto os espanhóis. Se eu levasse você para essa casa eles diriam que você é amigo de uma índia suja.

— Eles que se explodam.

Zozobra estava morto e todos estavam na praça agindo como se fossem amigos, espanhóis e índios e mexicanos e gringos. Mas os verdadeiros índios estavam sob o portal do museu, e os *fidaputa* dos gringos ricos estavam em segurança atrás dos muros do jardim do La Fonda e os mexicanos estavam lembrando que um dia tinham sido os conquistadores dessa terra e que não havia nenhuma irmandade entre eles, mesmo durante a Fiesta. Não significava nada para ele; ele era um estranho que aparecera naquela terra estranha. Tudo que tinha que fazer era terminar seus negócios e ir embora. Não ia perder o sono por conta de Pila e da família dela.

Sailor puxou o chapéu para cobrir os olhos.

— Por que você está ficando com eles?

— É muita bondade deles me deixar ficar com eles na Fiesta.

Ele não conseguiu perceber se Pila estava sendo sarcástica ou não, sua voz não demonstrava qualquer emoção. Nem seu rosto.

Ele não se deu ao trabalho de olhar.

— Eu não posso causar problemas. É bondade deles me deixar ficar aqui. — Ela estava repetindo o que outra pessoa lhe dissera. — Eu não tive tanta sorte antes. Não devo incomodar Rosie.

A sonolência era verde ao redor dele, o verde, o cheiro da grama e o calor do sol. A voz baixa dela e o canto dos meninos preguiçosos, tudo se misturou.

Não houve separação entre a vigília e o sono. Ele dormiu. Nem houve separação entre o sono e o despertar. Ele despertou. Afastou o chapéu. Pila ainda estava sentada ali, de pernas cruzadas, ao lado dele. Talvez não tivesse se movido naquele período.

— Que horas são? — Ele olhou para o relógio. Eram 16h30. A arma parecia pesada em seu bolso.

Sailor tinha dormido e era um novo homem. Pila vigiara seu sono. Ele se sentou e ajeitou o chapéu maltratado com as mãos.

— Obrigado. Eu precisava disso.

Agora ele conseguiria terminar o trabalho.

Sailor ficou de pé e se espreguiçou. Uma água no rosto, um pente no cabelo, e ele estaria pronto para o Senador. Talvez não tão disposto quanto estaria na Michigan Boulevard, mas sua mão estava igualmente estável.

— Vamos — chamou ele, e os dois saíram do parque.

— Você dormiu tanto que perdeu o desfile — comentou Pila.

— Que desfile?

— O desfile De Vargas. É um desfile grande. Eu consegui ouvir os cavalos e a música.

Sailor fez uma careta.

— Por que não foi lá ver?

— Você estava dormindo — declarou Pila.

— Mas que merda...

— Eu não quis deixar você sozinho enquanto dormia — interrompeu ela.

Ele balançou a cabeça.

— Você achou que alguma coisa poderia acontecer comigo? — Pila não sabia que ele tinha uma arma. — Eu consigo tomar conta de mim mesmo, sem problemas.

A voz dela estava suave.

— Quando estou em uma casa estranha, não gosto de dormir sozinha.

Ele calou a boca, se sentindo meio estranho por dentro. Porque ela dissera aquilo, dissera que ele era um estranho, dissera que ele não era ele mesmo naquela casa estranha. Que ele não podia tomar conta de si mesmo naquele mundo irreconhecível. Ele precisava de um guardião, mesmo que fosse apenas uma criança índia.

Dava para ver a praça da rua que os dois pegaram, ouvir a música distante, os sons humanos acima. Eles pisaram no lixo espalhado pelo chão, atravessando o último quarteirão em silêncio. Quando chegaram ao museu, ele a impediu.

— Você não pode vir comigo agora — concluiu. — Tenho trabalho a fazer.

Sailor estava se sentindo bem, porque estava errado em pensar que ela era hostil ao estranho; ela era sua amiga.

— Me encontre mais tarde no Tio Vivo e eu pago um monte de rodadas para você. — Desde que tinha subido no ônibus em Chicago, Sailor não se sentia tão bem. — Se o negócio der certo, vou comprar tudo que você quiser. O que você quer mais do que tudo no mundo?

Ela respondeu, solene:

— Um permanente.

Ele ainda estava rindo quando se afastou, atravessando a praça para o hotel e para o Senador.

# CAPÍTULO 3

Não passava de alguns minutos depois das cinco da tarde quando ele saiu do banheiro masculino. Tinha se lavado e limpado o melhor que pôde. Não parecia ter acabado de dormir no parque. O pátio estava cheio, mas tranquilo; algumas pessoas, não muitas, ocupavam o saguão. Ele começou a seguir em direção à cantina. Com um susto, não ousou se virar quando McIntyre ficou de pé para se juntar a ele. Não era para Mac estar lá, ainda não. Não estava na hora marcada.

— Olá. Você chegou cedo — comentou McIntyre.

— Um pouco.

Não havia lhe ocorrido que Mac estaria esperando ali. Ele não sabia o que dizer para o policial. Não podia mandar ele se escafeder até resolver seus negócios pessoais com o Senador. Teria que levar Mac com ele, sem saber se o Senador apareceria se visse o policial junto. Sem saber como se livrar de Mac pelos momentos a sós de que precisava.

— Vai entrar agora ou vai esperar por ele aqui? — perguntou McIntyre.

— Melhor entrar logo — disse Sailor, dando uma risada fraca. — Talvez ele ainda esteja aí.

McIntyre seguiu Sailor dessa vez.

— Não está. Saiu com o grupo dele lá pelas duas horas da tarde.

McIntyre estava de olho. Estava de olho no Senador tanto quanto estava de olho em Sailor.

— Você passou a tarde toda anotando quem entrava e saía? — perguntou Sailor, com secura, apesar de realmente querer saber.

— Não. Tirei uma soneca.

Havia algo no olhar de McIntyre? Sailor não conseguia determinar. Será que McIntyre sabia que ele tinha dormido no gramado do prédio do governo?

— Não está aproveitando a Fiesta? — perguntou com ironia.

McIntyre escolheu a mesa de novo. Não de cara para a entrada dessa vez. Nos fundos, atrás da árvore, onde o Senador teria que procurar por eles e, encontrando-os, não poderia fingir não os ter visto. McIntyre era esperto como o diabo. Até escolheu a cadeira que queria, deixando Sailor de costas para a entrada, se colocando de forma a ver todo mundo que entrava, mas mantendo o rosto escondido sob os galhos.

— Vi um pouco do desfile — respondeu Mac —, mas decidi pular o Chocolate. Não que não parecesse interessante, mas o desfile de moda... — Ele balançou a cabeça. — Não acho que um cara como eu ia gostar. — Sorriu. — A sra. McIntyre vai ficar com raiva por eu ter perdido.

Ele nunca tinha pensado em McIntyre tendo uma sra. McIntyre. Nunca tinha pensado em McIntyre tendo uma vida além das ruas de Chicago. Como um cachorro. Farejando problemas, correndo atrás de problemas, cavando velhos ossos de problemas. Até o comissário tê-lo promovido a uma mesa e uma cadeira de couro. Onde podia descansar suas patas e seu focinho, mandar outros tiras atrás dos problemas.

— Não sabia que você era casado — comentou Sailor.

— Há dezoito anos — disse Mac. — Minha filha vai para a faculdade este ano.

A garçonete que veio servir a mesa não era jovem nem bonita; tinha linhas cansadas em volta da boca e não queria saber se eles estavam prontos para pedir. Ela saiu de perto da mesa e foi parar ao lado de outra garçonete junto da lareira a céu aberto. A loira animada não estava por perto.

— Tem certeza de que não quer nada? — perguntou Sailor.

— Vou aceitar uma bebida. Essa lei dominical é um estorvo para um homem que trabalha.

— Acho que quero uma cerveja. — Então ele sorriu. — Achei que você estava aqui para a Fiesta.

— Isso mesmo. — Foi tudo que McIntyre disse. — O que você fez hoje à tarde?

— Tirei uma soneca — respondeu Sailor, repetindo a resposta da Mac.

McIntyre não fez mais perguntas, como se soubesse onde. Mas ele não sabia se Sailor tinha dormido mesmo. Sailor não queria que Mac soubesse. Não queria ter que explicar que não estava se deitando com a menina índia; que ela o havia seguido, nada mais.

Havia alguns grupos na Placita, bebendo. Ninguém do grupo do Senador. Os grupos trouxeram suas próprias garrafas; os homens as tiravam de debaixo das mesas como nos dias da Lei Seca. As garçonetes traziam copos e talheres. A lei dominical evidentemente não impedia ninguém de beber, apenas de vender bebidas.

— Será que ele foi ver o Chocolate? — perguntou Sailor. Conseguia imaginar os olhos gulosos dele observando as moças bem-vestidas passarem. Não. O Senador só teria olhos para Iris Towers e mais ninguém. Mas seus olhos seriam, sim, gulosos.

— Não. Ele foi para Tesuque, para uma questão pessoal.

Isso o surpreendeu de novo, que McIntyre estivesse acompanhando o Senador tão de perto.

— O rancho dos Van der Kirks — continuou McIntyre. — Eles vieram para cá durante a guerra e nunca saíram. Não são pobres refugiados. Diamantes.

Não seriam pobres, se o Senador tinha ido para lá. Ele não visitava pessoas pobres; ele as usava. Para seu trabalho sujo.

— Será que ele volta a tempo? — perguntou-se Sailor em voz alta antes de se dar conta.

— Acho que vai voltar, sim — disse McIntyre. — Acho que ele vai estar ansioso para ouvir você contar o que eu comentei durante o almoço.

Sailor puxou o cinto.

— Não posso falar com ele com você aqui.

— Eu mesmo posso contar, então — falou McIntyre sem emoção na voz.

Se ao menos ele pudesse abrir a cabeça de McIntyre, ver o que havia lá dentro. Se ao menos pudesse organizar os quadradinhos, como bilhetes de loteria, cada um com um nome e um pensamento e um plano. Será que o nome dele estava no bilhete vencedor ou no perdedor? Ou era o do Senador? Não podia perguntar a McIntyre, só podia ficar ali sentado e esperar. E conversar mais.

— Quantos filhos você tem?

— Duas meninas e um menino.

Conversar era bom para McIntyre. Ele também tinha que esperar.

McIntyre devia morar no subúrbio, em Evanston, provavelmente. Uma casa bonita, talvez com cerca branca, talvez com uma sebe. Um gramado verde e árvores e flores; podia ver Mac cortando a grama em um domingo de verão, limpando a neve das calçadas em uma manhã de inverno. A sra. McIntyre em uma cozinha de azulejos preparando bons jantares para ele e para as crianças.

— Patsy, a mais velha, é a que está na faculdade. Universidade de Chicago. Molly, ela é a mais bonita, ainda está no colégio. Quer ser criminologista. — Ele sorriu com a lembrança. — Ted só tem doze anos. Entrou nos escoteiros esse ano. Ser escoteiro é bom para os meninos.

— Também é bom nascer no lado certo da cidade — disse Sailor.

McIntyre retrucou baixinho:

— Eu nasci a quatro quarteirões de você, Sailor.

Ele não sabia disso. Conhecia Mac há muito tempo, mas não sabia que ele vinha daquela parte da cidade. Sailor fez uma careta.

— Como você saiu?

— Não do jeito fácil.

McIntyre estava de olho em Sailor.

— Você acha que eu saí fácil?

Mac não respondeu.

— Eu entrei na polícia quando tinha 21 anos. Faz vinte anos, vai fazer vinte anos na próxima primavera. — Ele manteve os olhos em Sailor. — Não é fácil ficar dando voltas e mais voltas no asfalto, verão e inverno. Muito trabalho, pouco dinheiro naqueles dias. — Seus lábios se apertaram. — O que eu vi crescendo ali, da época que eu era criança, me fez querer fazer do mundo um lugar melhor, não pior.

— Sua velha não devia lavar chão, aposto — falou Sailor com raiva. — Aposto que seu velho não era um babaca bêbado.

— Minha mãe trabalhava em uma lavanderia. Meu pai, na prisão. Não, ele não era um bêbado, Sailor. — Seu olhar era fixo. — Eu muitas vezes me perguntei por que, tendo passado pelo que passou, você não cresceu com o mesmo sentimento que eu. Querendo tornar as coisas melhores, não piores.

— Eu tornei as coisas melhores para mim — retrucou Sailor.

McIntyre não disse nada. Só ficou observando-o até Sailor afastar o olhar e pegar os cigarros. Com a cabeça baixa, Sailor completou:

— Eu não devo nada ao mundo. O mundo nunca fez nada por mim.

— Eu já ouvi muitos de vocês falarem isso. E sempre me pareceu que estavam culpando o mundo por algo que falta em vocês.

— Do que é que você está falando? — questionou Sailor, com outra careta.

— O mundo não liga muito para o que acontece com a gente, pelo menos é isso que sempre pensei. Como essa mesa. — Ele espalmou a mão na superfície de metal pintado. — Ela não se importa se você bate a canela nela. Ela nem sabe que você existe. Isso é o mundo. Da forma como eu vejo. — Ele ergueu a mão e observou a palma como se a tinta tivesse manchado sua pele. Tinha uma mão grande, mas os dedos eram finos. — O que você é depende de você. Bom ou ruim. Você tem a opção. Pode fazer o que quiser consigo mesmo. Pode usar o mundo... — de novo tocou a mesa —, ou pode quebrar o dedão nele. O mundo não liga. Depende de você. — Ele deu um sorriso fraco. — Parece que já tentei lhe falar isso faz muito tempo, Sailor.

Por entre os dentes trincados, ele retrucou:

— Então você acha que eu escolhi passar fome e apanhar quando era criança.

Os olhos de McIntyre ficaram tristes. Por um momento.

— Acho que crianças não podem escolher. Não enquanto são crianças. — Então ele olhou bem nos olhos de Sailor. — Mas quando você chega na idade certa, pode escolher. O certo ou o errado. O bom ou o ruim.

— Você acha que eu escolhi errado — falou Sailor de forma casual, tragando o cigarro. — Você acha que eu não deveria ter deixado o Senador me ajudar? Me mandar para a faculdade? A Universidade de Chicago, que nem sua filha. Você acha que eu devia ter ficado rodando por aí que nem você em vez de deixar um cara bom me ajudar.

O Senador já tinha sido um cara bom. Sailor não estaria onde estava hoje se não fosse a ajuda dele.

— Tem muitas histórias antigas, que talvez sejam verdade, sobre homens que venderam suas almas ao Demônio.

Sailor jogou a cabeça para trás e riu. Uma boa e longa gargalhada como se fosse engraçado. Mac só continuou sentado lá. E não era engraçado. O Demônio podia se parecer com o Senador. O Demônio não precisava ter chifres vermelhos, rabo bifurcado e um macacão vermelho; podia ter um nariz comprido e um bigode escovado e as melhores roupas de Chicago. O Senador era um demônio. Se Mac tinha ideia de metade do que Ziggy e Sailor sabiam, não estava só falando por falar. Sailor disse apenas, como se ainda estivesse achando graça:

— Já que você subiu no púlpito, Mac, que tal falar de Deus? Era para Ele estar tomando conta de nós, não? Era o que me falavam na escola. Deus vai cuidar de você.

— Não sei — disse Mac, devagar, como se estivesse pensando. — Talvez seja como diz nas escrituras. Você pode escolher entre Deus e o Diabo. Bem ou mal. Certo ou errado. Está escrito assim, mais de uma vez na Bíblia. Não sou pregador, Sailor. Você me conhece. Mas eu vejo muita coisa errada. É de fazer pensar. A única maneira que consigo imaginar é que talvez Deus não queira aqueles que escolhem o Diabo. Os próprios do Diabo, como costumavam chamá-los. Talvez Ele retenha a mão, espere que se voltem para Ele. Decidam fazer o certo, não o errado. — Então completou, tão baixo que era como se estivesse só pensando: — Quer me dizer onde o Senador estava na noite em que ela foi morta?

Era irreal, estar sentado ali no tranquilo jardim murado com o sol atravessando na diagonal os galhos tortos das velhas árvores verdejantes. Como algo em um livro, Mac falando sobre Deus e o Diabo, o certo e o errado. Com um chapéu engraçado na cabeça. Não pregando, mas falando como um pregador, só que direto, de homem para homem, não no alto de um púlpito falando para muitas pessoas e a maioria delas não ouvindo. A maioria delas tirando uma soneca de domingo de manhã. Então Mac disse isso e era um policial outra vez. Um policial esperto, tentando te pegar desprevenido. Só que, quando ele disse isso, seu rosto se transformou de repente e Sailor olhou para onde Mac estava olhando. O Senador tinha aparecido. O Demônio de camisa e calça branca e faixa vermelha, com um olhar cruel que sumiu de seus olhos tão rapidamente que você não acreditaria que esteve lá.

O Senador estava procurando por Sailor e foi pego pelo olhar de Sailor e Mac antes que pudesse fingir que estava procurando por outra pessoa.

Ele tentou não ser pego. Acenou com a cabeça como se estivesse cumprimentando um conhecido. Sailor falou rápido, sabendo que tinha que agarrá-lo antes que ele desaparecesse por mais uma noite. Mesmo sabendo como o Senador agiria quando estivessem sozinhos, ele falou:

— Olá. Achei que você não viria.

Foi quando a maldade passou de súbito pelos olhos sombrios e estreitos.

McIntyre tomou conta da situação rapidamente.

— Espero que não se importe com a minha intromissão, Senador. Pedi ao seu secretário para me apresentar ao senhor.

O Senador foi fisgado. Ficou ali parado enquanto Sailor continuava:

— Este é o comandante McIntyre, senador Douglass. De Chicago também.

Como se ele não soubesse.

O Senador se sentou então, como se fosse frágil, como se fosse se quebrar se sentasse na cadeira de metal branco. Mas sua língua era aveludada como sempre.

— Já ouvi falar muito do senhor, comandante. Parece estranho que tenha sido preciso atravessar o país para que nos conhecêssemos, não?

Deu um sorriso do jeito certo.

— Verdade — concordou McIntyre.

— Eu ofereceria uma bebida, mas o bar está fechado. Como o senhor sem dúvida já sabe. — Ele pegou o maço de cigarros e passou adiante. McIntyre aceitou um. Sailor não. Não lhe foi oferecido. — Está aqui a serviço, comandante?

— Em parte — disse McIntyre. Ele aceitou o fogo do isqueiro de ouro branco. O isqueiro que nunca engasgava, que sempre criava uma boa chama afiada.

O Senador levou o isqueiro ao próprio cigarro, fingindo surpresa.

— Um pouco longe da sua jurisdição, não? Deve ser importante, para o comandante ter que ser o responsável.

— É importante — concordou McIntyre. — É sobre a morte da sua esposa.

O Senador não mostrou surpresa, só pareceu solene como deveria. Solene e um pouco tristonho. Não disse nada. Ele sabia atuar; era bom atuando. Mas, quando estava atuando, não estava em segurança. Ficava muito seguro de si, sentindo-se superior. Sailor não gostava. Manteve os olhos discretamente no Senador. Podia fazer isso porque ele não estava prestando atenção alguma em Sailor. Isso era entre o Senador e McIntyre. Enfim o Senador demonstrou alguma surpresa e curiosidade com a pergunta:

— É mesmo?

— Sim.

— Mas... — O Senador bateu o cigarro no cinzeiro. McIntyre não disse nada para ajudar. O Senador teve que insistir. — Achei que vocês tinham feito um trabalho excelente resolvendo tão rapidamente a questão da morte trágica dela.

— Foi o que pensamos também — disse McIntyre. — Mas não foi Jerky Spizzoni quem a matou.

O Senador pareceu realmente chocado. Podia ter dito muitas coisas, mas não. Ele era esperto. Esperou.

— É por isso que estou trabalhando — continuou McIntyre. — Estou procurando o homem que a matou.

O Senador absorveu essa informação e ficou pensando. Então disse:

— É difícil de acreditar. O comissário estava tão certo...

— Novas evidências — interrompeu McIntyre. — Spizzoni só chegou em Chicago depois da morte dela.

— Mas a arma... as digitais... — O Senador fingiu inocência muito bem, tropeçando nas palavras como se fosse de fato um homem inocente.

— Alguém estava com a arma do Jerky, ainda com as digitais dele. Foi esperto — admitiu McIntyre.

Ele não sabia o quanto. Ziggy tinha cuidado disso. No dia da visita. Ziggy falou para Jerky que alguém queria comprar a pistola; para ele colocar um preço nela.

Jerky mexia naquela arma todos os dias até ser preso. Quando foi, o Senador se certificou de que a pistola estava guardada em um lenço limpo, que ninguém mais tocasse nela. Talvez o Senador soubesse. Talvez fosse por isso que Jerky tinha sido sacrificado.

— Tem alguma pista? — perguntou o Senador.

Mac parou para pensar.

— Eu não diria exatamente isso — admitiu. — Achei que talvez o senhor pudesse nos ajudar. Talvez saiba algo que nos leve a algum lugar.

O Senador balançou a cabeça.

— Bem que eu gostaria. — Ele apagou o cigarro pela metade. — Como falei para o comissário naquela noite, não conheço ninguém que desejasse fazer mal à minha esposa. Ela não tinha inimigos. Não era o tipo de mulher que faria inimigos. — Seus olhos estavam úmidos. Quando a voz dele soava musical daquele jeito, ele conseguia ligar as torneiras. — Agradeço que tenha vindo até aqui para me contar isso, McIntyre. Gostaria de repassar a situação com você de forma mais detalhada. — Seu relógio era caro e chamativo, um naco dourado que parecia de platina. — Mas no momento preciso me arrumar para um compromisso. Talvez depois da Fiesta, ou você vai embora antes?

— Vou ficar até o fim da Fiesta — respondeu McIntyre. — Já que estou aqui.

Os dois se levantaram, e Sailor fez o mesmo. Saiu da Placita atrás deles, seguiu-os pelo bar escuro até o saguão. Não sabia o que estavam dizendo, atrás deles como um vira-lata. No saguão, se despediram.

— Sailor pode lhe dar qualquer informação necessária sobre aquela noite — disse o Senador. — Ele sabe todos os detalhes. Já repassamos tudo muitas vezes. Na verdade, não duvido que ele saiba mais sobre a morte do que eu. — Aí estava a rasteira. Talvez houvesse outras. — Com licença.

Ele não ia escapar com essa desculpa, nem se o departamento inteiro de McIntyre estivesse de olho nele. A grana tinha que estar pronta agora. Ele não ia escapar sem pagar.

— Vou acompanhar enquanto o senhor se veste — disse Sailor. Os lábios do Senador se torceram em um esgar mostrando os dentes, mas Sailor continuou: — Temos que repassar algumas coisas.

Sua mão estava fria e segurava firme a arma no bolso direito. Ele não estava com medo. O Senador não arriscaria fazer nada ali, não com Mac sabendo que os dois iam subir.

— Pode esperar até mais tarde — retrucou o Senador de forma brusca.

— São informações novas — disse Sailor. E pronto. Porque o Senador não sabia o que Mac talvez tivesse soltado durante o almoço. Não podia arriscar. — O senhor nos dá licença, então? — perguntou a McIntyre.

— Claro. Nos vemos depois.

As pernas magrelas do Senador estavam trêmulas, beliscando os paralelepípedos do portal. Sailor o acompanhou com tranquilidade, os dois em silêncio até chegarem ao elevador, esperando a descida da gaiola.

— O que mais ele tinha a dizer?

Sailor não respondeu porque o elevador tinha chegado e alguns ricaços de cabelo branco-azulado e muitos brilhos saíram. Eles eram conhecidos do Senador, que então assumiu a postura de palanque de imediato. Ele sempre conseguia fazer isso. Era só ter um público que, não importava o que estivesse preocupando-o, ele sempre entregava um show e tanto. Assim que entrou no elevador, pelas costas da ascensorista, ele parou. Mas não repetiu a pergunta, não até chegarem ao quarto andar, à porta do quarto. Não até colocar a chave na porta e abrir.

— O que mais McIntyre tinha a dizer?

Sailor ficou parado atrás dele enquanto o Senador pegava os dois recados que tinham sido enfiados por baixo da porta, lia e os dobrava com força na palma da mão. Sailor entrou quando o Senador entrou. Ele foi até a mesa do telefone. Sailor se sentou na poltrona boa, se ajeitou, com o chapéu na cabeça, a mão confortável no bolso.

— Ele estava pensando no seguro.

O Senador esqueceu o telefone, as sobrancelhas pretas franzidas e tensas.

— O que tem isso?

— Nada — respondeu Sailor. — Ele só estava pensando. Talvez estivesse se perguntando há quanto tempo aquela apólice era válida. Aqueles cinquenta mil.

O Senador se sentou devagar na beirada da cama.

— Então é isso.

Ele leu as mensagens de novo. Uma guardou no bolso, a outra manteve na palma da mão, como se fosse algo quente e vivo, um corpo quente e branco.

— Sei lá — disse Sailor. — Não sei qual é o ângulo. Só sei que ele está procurando o homem que matou sua esposa.

Os olhos do Senador eram frestas estreitas e malignas.

— Não precisa procurar muito.

— Não mesmo. — Sailor manteve o olhar firme no Senador. Firme e sério.

Ele ajeitou os ombros.

— É melhor você ir para o México. Imediatamente. Posso adiantar quinhentos agora. Mando os outros quinhentos quando os bancos abrirem...

Sailor riu dele. Uma risada alta e grave.

— São cinco mil, Sen. Não quinhentos. — De repente estava com raiva. Já tinha esperado demais. — Ainda não tem o dinheiro?

— Não, não tenho. — O Senador ficou com raiva também. Ali estava o bom e velho Senador, como agia quando as coisas não saíam conforme ele queria. — Os bancos estão fechados. Não consigo arrumar cinco mil do nada. Nem mil. É melhor você pegar os quinhentos e dar o fora. Antes que o Mac descubra que é você que ele está procurando.

A boca de Sailor se moveu fácil. As palavras saíram fácil.

— Eu não matei sua esposa.

Ele gostou de ver o Senador ficar de boca aberta. Que nem um peixe. Ele gostou da fúria que endureceu a camisa branca chique. Gostou até de ouvir a voz do Senador arranhar o espaço entre eles.

— Você tentou essa ontem à noite. Se você não a matou, então quem matou?

Mais do que tudo, ele gostou da própria resposta suave.

**O CAVALO COR-DE-ROSA**

— Você.

O Senador ainda não estava encolhido de medo, porque ainda não sabia o que Sailor sabia, o quanto ele sabia. Achava que era uma acusação e nada mais. Achava que podia erguer o lábio em um esgar.

— Não vai chegar a lugar nenhum me acusando.

— Acho que talvez eu chegue — retrucou Sailor. — Se eu contasse a história toda para o Mac. — Ele acendeu um cigarro, deixou a fumaça escapar pelas narinas. — Jerky não foi o único que teve problemas naquela noite.

O Senador ainda não sabia da informação. Mas ardia de raiva.

— Quer dizer que você também teve problemas com o carro? Se atrasou?

Ele não acreditava. Se recusava a acreditar.

— Não — respondeu Sailor. — Ela se atrasou. — Deixou o Senador saber agora, saber de tudo. Agora era o momento. — Eu cheguei lá na hora que você me falou, mesmo com a chuva. Fiz tudo como você mandou, fiz uma bagunça para que parecesse um roubo. E estava com as luzes apagadas quando o táxi parou do lado de fora. Bem como você planejou.

Ele se lembrava da cena enquanto falava. Sem qualquer emoção, como se fosse algo que tivesse visto em um filme. Uma imagem meio desbotada. A biblioteca do Senador ali na frente da casa, livros e sofás e uma escrivaninha. Portas duplas se abrindo para o pequeno quintal. Ele tinha entrado por ali como o Senador mandara, elas eram fáceis de abrir. Mãos enluvadas. Luvas boas, de camurça cinza, macias, caras. Ele tirou os papéis da escrivaninha, abriu o cofre na parede. Como se fosse Jerky procurando material de chantagem ou talvez algum dinheiro fácil.

— Eu estava com a arma do Jerky pronta quando ela entrou. Só que ela não chegou na hora que você esperava. Acho que não conseguiu um táxi, com toda aquela chuva. Ela entrou bem como você falou, pela porta da frente, com a chave que tinha copiado. Só que não era uma cópia, era a dela. Não era a mulher do Jerky. Era a sra. Douglass.

A boca do Senador estava tão fina que seu bigode a escondia. Ele abriu uma fresta entre os lábios para falar.

— Então você a matou por acidente. Mas eu protegi você. Eu sabia que nunca teria atirado nela se soubesse. Foi um acidente, um terrível acidente.

— Foi o que eu pensei, na época — concordou Sailor, acendendo outro cigarro na guimba do primeiro, com cuidado para não tirar a mão direita do bolso. — Um raio cortou a noite logo depois que eu atirei, e foi aí que vi que tinha cometido um erro. Um erro horrível. — Ele puxou uma longa tragada, lembrando-se daquele momento de pavor. A mulher alta e grisalha, a surpresa horrorizada no seu rosto ao cair. — Eu não sabia o que fazer.

Ele soltou a fumaça, que obscureceu o homenzinho maldoso sentado na cama, sentado como uma múmia, não um homem.

— Eu não sabia o que você ia fazer. Comecei a me aproximar dela, para ver se podia fazer alguma coisa... — A lembrança do momento era clara. — Ouvi um carro parar na frente da casa. Larguei a arma. E saí rápido.

O Senador repetiu, com raiva:

— Eu protegi você. Não falei nada de você para a polícia. Qual o sentido disso tudo?

— Os horários estavam errados. Você chegou em casa cedo demais. Era seu carro. Eu estava do lado de fora da janela.

A rigidez do Senador era elétrica.

— Ela não estava morta. Estava tentando se levantar, se mexer. Você pegou a arma e atirou. Estava de luvas.

O Senador começou a xingá-lo, a amaldiçoá-lo e gritar com olhos obscenos, uma garganta sem voz. Mas não se moveu. Sabia que estava na mira do bolso direito de Sailor.

Sailor esperou até ele se calar.

— Eu não sou assassino — disse. — Nunca matei ninguém, só em legítima defesa. Você sabia que não podia me contratar para matar sua esposa. Precisava de um atirador. Mas não queria arriscar colocar um daqueles capangas em algo tão importante. Eu acreditei naquela merda de se livrar de Maudie Spizzoni antes que ela mandasse todos nós para a prisão. Pensei que seria algo como legítima defesa. Ela não era boa para ninguém. Mesmo assim, eu não era um assassino. Eu nem queria matar Maudie a sangue-frio daquele jeito. Não teria feito isso se não fosse a minha chance de fazer algo por mim mesmo. Só pelo dinheiro. — Se Mac não tivesse falado que nem um pastor... — Certo, então isso foi errado. Eu não deveria ter aceitado. Mas não sabia que era sua esposa que você queria matar. — Ele arreganhou os dentes. — E eu não matei! — Ele se controlou. — Tudo que eu quero são meus cinco mil e você nunca mais vai me ver. Mac nunca vai descobrir o que eu e você sabemos.

O Senador rosnou:

— Vai ser a sua palavra contra a minha.

— Mac não está procurando por mim — disse Sailor. — Está procurando pelo cara que matou sua esposa. O cara que recebeu cinquenta mil por matá-la. — Ele completou, com raiva: — Cinco mil não é muito.

O Senador não sabia o que dizer. Não havia nada a dizer, ele tinha sido pego. Do jeito que todos os rapazes esperavam e sabiam que ele seria pego um dia. Mas nenhum deles achou que seria Sailor a pegá-lo. Nem Sailor achava isso.

— Depois de tudo que eu fiz por você — falou em um tom musical. — Tirei você da sarjeta. Eduquei você como se fosse meu...

O telefone atrapalhou seu show, interrompendo-o como tinha feito mais cedo. Um toque curto, depois um longo. O Senador olhou para o aparelho do mesmo jeito que Sailor, como se ele não tivesse o direito de tocar. Como se sua intrusão fosse uma insolência.

O Senador estendeu a mão murcha.

— Alô — disse, e ficou em silêncio. Sailor sabia quem estava ligando. A desesperança que dominou o Senador era a desesperança dos condenados. Nem a voz dela podia ajudá-lo naquele momento. Ele ouviu, em silêncio. Quando falou, sua voz soou seca, velha. — Sinto muito. Já vou descer. Sinto muito, Iris.

Não havia carícia no nome. Ele baixou o fone.

— Bem — disse Sailor.

O Senador se moveu sem firmeza. Ficou de pé, parado como se fosse um cego em um quarto desconhecido. A mão de Sailor apertou com firmeza dentro do bolso. Mas o Senador só começou a desabotoar a camisa.

— Você tem que me dar mais tempo.

Sailor ficou em silêncio.

— Eu prometi aos meus amigos que iria com eles à Procissão. Tenho que me vestir e me barbear. — Era como se ele estivesse falando consigo mesmo, dizendo a si mesmo o que pensava. — Me vestir e me barbear. — Seu olhar trêmulo passou por Sailor. — Você tem que me dar mais tempo. — Ele implorava como uma criança. — Os bancos estão fechados. Amanhã é feriado. Não posso fazer nada até terça.

Sailor se levantou da poltrona com um espreguiçar. Ele estava tão certo e frio quanto o aço antes de ser aquecido pela carne.

— Você tem amigos — falou arrastando as palavras. — Você é um figurão. É o senador Douglass. — Sua voz estalou como um chicote. — Vou te dar até meia-noite.

— Eu não... — O Senador começou a choramingar.

Sailor o interrompeu.

— Meia-noite. No Tio Vivo — sentenciou —, o carrossel.

— Pancho seria seu guarda-costas se o Senador saísse do seu

**O CAVALO COR-DE-ROSA**

transe. — Não quero que Mac se meta nisso tanto quanto você.

Ele caminhou a passos rápidos para a porta enquanto o Senador tirava a camisa, suas garras presas nos punhos de cetim.

— Eu não vou procurar por ele a não ser que você queira.

Sailor abriu um sorriso repentino para o Senador enquanto girava a maçaneta com a mão esquerda.

Os lábios do Senador se moveram. Ele forçou uma palavra a sair.

— Pivete!

Foi mais terrível do que todas as obscenidades de antes.

# CAPÍTULO 4

Ele teria se sentado no lobby. Em um dos confortáveis sofás de couro. Só que viu um chapéu espanhol com elásticos coloridos. Não era Mac, mas ele se lembrou de Mac. Saiu do hotel. Não queria ficar perto de Mac naquela noite, enquanto observava o Senador. Ele não ia fugir dele naquela noite, não ia inventar uma confusão.

Parou do lado de fora das janelas amplas, perto do arco da entrada. Havia bandejas de metal pintadas nas janelas, cadeiras infantis com rosas azuis e vermelhas, um santo de madeira horrendo segurando uma mão de madeira sangrando, alguns porcos gordos amarelos. Uma confusão de itens para os ricos do La Fonda levarem de volta à civilização, como lembrança da visita à Fiesta naquele país estrangeiro.

Ele podia ficar ali em pé, ninguém se importava. Havia pessoas de pé em todo canto, recostadas nas vitrines das lojas, cansadas de se divertir, cansadas da música e da dança e dos badulaques, cansadas de uma festa de três dias antes do final do segundo. Cansadas, só cansadas. Pés e olhos e barrigas cansadas, escorrendo como cera quente pelas janelas e paredes. A praça girava em sua gaiola brega de fios coloridos. Mas ela estava cansada também, as vozes das crianças no carrossel abafadas, o violino e o violão uma música distante, até as folhas nas árvores altas estavam imóveis. Tudo estava quieto sob o crepúsculo cansado. Ele podia ficar ali parado o tempo que quisesse, esperando o Senador. Ninguém prestava atenção, ninguém o conhecia, ninguém se importava que o homem de terno amarrotado e chapéu cobrindo os olhos tivesse uma arma no bolso.

Antes que os sinos começassem a tocar, ele viu as mulheres cobertas seguindo na direção da catedral. Viu a massa de pedra cinzenta da catedral sombreando a ruazinha, as nuvens lilás se assomando por trás das torres baixas, as mulheres de xales pretos e as crianças penduradas nelas, o pátio da igreja lotado de homens e mulheres e crianças, silenciosos e translúcidos como fantasmas. Noite de domingo. Vésperas e bênçãos. A velha costumava fugir para as vésperas quando as coisas não estavam muito ruins em casa. O velho nunca aparecia. Na noite de domingo ele já estava por aí com as meias sujas nos pés, inchado de cerveja ou de olhos vermelhos pelo uísque. As crianças não iam às vésperas; todas as crianças da vizinhança iam ao cinema nas noites de domingo. Mas a velha queria ir, e voltava para casa parecendo descansada, quase tão tranquila quanto pareceria anos depois, morta.

Quando os sinos começaram a tocar, as portas da catedral se abriram como uma criança brincando de esconde-esconde com as mãos. Ali de pé, Sailor conseguia ver a nave iluminada, até o altar, com as velas acesas. Ele não sabia que as vésperas faziam parte da Fiesta, não até o Senador entrar correndo para a igreja. Sailor quase não o viu, na escuridão do lusco-fusco com o olhar perdido nas sombras do pátio da igreja. Talvez não o tivesse visto se ela não estivesse ao seu lado.

Ele seguiu a espuma branca da saia dela. Mesmo assim, não acreditou que estavam indo para a igreja. Ver o Senador em uma igreja era como ver o Demônio em uma Bíblia.

Sailor quase não conseguiu acompanhar quando os dois subiram os degraus e passaram pelas portas abertas. Não entrava em uma igreja desde a morte da velha, e não queria entrar de novo. Muita conversa religiosa, muita reza, muito "dê a outra face", "ame seus inimigos". Ninguém falava como sair dos cortiços de Chicago e ir para a Gold Coast. Ele aprendera aquilo em um salão de bilhar. A igreja nunca tinha feito nada por ele.

Mesmo assim ele os seguiu. Sailor não ia perder o Senador de vista. O Senador não sabia que Sailor estava no seu rastro, tinha muita gente no pátio da igreja além dele. O Senador entrou, como se não fosse algo a ser exorcizado com água benta. Sailor deixou algumas pessoas entrarem primeiro. Quando foi sua vez, encontrou a névoa branca, o cabelo ouro-pálido, lá na frente, com os veludos vermelhos e as correntes douradas. O veludo preto ao seu lado ainda era o Senador.

Sailor se enfiou em um dos bancos dos fundos, de onde conseguiria observá-los. A catedral era grande, larga e de pé-direito alto, sombria mesmo com as luzes. Parecia antiga e santificada. Não estava lotada, mas estava bem cheia. Muitas roupas chiques, mas não era bem como a Fiesta. Havia mulheres enlutadas com seus vestidos pretos e xales pretos. Havia homens em calças jeans velhas e camisas de trabalho azuis; velhos nos seus melhores ternos de domingo, os rostos marrons enrugados pacíficos sob os cabelos brancos. Havia crianças escuras ajoelhadas sem se mexer, como figuras de madeira.

Ele não prestou atenção a nada além da moça branca-e--prata lá na frente. Ela pertencia àquele lugar, algo sagrado, como uma das velas do altar, como um anjo. Ele não prestou atenção ao altar. Alguns padres estavam ali, fazendo a litania; as batas brancas e douradas drapeando-se sobre as cadeiras de veludo vermelho. Havia um coral de seminaristas cantando as respostas. Os rostos deles eram estranhos como a cidade; rostos mexicanos marrons, sombrios, e suas vozes, sem acompanhamento, eram como um coral divino. Ele não se importava com isso. Não tinha vindo até ali rezar; tinha vindo com uma arma para ficar de olho em um rato. Não ia ser tomado pelo sagrado. Manteve a mente e a coluna rígidas quando os coroinhas dourados passaram com o incenso almiscarado, quando o órgão e o coral se uniram para tocar "O Salutaris Hostia". Ele se ajoelhou só porque todo mundo fez isso, porque não queria chamar a atenção. Até o Senador se ajoelhou lá na frente.

Ele não sabia por que a catedral escura e perfumada não cuspiu o Senador de seus portais sagrados.

Mas, observando o longo caminho até o altar iluminado, até o teto abobadado, ele sabia. A igreja era como a pedra de suas paredes, como a estátua da mulher. Era forte demais, rápida demais, grandiosa demais para perceber algo tão insignificante quanto o rastejante Senador. Ali ele estava reduzido à desimportância, ali ele perdia a sua identidade.

Deus no altar poderia derrubar o Senador por sua falsa prece, mas não o faria. Deus tinha infinita paciência. Infinita misericórdia. E infinita justiça também. A Justiça final. Um dia o Senador pagaria.

As vozes do coral se ergueram no "Laudate" e todos ficaram de pé. Havia acabado. Sailor estava pronto para sair dali rápido, se colocar perto da porta, observando o Senador e a garota irem embora. Mas um monge de trajes marrons estava falando do altar. Algo sobre a formação, *Sociedad* isso, *Sociedad* aquilo. Os coroinhas passavam velas. As *Sociedads* erguiam bandeiras de cetim pintadas em postes dourados. Os sinos da igreja começaram a tocar acima do som do órgão. Do lado de fora, a banda emendou um hino.

Sailor se deslocou para o banco lateral. Um pilar o protegeu dos olhares dos passantes. Dos velhos e das criancinhas. Dos ricos e dos pobres. Dos estranhos e dos nativos, dos magníficos e dos enlutados. Dos monges e do coral e das *Sociedads*, uma procissão lenta e silenciosa até as portas abertas da catedral, até a noite aberta. Velas tremeluziam como vaga-lumes de todos os vastos recônditos da catedral. Quando o Senador e a moça passaram, Sailor seguiu pelo corredor lateral, mas não podia ir atrás deles. Teve que esperar para entrar na fila, empacado, impaciente, teve que esperar. Quando chegou às portas abertas, já tinha perdido o Senador completamente naquilo, na Procissão da Cruz dos Mártires. A cidade estava apagada, sem néons, sem vitrines, somente a luz das velas, tremeluzindo das mãos daqueles que caminhavam até a cruz. Descendo a longa rua que circulava a praça, ele via apenas as linhas gêmeas das luzes movediças na escuridão estranhamente profunda. O silêncio era tão profundo quanto a escuridão; um silêncio mais profundo que os cânticos do coral, que o hino sombrio da banda, que o tilintar dos mariachis contidos interrompendo a música com os metais, o arrastar de pés. Nenhuma voz.

Sailor entrou na fila à direita, sua vela acesa na mão esquerda, a mão direita onde devia estar. Ele não sabia como sua vela havia se acendido. Como se em um sonho, ele se lembrou de uma voz falando em espanhol enquanto ele estava parado no corredor lateral da igreja. Além disso, não havia lembrança.

Ele contornou a fila e entrou mais à frente porque sabia, porque já tinha seguido outros homens antes em meio às multidões de Chicago. Sempre em frente, cruzou de um lado para o outro até ver a menina prateada de novo, na fila à esquerda, um pouco adiante. Separando-os, só a largura da rua e a escuridão. O Senador estava atrás dela.

A procissão deu a volta na praça mesmo com as lâmpadas coloridas que coroavam a Fiesta apagadas. Em torno da praça, entrando na rua larga e escura onde na noite anterior a cacofonia do Keen's Bar manchara a noite. Aquelas portas também estavam escuras, fechadas. A procissão seguiu adiante, depois das pequenas fogueiras que ardiam no cruzamento, para circundar o parque e o imenso edifício escuro. O parque do prédio no governo onde as meninas e seus escolhidos haviam se deitado na noite anterior. Estava deserto naquele momento. Seguiu-se outra ruazinha iluminada por pequenas fogueiras e velas, uma ponte adiante, depois os pontinhos de luz subindo uma colina, grupos de velas no topo. Contra o céu, uma imensa cruz branca. O céu estava preto-azulado como a noite, as estrelas estavam distantes, tremeluzindo como as chamas das velas. Do outro lado do horizonte um raio em zigue-zague atravessou as nuvens violeta distantes. O vento aumentou como se criado pelo raio, fazendo as velas bruxulearem.

Sailor não conseguia ver o Senador enquanto se arrastava colina acima, mas conseguia ver as saias brancas enevoadas. Manteve os olhos na saia. O veludo do Senador sumia no preto da noite, mas ele não o perderia se continuasse de olho em Iris Towers.

Ele não sabia que estaria tão cheio até chegar ao topo da colina. Aquilo não era só para as pessoas da igreja; aquilo era a Fiesta, e todos da Fiesta estavam lá. Ele tinha perdido a saia de vista e teve que empurrar a massa de humanos antes de encontrar a brancura dela de novo. Havia um monge de pé na frente da cruz falando pelos alto-falantes. Falando de um antigo juramento, o que Don Diego de Vargas Zapata Lujan Ponce de Leon fez quando reconquistou o antigo *pueblo* de Santa Fe. O antigo e inesquecível juramento.

Sailor não se importava com antigos juramentos, com antigas guerras entre espanhóis e índios; tinha perdido a garota na massa escura que se movia de maneira imprevisível marcada apenas pelas chamas das velas. Ele deu a volta às pressas na direção em que vira o branco da saia pela última vez e de novo viu um fragmento do tecido esvoaçar atrás de uma parede desfocada de silhuetas masculinas. Quando Sailor se moveu para manter o branco debaixo das suas vistas, alguém lhe deu uma cotovelada na escápula.

— Olha por onde anda — rosnou ele, mas suas palavras foram interrompidas por uma espada de raio cortando o céu. No clarão, ele viu o rosto da garota de branco. Não era Iris Towers.

Uma raiva impotente encheu sua boca e com ela uma pontada de dor. Uma dor sob o ombro. Com a dor, o medo. Ele largou a vela acesa como se o queimasse. Sua mão buscou lentamente sob o paletó, tocou a dor e voltou à vista. A mão estava encharcada de sangue. Ele tinha sido esfaqueado. Sailor se virou devagar, pronto para matar, o dedo do gatilho coçando para matar. Atrás dele havia as faces sérias de homens e mulheres marrons, seus olhos erguidos para o monge sob a cruz branca. Eles não tinham visto quem passara correndo pela multidão. Você não se vira e vê um esfaqueador limpando o sangue da lâmina. Só um idiota esperaria isso.

Só um idiota iria procurar nas quietas faces marrons uma face com expressão de triunfo secreto, com o escárnio do ódio distorcendo-a. Iria, com a dor latejando, buscar em meio ao círculo silencioso de faces uma única face. A mão de Sailor apertou a arma, e a força fez o ferimento se abrir. Ele sentiu a carne se afastar, sentiu o escorrer lento do sangue. Quem quer que o tivesse atingido tinha atrás de si a sombra do Senador. Essa era a resposta dele às exigências de Sailor. Ele devia ter esperado isso. Devia ter imaginado que o Senador não esperaria para chamar seus assassinos de Chicago; usaria os bandidos locais. Há assassinos em todo lugar; o Senador saberia como encontrá-los. O Senador conhecia todos os caminhos das raízes do mal.

Sailor tinha que sair dali antes que alguém notasse. Antes que alguém ficasse todo preocupado e o enfiasse em um hospital caipira, antes que a polícia se metesse. Ele olhou em volta de novo em busca das saias brancas; ainda não era a garota certa. O Senador e Iris Towers estavam perdidos na luz das velas e na escuridão e no sermão da Cruz.

Ele atravessou lentamente a multidão, alerta ao perigo atrás de si, ao seu lado. Se o raio não tivesse caído naquele momento, fazendo-o chegar para a frente com o choque das saias brancas erradas, a facada teria sido profunda e certeira. A intenção não era ser um aviso; o Senador não dava avisos. Morte pelas costas; uma arma para Jerky, uma faca para Sailor.

Se o raio não tivesse caído naquele momento, ele teria matado Eleanor Douglass. O Senador precisou matá-la com as próprias mãos. Por causa da ira dos céus. O Senador não teria uma chance de resolver esse fracasso. Sailor já tinha se afastado da multidão e desceu às pressas pela grama baixa da colina, não mais um alvo, escondido pela colina. Não estava sangrando muito, não o suficiente para se sentir fraco. Só precisava de um curativo e estaria pronto para encarar o Senador. Essa era a única coisa que ele queria, encarar o Senador.

Ao sopé da colina, ele olhou para cima. Nada se movia a não ser velas ao vento e o escárnio das saias brancas. Ele atravessou a ponte e desceu a rua escura onde as fogueiras tremeluziam em cinzas avermelhadas. O céu se iluminou novamente com raios e ao longe trovões ameaçavam. A voz do monge, distorcida pelo microfone, o seguiu.

Ele caminhou, não muito rápido, sem querer que o movimento aumentasse a dor. Deu a volta no círculo escuro do parque do prédio do governo, fugindo dos poucos casais por quem passava. As árvores imensas guardavam entre seus galhos o brilho das velas do morro, mas a luz se perdeu à medida que ele avançou, se perdeu junto com o eco da voz metálica.

A sombra e a quietude pairavam, pesadas, sobre a praça. Sob o portal estavam os montes das mulheres índias, seus cigarros avermelhando a escuridão, se apagando, brilhando. Ele não sabia quem poderia estar escondido entre elas. Atravessou rapidamente a praça e seguiu para o Tio Vivo. Só então percebeu que este era o refúgio que procurava. Pancho cuidaria dele.

A praça estava deserta, como se a mão fantasmagórica de Zozobra a tivesse esvaziado. Mas o caminho era curto e ele logo estava do lado de fora da cerca vermelha desbotada, o portão trancado. Ele xingou. O desconforto que sentira na noite anterior, na rua estranha e escura, corria por suas veias. A sensação veio depressa, a sensação de estar perdido, sozinho em um mundo estranho e deserto. Ele xingou até se acalmar, balançando as correntes do portão, temendo pular a cerca para não abrir ainda mais o ferimento no ombro.

O raio tremeluziu de novo no céu fechado, e com ele o trovão, o estrondo mais grave.

Ele não estava sozinho; sob a copa das árvores Pancho roncava.

Sailor chamou, a voz alta demais no silêncio:

— Ei, Pancho. Pancho! — Ele não esperava acordar o gigante adormecido; tinha medo de gritar, medo do silêncio sombrio. Mas o ronco engasgou-se na garganta de Pancho e o homem se levantou, alerta como um animal desperto.

— Quem é? Quem chama Pancho?

**O CAVALO COR-DE-ROSA**

— Sou eu. Sailor. Me deixa entrar.

Do chão, Pancho gemeu, coçou a barriga e o cabelo preto oleoso enquanto se arrastava até a cerca.

— É o Sailor. Acordando um pobre velho do seu pouco descanso. *Pancho! Pancho!* Acordando um velho do sono, *por quê?*

Ele abriu o portão, resmungando como se realmente estivesse irritado, o rosto uma caricatura do sono, os olhos despertos e brincalhões.

— Preciso de ajuda.

Sailor passou pelo portão, esperando Pancho fechá-lo de novo.

— *Que pase?* Tem outra *muchacha* para cansar esse velho homem? — Ele havia se virado de novo para Sailor, e o humor sumiu de seus lábios. Sumiu de seu olhar divertido. — *Por quê?* — repetiu, mas era uma pergunta a ser respondida agora.

— Você conhece algum médico? — perguntou Sailor. — Algum que não faça perguntas idiotas?

— Médicos? Para que médico?

— Alguém me arranhou.

Os olhos de Pancho eram pontinhos escuros.

— A polícia?

— Não tem nada a ver com a polícia, nem vai ter. Médico? — Ele estava impaciente. A dor o cortava ao meio.

— A polícia não está procurando por você?

— Cruz-credo, não — rosnou Sailor. — Ninguém sabe o que aconteceu. Alguém enfiou uma faca nas minhas costas enquanto eu estava lá em cima vendo a apresentação...

Pancho interrompeu preguiçosamente, quase feliz.

— Foi uma faca.

— O que você acha que foi, um alfinete?

A barrigona estremeceu com o riso.

— Você é tão engraçado, meu amigo Sailor. Um alfinete?

Voltou a rir com as banhas tremendo, e a pontada de dor no ombro de Sailor piorou. Os olhos escuros se estreitaram, sérios, ao ver a dor transformando a boca de Sailor em um esgar.

— Será que a arma no seu bolso fez um amigo, talvez? — falou Pancho de forma tranquilizadora. — A polícia não vai ligar para uma faca. Com certeza, não. Arma, sim. Faca? Não é nada.

— E o médico? — Sailor perguntou novamente por entre os dentes trincados. O velho ficaria ali tagarelando até que a praça enchesse de novo, até que houvesse olhos para notar uma ferida em um paletó escuro. Ele ficaria tagarelando até a hora de ligar o carrossel. E Sailor mordendo a língua de dor, sendo empurrado por um bando de crianças, sangrando a força de que precisava para cuidar do Senador. Ele colocou tudo na pergunta: — E o médico?

Pancho puxou as calças para cima.

— Vem comigo, você. Vou tomar conta de você, meu amigo. Ninguém vai te perturbar. — Ele destrancou o portão, trancando-o com cuidado depois de terem passado. — Vamos voltar antes do fim do sermão. A *abuelita* vai deixar você novinho em folha. — Um trovão estalou junto com as suas palavras. Ele arrastou os pés um pouco mais rápido. — Sim, vamos voltar logo, logo, a não ser que chova. — Ele deu uma olhada no céu. — Um pouco de chuva e o sermão vai acabar mais cedo. — Deu de ombros. — Mas ninguém vai querer andar no Tio Vivo na chuva. Acho que não. — Ele deu um sorriso complacente. — Além disso, não chove na Fiesta. Não é comum. Zozobra morreu. Não vai chover.

Sailor caminhou ao lado dele. Não estava nem aí para a chuva ou para o sermão, só queria encontrar alguém para costurá-lo, costurá-lo o suficiente para que pudesse encontrar o Senador naquela noite. Ele mostrava os dentes agora. Talvez o Senador achasse que Sailor já estivesse morto a essa altura.

**O CAVALO COR-DE-ROSA**

Talvez planejasse ficar bastante surpreso quando aparecesse à meia-noite e nenhum Sailor surgisse para encontrá-lo. Ele conseguia imaginar o Senador procurando Mac no saguão do hotel, questionando para Mac o que é que poderia ter acontecido com Sailor. Dando risadinhas com a possibilidade de Sailor estar com alguma garota e ter esquecido o encontro. Seria o Senador que se surpreenderia. Sailor estaria lá.

Ele não tinha prestado atenção no caminho que Pancho estava tomando, da mesma forma que não tinha ouvido o que Pancho estava dizendo. As ruas que se afastaram da praça estavam escuras; Sailor não reconhecia nada até que Pancho avisou:

— É aqui que vamos entrar.

A familiaridade foi um choque; eles se encontravam na estranha ruela escura onde Sailor se perdera na noite anterior. Voltar para lá naquele momento era o pavor de um sonho ruim. O sonho de se perder em um labirinto, de não conseguir escapar do emaranhado de caminhos turvos, de retornar, de novo e de novo, àquele lugar desconhecido e ao mesmo tempo terrivelmente familiar. A mãozorra de Pancho estava no muro fechado.

— Vamos. Por aqui, meu amigo.

Ele não viu a rejeição no rosto de Sailor, a escuridão mascarava tudo menos as silhuetas. Pancho abriu um portão no muro, se abaixou e passou. Sailor passou depois dele. Se aquilo era a armadilha, e era uma armadilha, ele não podia se recusar a entrar. A cidade inteira era uma armadilha. Ele fora capturado desde o primeiro momento em que desceu do ônibus naquela rodoviária suja. Capturado pelo desconhecido, pela cidade estranha e pelas línguas estranhas e pelos estranhos modos de homens estranhos. Capturado pelo mal que aquelas pessoas haviam queimado e pelas cinzas que penetraram em sua carne. Aquele mal que o Senador vira e conhecera e usara. Em Chicago ele não teria levado uma facada nas costas; estaria alerta às traições do Senador. Agora estava seguindo um velho maluco para uma armadilha da qual não havia como escapar. O único jeito de fugir seria a tiros. O Senador estaria esperando lá dentro. Não havia como surpreender o Senador; o corpanzil de Pancho agitou o chão de areia do quintal enquanto seguia na direção de uma pequena luz de lampião nos fundos. Não havia como andar sem fazer barulho atrás de Pancho, só era possível agarrar a dor e preparar a arma. Pancho bateu à porta diminuta e se abaixou para entrar. Sailor, com o suor escorrendo pelas têmporas, o seguiu.

O Senador não estava lá. Devia ter sido parte do sonho ruim esperar que ele estivesse naquele buraco.

Sailor devia estar com febre. Pancho era seu amigo, *mi amigo*; o Senador não conseguiria comprar Pancho para traí-lo. Ele devia estar enlouquecendo.

Pancho viu sua expressão e falou, com gentileza:

— Está com medo? Não tenha medo. Uma faca não é nada. Eu já fui arranhado por facas muitas vezes. Não é nada. Nada!

— Eu não estou com medo — respondeu Sailor.

Não podia explicar por que não estava com medo agora. Não podia dizer a Pancho que tinha enlouquecido. Olhou para o cômodo. Era um lugar de teto baixo, de uma limpeza e aridez rígidas. Um lampião a óleo em uma mesa simples de madeira, cadeiras simples de madeira; um banco de alvenaria, parte da parede. Havia um fogo baixo queimando na pequena lareira, exalando um perfume de *piñon*, com mm crucifixo lúgubre acima. A mulher no banquinho em frente ao fogo era mais velha que o tempo. Ressequida, cabelo ralo mais desbotado do que branco, o couro cabeludo marrom brilhando calvo sob os fios — ela estava ali sentada, sem palavras, sem vida, nem nos olhos. As gengivas seguravam um cigarro, tão marrom, tão murcho, tão sem vida quanto seu rosto e seus braços magros como gravetos. Pancho falou com ela em um tom melodioso em espanhol; Sailor não ouviu nada além da repetição de *abuelita*; a pantomímica *cuchara, cuchara mas grande*. Sailor entendia o sentido daquilo; Pancho estava descrevendo uma grande briga de faca. Mas ele gostaria que Pancho parasse de se mostrar e deixasse a velhota buscar o médico. Estava sentindo dor.

Pancho se virou de volta para Sailor.

— Está tudo bem — falou com uma expressão de êxtase. — A *abuelita* vai cuidar de você. Agora vamos ver esse arranhão.

Sailor deu um passo para trás.

— Espere aí. — A suspeita rastejou por seu rosto. — Cadê o médico? Eu quero um médico.

O corpo inteiro de Pancho pareceu ofendido.

— Mas por que quer um médico? Eu te trouxe para a *abuelita*. Ela vai cuidar de você. Porque eu peço. Porque você é meu amigo.

Ele não queria uma bruxa daquelas fazendo feitiços nele. Não era nenhum *cucaracha*; queria um médico de verdade. Queria ficar curado.

A afronta de Pancho tremeu seu lábio.

— Você não quer que a *abuelita* te ajude? Ela sabe como cuidar de corte de faca melhor que qualquer médico gringo poderia aprender na vida. — E, com um erguer de sobrancelha, completou: — Além disso, médico gringo pode querer falar com a polícia.

A dor estava mais aguda do que nunca. Tinha que fazer algo para parar, logo. Pancho provavelmente tinha razão; a velha bruxa devia saber tudo de facadas. Ela não tinha se mexido; não parecia nem ter compreendido o que Pancho dissera. Sailor permitiu com relutância que Pancho lhe tirasse o paletó. Desabotoou a camisa; foi a mão de Pancho que a afastou com leveza do ferimento. Pancho o virou para a lareira, onde a velhinha conseguia ver o problema. Se é que ela estava acordada. Se é que ela não era só um manequim de palha, colocado em frente ao fogo para secar.

Pancho deu uma risada de satisfação.

— Não é nada! Eu falei, nada.

O coaxar veio da velha.

— Nada.

Devia ser o dedo sujo dela, cutucando a dor.

Sailor soltou um palavrão por entre os dentes.

Pancho dançou na frente dele.

— Um arranhão. Um alfinete. Você estava certo, meu amigo. Nada! — Ele aproximou o rosto do de Sailor. — Você não se preocupa agora com a *abuelita*, certo? Olha! — E arrancou a camisa suja. Seu dedo grosso apontou as cicatrizes no peito almofadado e␣orduroso. Virou de costas, cutucando a pele. — Essa. — Cutucou. — E essa, olha que funda! Mas sempre a *abuelita* me conserta, fico novinho!

O dedo havia parado, só o calor do fogo lambia sua ferida. Sailor não tinha ouvido a velha sair do cômodo; não percebera sua ausência até ela voltar, silenciosa como um fantasma. Trazia um guardanapo sujo embolado. Ele observou enquanto ela abria o pano na mesa, observou seu dedo velho de graveto cutucar as coisas ali, ervas marrons e ressequidas como a própria. Ervas! Uma faca nas costas não era o suficiente. Ele tinha que ter procurado uma velha bruxa para se curar.

Pancho bufou.

— Você não tem medo. É um homem.

Um trovão cortou suas palavras, e o raio brilhou como fogo nas paredes.

— Não, eu não estou com medo — negou Sailor, mas os nós no seu estômago faziam os músculos tremerem.

Ele não tinha medo de nada que poderia ser resolvido com uma arma. Mas a arma não serviria de nada agora; não dava para apontar uma arma para os germes de uma bruxa e para suas sementes e seu cuspe. Só podia ficar ali parado e aceitar, acreditar, ouvir os resmungos dela e as palavras encorajadoras de Pancho:

— Agora está bom. *Muy bueno*. Você vai deitar e dormir, amanhã nem vai pensar que tinha um *arroyo* debaixo do ombro.

— Dormir onde? — zombou ele. Pancho estava ajudando Sailor a colocar a camisa.

Pancho coçou o narigão. Esfregou e, como se o pensamento saísse como um espirro, exclamou:

— Onde? Aqui com a *abuelita*, ora! Ela sempre tem espaço.

Sailor ergueu a mão para interrompê-lo.

— Obrigado. Mas não posso dormir. Tenho que encontrar um cara depois. Negócios. Me ajuda aqui.

Pancho colocou o paletó nele com cuidado.

— Seria melhor você dormir... — Então se calou com a determinação de Sailor. — Certo — continuou alegremente. — Não precisa dormir. Uma garrafa de tequila, vai ser tão bom quanto dormir. — Ele apontou para a mulher. — Me dê um dólar para a velha.

Que pechincha. Um dólar por uma infecção de alto nível. Mas a dor já estava diminuindo. Ele entregou uma nota amassada para Pancho e ficou esperando na porta enquanto os dois matraqueavam em espanhol, a voz de Pancho alta e nítida, a da mulher um murmúrio. Ele esperou, observando os raios correndo com o vento pelo quintal vazio. Esperou até Pancho chamar:

— Temos que ir. Agora estamos atrasados.

Ele o seguiu pela rua, a rua escura, silenciosa, familiar e desconhecida. Caminhando pelo furacão para a música barata e as luzes que começavam a desabrochar.

— E a tequila? — perguntou Sailor quando eles chegaram ao bar de Un Peso. Uma bebida ardente o deixaria novo em folha.

Pancho deu um tapa no bolso.

— Por que você acha que eu pedi o dinheiro? — gorgolejou. — A *abuelita* tem um filho vadio. Traz a melhor tequila do México.

— Quer dizer que você não pagou pelo curativo?

— Por isso, não é nada. — Pancho deu de ombros. — Quem não ajudaria um pobre viajante machucado? — Seus lábios se apertaram. — *Quien sabe*? Talvez tenha sido o próprio filho vadio dela que afiou a faca.

— Por quê? Por que um cara que nunca vi na vida ia querer me esfaquear?

Pancho respondeu com gentileza:

— Por que você anda armado?

Era uma pergunta retórica. Estavam chegando à praça, a praça com luzes enfeitando-a, com música tilintando em volta dos cavalos pintados de rosa e verde e roxo; com o vento girando a fumaça dos panelões das barraquinhas de chili. Ele se lembrou da sua distante última refeição, mas não queria comer. Não estava com apetite. Os casais, os homens e mulheres e crianças e bebês dorminhocos pendurados em ombros cansados estavam chegando à praça. O pacote de prêmios que continha as vésperas, a procissão e o sermão na cruz tinha sido consumido. Estavam comprando outro saco de pipoca doce agora. Noite de domingo da Fiesta na praça. No coreto, os conquistadores, em seus uniformes antiquados e disformes gritavam desafinados pelos alto-falantes. As luzes sobre o coreto iluminavam os rostos ao redor, os rostos tão imóveis e distantes quanto na igreja ou na colina. Ao longe, trovões.

— Estamos um pouco atrasados. Não importa. Ignacio pode fazer o Tio Vivo funcionar. Não tão bem quanto eu, mas o suficiente até eu chegar lá — disse Pancho.

**O CAVALO COR-DE-ROSA**

Ele se arrastou pelo caminho; Sailor deixou o grandalhão seguir na frente. Do lado de fora da cerca, Pancho empurrou as crianças.

— *Vaya, vaya, chiquitos!* Saiam do caminho, seus trombadinhas. — Sua mãozorra pousou no portão.

Sailor tocou o braço dele.

— Você se importa se eu me sentar aí dentro um pouco? Para recuperar o fôlego?

A cabeça de Pancho girou, veloz e ansiosa.

— Foi mais fundo que pensamos? — Ele fez uma careta. — Entra, sim, pode entrar. Tem que descansar. Hoje à noite era bom você dormir em uma cama.

— Eu estou bem — resmungou Sailor. — Não posso ir para a cama antes de resolver meus negócios.

Ele entrou com Pancho. O magrelo Ignacio girava a manivela enquanto o velho dedilhava no violino. Pancho gritou com os dois em espanhol enquanto suas mãozorras passavam a ocupar a manivela. Ignacio começou a tocar o violão. A música ficou mais rápida. Pancho suava e fazia força para o Tio Vivo viver novamente.

Não havia onde se sentar além do chão, nos cobertores sujos embolados que eram a cama de Pancho. Sailor se abaixou antes que caísse, sentindo-se tonto como se tivesse acabado de sair de uma maca de hospital. A terra era boa e sólida sob seu corpo. Ele acendeu um cigarro e se apoiou no ombro bom. Então se deitou, a cabeça recostada no cotovelo bom. Acima e ao redor dele a Fiesta girava e cantava e ria. Ele sabia que estava se afastando, sabia e não se importava. Não era a Fiesta dele. Aqueles caipiras achavam que era algo especial. Nunca tinham visto a Feira Mundial de Chicago. Aquilo sim era um espetáculo. Ele estava pensando na Feira Mundial quando uma onda súbita de pânico o tomou, e ele lutou para permanecer naquela pracinha iluminada. Ele se perguntou se o pânico significava que estava morrendo, se estava se afastando daquele desconhecido na direção de um desconhecido maior. Mas não conseguiu impedir; qualquer que fosse o propósito que a velha bruxa tivesse naquele seu crânio emaciado, era mais forte que ele. Uma névoa escura o envolveu e o afastou da Fiesta.

# CAPÍTULO 5

Ele talvez estivesse consciente o tempo todo em que esteve sob a escuridão. Ouviu o som da Fiesta o tempo todo, ou pensou ter ouvido. E pensou ter ouvido o rugido de trovões e o respingo de chuva; pensou que o fantasma maligno de Zozobra havia voltado para estragar a diversão.

Tudo isso estava no sonho, se é que era um sonho, e ele era um ácaro se debatendo na tempestade, tentando abrir caminho através da escuridão em direção ao som do tilintar da música e do brilho das luzes que floresciam além. Quando lutou com mais fúria, descobriu que podia abrir os olhos e que estava deitado no mesmo lugar, nos cobertores sujos de Pancho. O carrossel estava imóvel, exceto pelo balanço de uma gôndola, em que Pancho estava esparramado, contemplando os próprios pés descalços.

Sailor se sentou, ergueu o pulso até os olhos, lembrando-se ao se mover que deveria tomar cuidado com os movimentos. Mas não sentiu nenhuma dor súbita, nenhuma dor, só uma leve sensibilidade sob a escápula. Aquelas ervas não eram nada ruins. E ainda nem era meia-noite, mal passava das onze. Ele ficou de pé e se esticou, pegou o chapéu do chão, o limpou e o vestiu.

— *¡Hola!* — disse Pancho. — Melhor, meu amigo?

— Estou bem. — Ele se aproximou da gôndola e se apoiou nela. — Fechou mais cedo?

— Para mim. Os pequenos têm que dormir. Tio Vivo não fica aberto até tarde como os bares e o cinema. — Ele afastou os pés para Sailor poder se sentar. — Além disso, choveu um pouco.

Ele não tinha sonhado. O cheiro úmido da chuva permanecia na noite.

— Estou com fome — disse Sailor. — Não lembro quando comi pela última vez.

Além disso, não havia nada a fazer naquele buraco para matar o tempo esperando o Senador além de comer e beber.

O coreto estava escuro e poucas pessoas continuavam circulando sob as copas pesadas das árvores altas. Na rua, ali em frente ao museu, um grupo cantava.

— *Ai, Yai Yai Yai* — cantavam, e dançavam enquanto cantavam, uma dança caipira, tão animada quanto o Tio Vivo. A risada deles atravessava a praça silenciosa. Atrás deles, junto ao muro do museu, permanecia o friso escuro das mulheres e crianças índias em uma imobilidade desdenhosa. *Ai, Yai Yai Yai...*

— O que acha de um lanche, Pancho? — Ele tinha tempo antes de encontrar o Senador.

— Acho bom — respondeu Pancho, enfiando os pés nos sapatos cor de poeira com os cadarços esfarrapados desamarrados. — Vamos na barraca do Celestino. A esposa dele faz o melhor chili da praça.

Sailor queria comer algo de verdade, um bife com batatas fritas, talvez uma fatia de torta de cereja para completar, mas não falou nada. Talvez estivesse cansado demais para andar mais do que a barraquinha mais próxima. Como se Pancho o puxasse pela mão, ele seguiu o grandalhão. Pancho era mais esperto que ele. Assim podiam ficar de olho no carrossel, podiam ver qualquer estranho que se aproximasse.

Eles se sentaram em um banco de madeira, em uma mistura de cheiros, alho e cebola e chili e queijo, café, *frijoles* e alho e chili. Pancho berrou elogios exagerados à mulher atrás do balcão, junto ao fogão de carvão. Ela era grande e cheia, de olhos pretos e cabelo preto preso com um lenço, um avental branco pontilhado de vermelho da pimenta, por cima da barriga. Sailor sabia que Pancho estava exagerando pelo jeito que ela balançava a cabeça e piscava com os olhos sedutores. Não era jovem, seus seios tinham o tamanho de quem já tinha amamentado, os braços eram macios e marrons, mas fortes como os de um homem. E os olhos brilhavam como os de uma garotinha. Ela estava respondendo a Pancho na mesma moeda. Ele se virou para Sailor, animado.

— Para mim e para você, meu amigo, Juana vai fazer as melhores *enchiladas*. E *frijoles*, com o melhor chili.

— E café — pediu Sailor.

— E café. Tortillas frescas, ela vai fazer para mim e para você porque você é meu amigo. Falei que não queremos a porcaria que ela dá para os turistas. Somos homens esfomeados. — Ele tamborilou com os punhos, cantando alegremente com o grupo: *Ai yai yai yai...*

— Você é danado, Pancho — comentou Sailor.

O grandalhão deu uma risadinha coquete.

— Conheço Juana desde que a gente era pequeno. E Celestino, aquele falastrão. Bebendo sotol com Ignacio quando devia estar lavando a louça para sua esposa boazinha. Ele é meu primo, Celestino.

— Você é danado — repetiu Sailor.

Pancho soltou um resmungo feliz. A mão da mulher batia as tortillas finas e redondas, pintalgadas de branco e azul. Ela cantava:

— *Hoopa, hoopa, hoopa...* — Enquanto virava as tortilhas com a mão nua na chapa quente.

— Talvez você possa descobrir quem me atacou.

O rosto de Pancho era redondo e inocente como o de um bebê. E tão triste quanto.

— Você acha que eu sei?

— Não — negou Sailor. — Tenho certeza de que você não sabe nada sobre isso. Mas, já que conhece todo mundo — insinuou —, poderia tentar descobrir quem fez isso.

Pancho balançou a cabeça.

— É melhor você não saber. Tanta morte, não é bom.

— Não vou machucar o camarada — protestou Sailor, completando devagar e honestamente: — Só quero fazer uma pergunta. Só uma. — Os olhos de Pancho eram curiosos. — Quem o pagou.

— Você já não sabe? — perguntou Pancho, sem acreditar.

— É, sei. — Ele enfiou a mão no bolso, a garantia do aço. — Eu sei, mas quero que o cara me fale. Quero ouvir ele dizer o nome.

A mulher colocou os potes na frente deles, o chili vermelho como fogo, mais quente do que as chamas do inferno. A primeira garfada queimou a garganta de Sailor e levou lágrimas aos seus olhos.

— Calma — avisou Pancho. — Com a tortilla, assim!

Ele dobrou um pedaço da massa, encheu de chili e feijão, abriu a boca. Seu rosto se iluminou com alegria. Ele tinha a garganta de um chicano para comida de chicano.

Sailor enfiou tortilla branca na boca queimada e engoliu um gole de café. Foi mais devagar depois, por mais faminto que estivesse, com fome o suficiente para comer um boi, um boi cru. Mas não o suficiente para queimar a boca, a garganta e o estômago com comida com gosto de soda cáustica. Isso não era o chili com feijão da Randolph Street. Ele pegou leve, e a comida do diabo ficou boa. Enchiladas, com queijo e cebola crua, sufocando o ovo; tamales, as cascas de milho fumegando; os grãos branqueados de *pozole*. Pancho cobriu tudo com o molho de pimenta; Sailor foi cauteloso e o calor da comida começou a aquecê-lo, a preencher as curvas ocas de suas entranhas. Pancho encheu a boca com gula, e a mulher grandona apoiou os braços gordos no balcão e sorriu para o homenzarrão sujo.

Quando ficou satisfeito, Sailor acendeu um cigarro, tragou fundo com prazer e estendeu o maço para Pancho.

— Vai querer? — perguntou.

— *Muchas gracias* — disse Pancho, que ofereceu o maço à mulher antes de pegar um cigarro.

— *Muchas gracias* — respondeu ela, e seu sorriso era de veludo carmesim.

Pancho sorriu de volta para a mulher de olhos pretos. Ele estava em casa com o conforto de uma mulher que falava sua própria língua doce, com a barriga inchada com as comidas de seu desejo; o doce canto triste, atravessando de leve a noite de folhas molhadas, transformado em canção de ninar por sua própria paz. Sailor mergulhou em uma solidão mais intensa do que seu sonho; ele era o viajante, o vira-lata, o perdido. Jogou a guimba fora, transformando sua solidão em uma bola dura de raiva. Ficou de pé, tirando notas dos bolsos, e as largou no balcão.

— Vamos — disse.

Ele havia sido esfaqueado, ia encontrar a mão atrás do assassino em uma hora, mas Pancho podia flertar com uma velha dama e ignorar suas necessidades.

Pancho, com uma explosão final em espanhol, um toque sedutor no chapéu velho e esfarrapado, seguiu atrás dele a passos lentos. O grandalhão limpou a boca com a palma da mão.

— Estava bom, *muy bueno*, não?

Destrancou o portão do Tio Vivo e seguiu para a gôndola, onde se assentou, um homem grande como um elefante, tirou os sapatos e soltou um arroto de alho.

Sailor encostou-se ao mastro. Não conseguia se sentar; seus nervos estavam muito acelerados. Ficou com as costas protegidas, em um ângulo onde pudesse observar a esquina do La Fonda, de onde viria o Senador. Se é que ele viria. Se não viesse, seria porque pensava que Sailor tinha sido abatido.

Alguém atravessava na diagonal vindo da direção do hotel. Os olhos de Sailor se estreitaram na noite. Mas não era o Senador. O homem era maior, e virou e entrou na botica da esquina. A mão de Sailor relaxou.

Pancho suspirou.

— Quando o vi pela primeira vez, você estava sozinho, um estranho. Eu o recebo, do jeito que os espanhóis recebem estranhos. Minha casa é pobre, mas eu o recebo bem. Minha casa é sua casa. Eu ofereço minha amizade. Talvez você também vá me oferecer sua amizade. — Ele suspirou mais uma vez. — Por que você veio para a Fiesta com uma arma no bolso?

— Eu não vim para essa Fiesta idiota — retrucou Sailor.

Os olhos de Pancho estavam tristes.

— *Ai yai...*

Sailor fez uma careta, mas havia um gosto amargo na boca.

— Talvez eu tenha uma arma para poder continuar vivo. Talvez você já devesse ter imaginado. Meio que parece que eu tinha razão, não?

Já passava da meia-noite. O Senador tinha que vir. Mas a rua estava escura, até a esquina do hotel estava deserta. O Senador não viria. Achou que já tinha cuidado de Sailor, não precisava aparecer. Ele achou que ninguém mais saberia que havia marcado um encontro na praça naquela noite.

— *Ai yai* — choramingou Pancho. — Você é jovem demais para morrer.

— É o que eu acho — concordou Sailor. — Por isso que estou sempre com uma arma à mão.

Ele teria que ir atrás do Senador de novo, com a arma à mão. Dessa vez ele conseguiria a grana. Mesmo se tivesse que dar uma surra no cara, conseguiria a grana. Estava na hora de sair daquele buraco enquanto ainda estava bem. Bem o suficiente para sair. Ele inclinou o chapéu.

Pancho saiu de sua tristeza.

— Onde você vai, Sailor?

— Negócios.

— Está tarde. — O velho estava com medo por ele. — Melhor esperar até amanhã. *Mañana*. Vamos beber tequila e vamos dormir. Estamos cansados. Amanhã negócios.

— Eu não estou cansado, estou ótimo. Pode beber a sua tequila. — Ele nunca se sentira melhor. Agora era a hora. Quando o Senador não estava esperando. — A gente se vê depois.

— Você vai voltar?

— Claro. Volto com um presente. — Ele daria um trocado para Pancho, talvez uma nota de cem quando estivesse com a grana. Por se importar com o que acontecia com ele. Por ajudá-lo naquela noite. Ele daria cem dólares para Pancho só para ver os olhos castanhos do homem ficarem do tamanho de pratos. — Não me espere acordado. — Deu uma risada. — Vou chegar tarde.

Baixinho, Pancho disse:

— *Vaya com Dios*, Sailor.

O saguão do hotel estava silencioso, silencioso como um saguão de hotel em uma cidade caipira que nunca tinha ouvido falar de uma Fiesta. O funcionário da noite nem ergueu os olhos do livro-caixa. O garoto de avental azul que limpava o chão de ladrilhos olhou, mas não se importou. A banca de jornais e charutos estava fechada com uma cerca de aço. Sailor passou por ela, caminhando pelo portal sombreado da direita em direção ao elevador. No outro extremo do portal, alguém se mexeu no sofá escuro.

A mão de Sailor segurou a arma com mais força, apontou-a através do bolso. A voz de McIntyre veio da escuridão, a voz comum de McIntyre.

— Já tinha quase desistido de você.

A mão largou a arma no seu lugar no bolso antes que McIntyre percebesse.

— Como é?

— Estou esperando você já faz muito tempo. — A voz de Mac estava um pouco cansada. — Quase desisti. Achei que talvez você não fosse aparecer. — Ele parou, silencioso como uma sombra, ao lado de Sailor. — Pronto para falar?

Sailor soltou algo como uma risada.

— Talvez. Mais tarde.

Ele acenou com a cabeça para o elevador.

Mac tirou a mão do braço de Sailor.

— Eu não subiria se fosse você.

Quando um policial como McIntyre dizia que não faria algo, dizia uma coisa assim, era melhor concordar. Fingir concordar. Não retrucar com um "Por que você se importa com essa merda?", como ele queria. Tinha esperado tempo demais para conseguir o que queria do Senador; ele estava pronto para colocar para quebrar, e McIntyre não tinha nada que meter seu narigão intrometido nisso.

Sailor trincou os dentes.

— Por que não?

Mac respondeu de forma casual:

— É do meu interesse que você continue de pé.

— Para ser testemunha?

— Talvez.

Ele não podia sair correndo para o elevador. Não podia derrubar Mac e pronto. Tinha que ficar ali parado, a frustração deixando todos os seus músculos tensos. Até que pudesse se livrar de Mac.

McIntyre disse:

— Depois de hoje, achei que você ia querer falar.

— Por que hoje?

— Foi por pouco, não foi? Se tivesse sido uma arma, alguém com uma boa mira...

Ele não tinha visto Mac. Nem na igreja, nem na procissão, nem na Cruz dos Mártires. não tinha visto ninguém; só saias brancas e a massa marrom de rostos. Ele não estava com os olhos abertos.

— Como é que você sabe disso?

— É do meu interesse mantê-lo vivo, Sailor. Você e o Senador. — Mac baixou os olhos para o bolso direto do paletó de Sailor.

— Quem me atacou?

Mac balançou a cabeça.

— A polícia local prendeu o rapaz. Estava bêbado, já tinha ficha. Ele não é importante. — Mac segurou o braço de Sailor. — Vamos para o meu quarto, tem uma garrafa lá em cima. Podemos conversar de um jeito mais confortável.

Sailor não era burro a esse ponto. Deixar Mac embebedá-lo, soltar sua língua. Mas era uma maneira de se livrar dele. Subir para uma dose, depois dar boa-noite. Procurar o Senador.

— Eu não bebo — disse Sailor.

— Mas eu, sim — retrucou Mac. — E preciso de uma bebida.

Sailor foi com ele, não na direção do elevador, mas para a escada da frente, subindo um longo lance de degraus e descendo por um corredor escuro. Aquele era um quarto de hotel comum, nada grandioso e espanhol como o do Senador.

— Já encontrou um quarto? — perguntou Mac, estendendo a mão para uma das camas de solteiro. — Pode ficar à vontade. Tire os sapatos. Talvez você queira ficar aqui esta noite. Vai ser mais confortável do que dormir no chão.

Ele fez uma careta. Mac sabia até disso, sabia que Sailor tinha dormido envolto no poncho sujo de Pancho. Ele ignorou a cama e foi para a poltrona rígida. Até parece que ele ia dormir no mesmo quarto que um policial. Falar e beber até ficar cansado o suficiente para dizer qualquer coisa, para dar com a língua nos dentes. Ele não ia falar nada até colocar as mãos no dinheiro. Se não conseguisse o dinheiro, ele falava. Acendeu um cigarro e jogou o fósforo no tapete.

Mac se serviu uma dose.

— Quer mudar de ideia? Acho que você precisa de uma depois dessa noite.

— Não, valeu. Só cerveja para mim.

— Eu prefiro bourbon — disse Mac, levando o copo até o banheiro e enchendo de água. Depois voltou e queria a poltrona. Ele queria que Sailor ficasse na cama, relaxado, e ele na poltrona. Nisso Sailor tinha sido mais esperto. Mac se sentou no pé da cama mais próxima, com o copo na mão. — Prefiro uísque, na verdade. Mas não tinham lá embaixo. — Ele mudou o rumo da conversa. — Por que o Senador quer se livrar de você?

Sailor estava animado.

— Talvez não goste mais de mim?

Não ia ser difícil. Mac estava cansado demais para se segurar muito tempo. Os olhos estavam pequenos; quando ele tirou o chapéu e o pendurou na cabeceira da cama, sua cabeça caiu para a frente.

— Por que ele não tentou se livrar de você em Chicago, onde seria mais fácil?

— Talvez ele gostasse de mim lá.

Mac tomou um gole.

— O que você está escondendo, Sailor? Seria mais seguro se você me falasse. Não descobriu isso hoje?

Sailor olhou para a fumaça saindo da própria boca.

— Você está tentando me dizer que homens mortos não falam? — Ele balançou a cabeça. — Já sei disso faz tempo, Mac. É por isso que vou me manter vivo. Eu gosto de falar... quando tenho algo a dizer.

Mac esfregou a testa cansada.

— Talvez eu esteja errado — disse, parecendo um pouco surpreso com a ideia. — Talvez seja você que não quer que o Senador fale.

Sailor estreitou os olhos. Era melhor tomar cuidado: Mac era esperto, estava acostumado a fazer as pessoas falarem. Não precisava usar a força para conseguir o que queria. Não Mac.

— Você pode descobrir isso fácil — disse Sailor. — Por que não sobe lá e pergunta?

Mac ficou em silêncio. Baixou os olhos para o copo como se fosse um poço dos desejos, não um copo barato de hotel com bourbon e água morna pela metade.

Sailor torceu o lábio.

— Ele é importante demais, né? Você tem que escolher alguém do seu tamanho, não? Não pode começar a fazer perguntas para um figurão que nem o Senador.

— Posso fazer perguntas para ele quando estiver pronto — respondeu Mac, bebendo um gole do santo cálice sujo e, então, erguendo os olhos para Sailor. — Você poderia me ajudar a ficar pronto bem mais rápido.

Sailor soltou uma risada.

— Quer dizer *eu*, trabalhando com a polícia?

Mac o ignorou.

— O que não entendo é por que você ainda não fez isso. A não ser que esteja esperando alguma grana.

Sailor prendeu a respiração. Mac sabia demais. Tinha que ser um chute, mas era um chute bom demais. Sua respiração saiu como um suspiro arrependido.

— Ora, Mac — disse. — Você não pode achar que vou entregar o Senador, depois de tudo que ele fez por mim.

Os olhos tranquilos de Mac apenas o examinaram. Desde o chapéu com galhos e sujeira, passando pelo terno amassado até os sapatos empoeirados. Os dedos de Sailor estavam tensos. Mac não teria olhado para ele daquele jeito em Chicago. Sailor era o cara mais bonito e mais bem-vestido no grupo do Senador, e Mac sabia disso. Mac não tinha o direito de olhar para ele como se fosse um vagabundo. Como se o Senador tivesse feito dele um vagabundo. Mac sabia que isso era temporário. Estava tentando deixá-lo incomodado. Ele se segurou e riu.

— Ele foi como um pai para mim. É meu melhor amigo desde que eu era moleque.

— Lealdade é a última coisa que eu esperaria de você, Sailor. Sabia que você tinha ambição e certo tipo de orgulho. — Ele balançou a cabeça. — Se usasse isso direito... — Havia muitos fios brancos nos cabelos de Mac, que já não eram mais tão volumosos quanto na época em que pegou Sailor pelo roubo de carros. — Mas lealdade eu não esperava. Os outros já fugiram. Ou se deram mal. Não sei por que você insiste.

Ele não sabia, e Sailor engoliu um pequeno sorriso de triunfo. Ele não sabia o quanto Sailor tinha a dizer sobre o Senador. Era por isso que o tinha chamado para o quarto, para tentar descobrir. Como se ainda fosse o bobo de olhos arregalados de antes, Sailor disse:

— Ele foi bom comigo. Ele me levou para a parte boa da cidade.

— A parte boa da cidade tem tanta sujeira quanto a parte ruim. Acho que você sabe disso. Talvez até mais, só está mais bem escondido.

— Você é que sabe, Mac — comentou Sailor, inclinando a cadeira e jogando a guimba do cigarro pela janela. — Você está sempre procurando problema. — Ele ajeitou a cadeira. — Você parece cansado. Melhor eu ir.

Mac bocejou.

— O Senador foi para a cama, eu não o incomodaria. — Ele bocejou de novo. — Conversamos muito hoje à noite. Ele está cansado.

Sailor não mexeu um músculo.

— Ele não vai fugir. Iris ainda vai ficar uma semana inteira aqui.

O nome dela não devia estar na boca de Mac junto com o do Senador. Ela era um anjo branco. Mac devia saber disso, se era tão esperto.

— Ele não estava se sentindo muito bem hoje. Melhor esperar até amanhã. — Mac estava falando sério. Sailor deu de ombros.

— Talvez ele fosse gostar se eu aparecesse para animá-lo.

Mac encarou Sailor bem nos olhos. Sailor não se afastou, porque os olhos de Mac não estavam dizendo nada. Eram tão incolores quanto água. Tão incolores quanto a voz dele.

— Ele quer que eu acredite que você matou a esposa dele.

O cérebro de Sailor foi tomado por uma raiva feroz. Ele começou a xingar, depois se interrompeu porque não tinha certeza. Podia ser uma armadilha de Mac. Para fazê-lo falar. Para fazê-lo dar com a língua nos dentes. Sua língua pesava dentro da boca.

— Eu não....

Mac interrompeu:

— Eu odiaria que acontecesse alguma coisa hoje que me fizesse não acreditar nisso. Melhor esperar até amanhã.

# CAPÍTULO 6

Ele não precisava sair do hotel. Quando chegasse ao pé da escada, poderia virar à direita. Poderia ir para o quarto do Senador. Poderia apertar aquele pescoço magro até ele soltar o dinheiro. Poderia arrancar a grana daquele focinho de doninha. Não precisava usar uma arma.

Aquele mentiroso, trapaceiro do Senador. Como ele esperava que aquilo funcionasse? O álibi de Sailor estava feito. Feito pelo próprio Senador e pelo homem dos planos dele, Zigler. Como o Senador esperava quebrar o álibi de Sailor sem se entregar?

Ele seria capaz disso. Poderia inventar uma história que pareceria tão verdadeira como se fosse verdade. Esse era o tipo de cérebro que o Senador tinha, tecendo mentiras em torno de si e tornando-as reais com sua língua oleosa. Mac não acreditaria naquela porcaria. Era esperto. Sabia que o Senador tinha feito aquilo ele mesmo. Mac poderia saber, se Sailor falasse. Ele deveria subir a escada agora mesmo e contar toda a história para Mac, exatamente como aconteceu. Mac cuidaria dele, se ele falasse. E saberia quem estava dizendo a verdade. Mac era esperto demais para acreditar nas mentiras do Senador.

Se ele falasse. Ele poderia colocar o Senador em seu devido lugar. No centro dos holofotes. Onde ele nunca poderia chegar perto de Iris Towers. Se ele falasse. Ele ia falar. Ele ia contar tudo para Mac, exatamente o que tinha acontecido naquela noite. Isso não o deixaria em uma situação ruim; ele seria testemunha do estado. A única testemunha. Ele, o Senador e a morta. Ninguém mais sabia.

Ele falaria assim que conseguisse o dinheiro. Não ia desistir daquela quantia. Precisava daquilo; o dinheiro era dele, e ele o conseguiria. O que lhe era devido e o que merecia. Cinco mil dólares. O máximo que já teve de uma só vez. Droga. Ele devia ter pedido dez. A grana não serviria de nada ao Senador no lugar para onde ele estava indo.

Assim que conseguisse o dinheiro, Sailor voltaria direto para McIntyre e falaria tudo. O Senador havia traído Sailor; não merecia nada melhor do que a traição em troca. Merecia muito mais do que isso. E era o que receberia.

Sailor estava ao pé da escada e tudo que queria era virar à direita. O único problema era que, se fizesse isso, e ele e o Senador tivessem uma briga, ele estava furioso o suficiente para fazer algo perigoso. Era esse o alerta de Mac. Ele não devia matar o Senador, nem em legítima defesa. Não devia fazer nada para deixar Mac acreditar que era um assassino. Acalme-se primeiro, encontre o Senador amanhã cedo, com firmeza e segurança. Ele virou à esquerda e saiu do hotel.

Para a rua. O frio da noite o envolveu. Frio o suficiente para a terra estar coberta de geada. E ele não tinha para onde ir. Nenhum lugar para apoiar a cabeça. Só a terra. Ele enfiou as mãos nos bolsos e encolheu os ombros. Devia haver um quarto quente, uma cama macia. Ele não devia ter que dormir no chão outra vez.

Ele não precisava. Poderia dormir na casa da velha bruxa. Poderia ficar com uma das camas de Mac. Poderia até ir acordar o Senador e dormir com toda a elegância. Sailor estava voltando para Pancho por escolha própria. Melhor um cobertor velho sob o céu frio com o calor do coração de Pancho. Com a segurança de um amigo. Ele seguiu para a esquina. No silêncio deserto da noite, seus passos soaram altos, altos demais. Era como se Sailor fosse a única pessoa viva em um mundo vazio, como se suas pisadas perturbassem os mortos adormecidos. Ele disparou até a praça, atravessou as sombras até as cercas vermelhas. O rosto de Pancho espiou por cima da madeira, pequenas linhas ansiosas marcando os olhos castanhos, que logo foram apagadas por seu sorriso.

— Você voltou. Ouvi você voltando.

Sailor entrou pelo portão.

— Você achou que eu não voltaria? — perguntou com um sorriso. Ele entrou primeiro, encolhendo os ombros contra o frio afiado, enquanto Pancho passava a corrente pelo cadeado.

Pancho suspirou.

— Eu não sei. Sabe-se lá, quando um homem vai embora, quando ele vai voltar? O bom Deus trouxe você de volta.

Ele não seguiu para a gôndola. Foi para onde os cobertores estavam espalhados. O poncho, o melhor cobertor, estava dobrado para Sailor. Pancho se embrulhou no pano mais maltrapilho e se deitou no chão.

— Eu mesmo me trouxe de volta. Com que você estava preocupado? — Ele se embrulhou no poncho e se deitou do lado do grandalhão. — Não preciso do outro cobertor, pode ficar.

— É para você, *mi amigo*. — Pancho cobriu Sailor, como se ele fosse um garotinho chutando as cobertas. — Minha gordura me mantém aquecido — gorgolejou.

Sailor acendeu dois cigarros e passou o outro adiante.

— Você achou que alguém ia tentar me atacar de novo?

Pancho deu um suspiro das profundezas da sua barriga gorda.

— Não sei, mas fiquei com medo quando você foi embora esta noite. Não é bom ir procurar um homem quando você tem raiva como você tem dentro de você. — Ele suspirou, olhando para os pés. — Mas meu bom Deus cuidou de você. Quando você foi embora eu fiz uma oração para você retornar sem problema. — A voz dele sorriu na escuridão. — E você retornou em segurança para mim.

Sailor ficou olhando a espiral de fumaça azul que se erguia da sua boca. Era bom descansar com aqueles tecidos pesados de lã o aquecendo, e o cigarro tinha um gosto bom sob as estrelas. Ele brincou, gentil:

— Eu não esperaria que você fosse dessa história de sagrado, Pancho. Não com todas essas cicatrizes nas suas costas.

— Quando eu era jovem — disse Pancho —, às vezes tinha problemas. Problemas pequenos, nada ruim, porque meu bom Deus, Ele cuida de mim. Eu não deveria ficar agradecido por Ele cuidar de mim?

— Sei lá. — Sailor soltou a fumaça devagar pela boca. — Eu parei de rezar faz muito tempo.

— Mas ninguém para de rezar — declarou Pancho.

— Eu parei. Não estava me servindo de nada. Não serviu de nada para a minha velha, e ela estava sempre rezando. Tudo que ela ganhou foi trabalho e mais trabalho e morte. Não sei pelo que ela estava rezando, mas não serviu de nada.

— Talvez ela rezasse por você — falou Pancho, sagaz. — Que o bom Deus cuidasse de você.

Talvez ela tivesse feito isso. Seria bem a cara dela. Talvez até rezasse pelo velho. Ela não teria rezado por si mesma. Nunca pedia nada para si mesma. Que bem isso lhe trouxe? O que trazia a qualquer um que não cuidasse primeiro de si mesmo?

— Agora que ela foi para o céu — disse Pancho confortavelmente —, talvez seja melhor *você* começar a rezar para o bom Deus tomar conta de você.

Sailor riu.

— Vou continuar com a minha pistola, obrigado. Sei que ela vai cuidar de mim.

Pancho suspirou fundo.

— Então eu vou rezar por você.

Sailor riu mais alto. Era engraçado. Todo mundo tentando convertê-lo. Um policial e um velho rufião. Se o Senador começasse a falar de Deus também, ele faria xixi nas calças de tanto rir.

— Eu realmente não tinha imaginado que você fosse do tipo carola, Pancho — retrucou, rindo.

— "Carola", acho que não conheço essa palavra — respondeu Pancho de forma muito digna, o que significava que tinha ficado ofendido.

— Não é nada — disse Sailor, às pressas. — Você é um cara legal, Pancho. Você é *mi amigo*.

— Eu não sou tão legal. — Pancho estava confortável de novo. — Mas é bom ser bom. Talvez não encha a barriga nem aqueça o coração, mas é bom. É uma sensação boa. — Ele se encolheu no chão, virando o corpanzil. — Um homem quer morrer na própria cama, acho. Mesmo se ele não tem cama, nada além de um poncho sob as estrelas. É mais confortável assim. — Ele apoiou o queixo no punho. — Está no Livro Sagrado, acho: se você vive pela espada, é assim que vai morrer. Não é bom viver pela arma, eu acho que não, Sailor.

— É bom se tem alguém atrás de você — retrucou Sailor.

— Mas por quê? O que você fez que faria alguém querer matar você? Um rapaz que nem você?

Sem pensar, Sailor respondeu:

— Eu não fiz nada. Nada além de querer que as coisas fossem melhores do eram. Eu só queria o que outros tinham: não queria ser pobre que nem meus pais, que nem todo mundo que eu via. Eu queria que as coisas fossem melhores para mim.

— O que é seu virá. — O suspiro de Pancho foi trêmulo como as folhas escuras sobre eles. — Os pobres têm uma vida difícil. É melhor não ser pobre. Se é preciso ser pobre, é melhor agradecer a Deus por isso. Melhor do que ter uma arma no bolso, acho.

— Acho que ninguém deve ter te chutado nos dentes.

— Ho ho ho! — Pancho riu. Bem assim: ho, ho, ho. — Eu, nunca fui chutado? Um nativo pobre, nunca ser chutado?

— E o que você faz quando isso acontece?

— Quando eu era jovem — começou Pancho, solene —, com o sangue quente, você entende, são as cicatrizes que você viu. Mas eu estou velho. Estou em paz com todo mundo.

— Mesmo com os caras que te chutam?

— Mesmo com os gringos *fidaputa* — respondeu Pancho, alegre. — Quando eu era novo, não entendia como um homem podia amar seus inimigos. Mas agora eu sei. Acho que são pobres coitados que nem eu. Os gringos *fidaputa* não entendem. São pobres coitados.

O Senador não era nenhum pobre coitado. Era um ricaço de merda que queria passar a perna em um acordo. Amar ele era como amar o Demônio. Mesmo a Bíblia não dizia para amar o Diabo.

— Você é um homem bom, Pancho. Você tem sido muito bom para mim. Quando essa minha negociação se resolver, vou te recompensar.

— Entre os espanhóis, não existe pagamento entre amigos. Se os negócios não forem bem, minha casa é sua casa. Eu sou seu amigo.

Pancho era um cara legal. Estava falando sério. Ele levaria Sailor para casa e eles capinariam a plantação de feijão ou seja lá o que se fazia com pés de feijão. Não, obrigado. Ele não ficaria preso naquele fim de mundo; a negociação ia se resolver.

— Não se preocupe. A negociação vai se resolver. Amanhã. — Ele bocejou. — E vou te comprar o maior engradado de tequila da cidade.

A voz de Pancho era uma alegria só.

— Que beleza, Sailor. Tequila também faz bem para a alma, eu acho.

# PARTE TRÊS

Baile

# CAPÍTULO 1

No terceiro dia, houve gritos e guinchos e ganidos e latidos, risos e choro e chios e cantorias. O som anunciava a manhã. A manhã das crianças da Fiesta. Quando Sailor abriu os olhos, as crianças dominavam a praça. Crianças com bochechas pintadas e cabelos floridos, em saias vermelhas e verdes chamativas e saias longas de chita, em calças de veludo e calças de linho, crianças brincando de Navajo e Mestiço e Señora espanhola, Peão mexicano e Charro mexicano e Caballero espanhol; crianças por toda parte, rindo e chorando e esganiçando suas vozes ao sol.

Crianças nas ruas cavalgando cavalos e burros, crianças passeando com cachorros e gatos e patos e cordeiros e irmãzinhas, uma criança com um papagaio empoleirado no ombro, uma criança arrastando uma carrocinha vermelha com um peixinho dourado em um aquário. Crianças fervilhando nas ruas e nas calçadas, subindo no coreto, correndo, empurrando e rodopiando como dervixes. Apenas a cerca vermelha mantinha Sailor a salvo delas. As crianças se espremiam na cerca, gritando, exigindo Tio Vivo.

O velho Onofre estava sentado como um boneco de madeira em seu banquinho dobrável, o violino sobre os joelhos. Sentado lá como se não visse a horda que ameaçava os portões. Ignacio fumava um cigarro marrom torcido, o violão a seus pés. Sua expressão demonstrava que gostava de crianças tanto quando Sailor, o que não era muito. Pancho não estava por perto.

Sailor jogou o cobertor para longe, arrancou o poncho e ficou de pé. Depois de duas noites, o chão duro da cama de barro o deixara cheio de dores. Seu ombro doía. Ele colocou o chapéu e ajeitou o paletó. Enrugado, sujo, com a barba por fazer, a língua azeda com o alho da noite anterior, confuso com os gritos na boca dos garotos mexicanos maltrapilhos do lado de fora do portão. Sem poder traduzir o que diziam.

— Quietos, seus pirralhos — murmurou.

Ele não precisava que lhe dissessem que tinha que se arrumar antes de encontrar com ninguém. Ele tinha que colocar uma camisa limpa, calças limpas. Sua mala estava onde ele a deixara, no guarda-volumes do La Fonda. Ele estava com vergonha de ir buscá-la, com vergonha de entrar no hotel parecendo um mendigo.

Pôs um cigarro na boca, acendeu-o. Tinha gosto de morte. Não adiantava perguntar a Ignatz ou ao velho sobre Pancho; eles não saberiam nem se falassem a língua. Sacudiu a poeira das calças e caminhou até o portão. Se alguma criança lhe lançasse um olhar sequer de reprovação, ele lhe daria um tapão tão rápido que jamais esqueceria.

Sua chegada as silenciou. De forma temerosa. Os olhos, a bateria de olhos imóveis, pousaram nele como se nunca tivessem visto um gringo antes. Olhos pretos e puxados, centenas deles, observaram sua mão abrir o portão. O silêncio delas aumentou o turbilhão de barulho nas ruas ao redor da praça. O silêncio delas era mais ameaçador do que qualquer palavra que pudessem ter proferido. Sailor atravessou o portão, batendo-o e fechando-o atrás de si. Fugiu das crianças às pressas; elas o deixaram passar. Assim que passou, a tagarelice retornou. Ele apressou o passo. As crianças não eram hipócritas. Quando o policial apareceu, ficaram como estátuas, olhos hostis, respiração contida.

Os mais velhos soltaram sorrisos ou piadas, mas não as crianças. Os velhos faziam de conta que a Fiesta unia tudo na terra, fosse índio, mexicano ou gringo. As crianças não escondiam seu conhecimento do inimigo entre elas. Eram espertas demais.

A luz crua do sol atingiu seus olhos quando ele saiu da sombra verde da praça, deixando para trás as crianças barulhentas desfilando com seus bichinhos, empurrando e gritando e esfregando as mãos pegajosas no seu único terno. Ontem dezenas; hoje eram centenas delas. Sailor não sabia para onde ir. Devia pegar sua mala. O pensamento de carregá-la por aí fez uma pontada percorrer seu ombro. E depois que ele a pegasse, o que faria com ela? Não havia banhos turcos naquela cidadezinha de fim de mundo. Desceu a rua, passando pelo hotel onde tomara banho e fizera a barba no dia anterior. O mesmo atendente em mangas de camisa estava encostado no balcão de charutos. Sailor não achou que conseguiria repetir o pedido, o cara estava com uma expressão irritada naquela manhã. Talvez ele também não gostasse de crianças.

De toda forma, não era uma boa ideia tentar novamente. O cara podia começar a se perguntar como o sujeito de aparência arrumada da manhã anterior tinha voltado a parecer um mendigo. Ele podia se perguntar em voz alta por aí. Sailor continuou andando e entrou em um café. Café ia ajudá-lo.

Era um lugar que parecia arrumadinho por fora, mas por dentro não passava de uma espelunca qualquer. Sailor se sentou no balcão, fez o pedido. A comida não estava boa quando chegou, era mesmo um restaurantezinho barato, mas ele comeu, bebeu uma segunda xícara de café, e se sentiu melhor. Mas não parecia nem um pouco melhor, o espelho acima da máquina de cigarros lhe mostrava isso. Ele enfiou algumas moedas na máquina, pegou um maço de Philip Morris, acendeu um cigarro e saiu para a rua. A fumaça não ficou tão ruim depois do café.

Ele poderia procurar Mac, mas não podia levar sua valise para o quarto dele. Mac daria um jeito de dar uma olhada e não gostaria de ver aquela belezinha. Ele ficaria se perguntando, ficaria nervoso. Além disso, Sailor não queria falar com Mac. Estava tão irritado que poderia soltar alguma coisa. Era melhor ele longe de Mac até ter sua conversa com o Senador.

A última chance do Senador. Sailor era um idiota por dar uma chance a ele depois da noite anterior. Era um idiota, sim, mas precisava da grana. Estava sem grana e não havia ninguém em Chicago para lhe mandar mais. Ziggy estava no México. Humpty e Lew, só Deus sabia. O Senador aqui. Ele tinha que pagar. Não era mais uma questão de saber que era certo; não como antes. Estava se tornando uma questão de necessidade.

Ele caminhou sem rumo, descendo a rua, passando por uma lojinha de roupas masculinas; passando por uma loja de 1,99, uma farmácia, uma mercearia, uma Penney's, onde acabava o quarteirão. Ele podia comprar uma muda de roupa; navalha, escova de dentes e outras coisas. Mas, depois que comprasse, não teria onde usar. Sailor se virou e voltou a subir a rua, de volta à barulhenta praça. Tio Vivo estava girando. No coreto circular uma banda havia se instalado; um garotinho de voz esganiçada e chapéu de caubói cantava no microfone. As crianças ainda estavam correndo para todos os lados.

Sailor foi até a esquina, esquivando-se das que saíam da drogaria da esquina pingando casquinhas de sorvete e pipoca gordurosa. Atravessou para o La Fonda, só porque não havia crianças lá. Ele não entraria; ele não ousaria entrar assim. Se o Senador o visse agora, não pagaria um centavo. Não sem causar um problema de verdade. Ele amaldiçoou o hotel, amaldiçoou cada aposento com suas varandas espaçosas. Todos aqueles quartos e banheiros, e ele nem podia usar um por tempo suficiente para parecer um ser humano. Tempo suficiente para tirar o gosto ruim dos dentes. Ele passou, resmungando com raiva e impotência.

Sentiu a mão em seu braço e sua mão direita se enfiou no bolso antes que ele olhasse para baixo. Era um moleque. Um molequinho sujo, um garoto magrelo em jeans desbotados e uma camisa rasgada. Ele tinha fugido da praça cheia de pivetes, e um apareceu atrás dele.

— Dá o fora daqui — falou Sailor, empurrando a mãozinha marrom.

— Don José quer te ver — disse o moleque, os olhos pretos grandes demais para o rosto.

— Quem diabos é Don José? O que ele quer comigo?

— Don José quer te ver — repetiu o garoto no seu sotaque *cucaracha*.

Ele estava prestes a dizer ao pivete para mandar esse tal de Don José para você sabe onde, mas lembrou bem a tempo. Don José era Pancho Villa; Don José era seu amigo. Talvez Don José tivesse, por um milagre, arrumado um banheiro com chuveiro.

Sailor quis se certificar: podia haver outro Don José, alguém que o Senador tivesse caçado para acertar a facada dessa vez.

— Cadê ele?

O moleque falou. Don José estava no Tio Vivo e o garoto ia ganhar uma volta de graça por procurar o amigo de Don José se encontrasse Sailor... Sailor jogou uma moeda para ele.

— Divirta-se.

— *Gracias, señor! Gracias!*

Era de se imaginar que ele tinha dado mil dólares para o moleque. O rostinho magro e sujo abriu um sorriso rápido, e aí os pés descalços do moleque dispararam de volta para a praça.

Sailor o seguiu para lá, de modo que não precisasse passar pelo La Fonda de novo. Havia pessoas limpas saindo do hotel. Ele sabia que Pancho não tinha encontrado um banheiro; pelo cheiro, Pancho não se incomodava com água e sabão e escova de dentes. Mas tinha que haver alguma coisa. Pancho não teria mandado procurarem Sailor se não fosse o caso.

Ele teve que atravessar o formigueiro de crianças para chegar a Pancho e, mesmo assim, não teria chegado à cerca sem pisar em uma delas se Ignatz não o tivesse notado e sinalizado para Pancho. Deve ter sido um sinal. Pelo menos depois de a mecha de cabelo preto e oleoso ser jogada para trás, os olhos de Pancho procuraram por cima das cabeças e seu sorriso ansioso e caloroso encontrou Sailor.

Sailor teve que ficar parado ali até Pancho acabar de dar corda no Tio Vivo, como se fosse o pai de uma das crianças. Ele procurou por Pila, mas ela não estava lá. Muito cedo para o pessoal mais velho.

Quando o carrossel começou a parar, Pancho se arrastou até a cerca.

— *Vaya, vaya ustedes!* — gritou com as crianças. E algo sobre *mi amigo*. Devia ter dito às crianças para deixarem Sailor passar. Elas não estavam dispostas a isso, mas ele poderia abrir caminho.

— O que foi?

Pancho limpou o rosto com a manga da camisa.

— É a *abuelita*. Ela quer que você vá na casa dela.

— Por quê?

Ele estava desconfiado. Um pagamento. Ou a polícia. Perguntas. Perguntas que ele não ia responder.

— É para... como se diz... consertar seu ombro.

— Meu ombro está bem.

Pancho balançou a cabeça.

— Você tem que ir, meu amigo. Não quer que o veneno pegue. Precisa ir lá.

O ombro parecia bom. Um pouco duro, mas sem dor. Ele não queria a velha cutucando e mexendo na ferida de novo, mas também não sabia o que tinha sido feito. As ervas talvez tivessem que ser trocadas, ou poderia haver uma infecção. Ele não sabia, nunca tinha ido a uma curandeira. O Senador havia chamado o melhor médico da cidade para Sailor, um que nem era político, da vez que Sailor cortara o braço. Em um para-brisas quebrado.

— Você vai comigo? — perguntou.

— Como? — Pancho revirou os olhos e ergueu as mãos. Não precisava explicar. As crianças estavam loucas no momento, prontas para derrubar a barricada se Tio Vivo não se apressasse e voltasse a girar.

— Eu não sei onde ela mora — disse Sailor. Estava pronto para desistir da ideia, pronto para desistir de tudo. Ele não ia morrer de infecção tão cedo; poderia procurá-la mais tarde, depois que Pancho tivesse parado de trabalhar; depois que tivesse resolvido seus negócios.

— Lorenzo vai mostrar o caminho. Lorenzo!

Era o mesmo moleque, o mesmo saco de ossinhos imundo. Pancho disparou a falar em espanhol com o menino, misturando ameaças e promessas. O menino respondeu na mesma velocidade.

— Vamos — chamou Sailor. — Te dou outra moeda.

Melhor acabar logo com aquilo. Talvez depois ele pudesse pedir para usar o banheiro da *abuelita* e se limpar. Talvez houvesse uma navalha que ele pudesse pegar emprestado também. Ele se afastou da cerca e passou por entre as crianças. Lorenzo veio atrás.

Depois que tinham saído da praça, ele perguntou:

— Você é filho do Pancho? Don José?

— Ah, não! — respondeu Lorenzo. E, depois de um momento: — Don José, ele é meu tio.

O garoto parecia orgulhoso. Don José era o homem mais maravilhoso da Fiesta das Crianças. O dono do Tio Vivo. Ele era mais importante do que o Senador jamais seria.

— Você sabe onde está me levando?

— *Si* — respondeu ele, a palavra se arrastando dos seus lábios. — Até a *abuelita* — explicou —, ela é minha avó. *Abuelita* é avó. Em *ingrês*.

Sailor arregalou os olhos.

— Mãe do Pancho? — Aquela velhota ressequida, mãe do gordão Pancho? — Pancho? Don José?

— Ah, não! — O moleque riu.

— Mas ele é seu tio?

— *Si*. — De novo o som comprido de "i". De novo o orgulho do menino.

Sailor não se importava com as relações familiares de Pancho. Só estava puxando conversa, para não andar em silêncio. Porque ele não queria voltar para a velha, mas precisava ir. Essa era a ordem.

Os dois seguiram pela rua estreita. Ele reconheceu a casa, embora nunca a tivesse visto à luz do dia. Sem calçada, o muro branco e o portão fechado. O garoto parou no portão.

— Me dá a moeda agora, *siñor*?

Ele estava com a mão estendida, já querendo voltar para a rua onde a Fiesta acontecia.

— Você tem que me levar até a casa — disse Sailor. — Esse foi o acordo.

O menino não queria perder tempo, mas Sailor não queria cruzar o quintal estranho sozinho, ficar parado sozinho diante da porta. O menino abriu o portão e Sailor o seguiu, se abaixando, bem a tempo de não bater a cabeça, lembrando de como Pancho tinha se abaixado para passar pelo portão na noite anterior.

O menino correu pelo quintal de areia deserto até a porta. Sailor o seguiu, fazendo barulho, em passos normais, como se não se sentisse estranho de ir até ali. Não estava com medo como estivera na noite anterior; só não gostava de ter que voltar. Não pertencia àquele tipo de lugar. Era um cara da cidade, acostumado com o bom e o melhor depois de conhecer o Senador. E teria do bom e do melhor de novo; não depender mais do Senador tornaria as coisas melhores, não piores. Ele ia pegar a grana e se dar melhor sozinho. Cidade do México era tão boa quanto Chicago. Melhor, segundo Ziggy. Não era suja nem fria demais nem quente demais e havia flores por todo o lado. Seria como um lindo sonho, só que real.

— Me dá a moeda agora, *siñor*?

— Claro — disse Sailor. Ele preferiria que o menino continuasse por perto até que ele estivesse são e salvo, bem longe dali, mas não teve coragem de pedir. Também tinha sido tão faminto e imundo, também já tinha sentido que uma moedinha valia tanto quanto mil dólares. Ele revirou o bolso. — Claro. Aqui, 25 centavos. Pode ficar com o troco.

— *Gracias, siñor!*

O menino fez uma reverência, a moeda fazendo seus olhos ficarem ainda mais arregalados do que nunca no rostinho maltratado. Ele enfiou a moeda no bolso e saiu saltitando. Sailor bateu na porta da *abuelita*.

Algum som veio lá de dentro que podia significar "entre"; ele entrou. A velha estava ao lado da lareira apagada, mas não estava sozinha. No banco da parede havia duas outras senhoras. Uma era tão velha quanto a *abuelita*, mais velha, o xale preto bem fechado em volta do cabelo branco ralo, as mãos agarrando a bengala. Não era uma bengala de verdade, era um galho morto e torto. Ela estava encolhida por cima do galho, os lábios murmurando sem fazer som. A outra mulher era mais jovem e havia algo de familiar nela, mas ela não tinha nada de especial. Um rosto comum, só os olhos escuros com alguma vivacidade. Usava um traje preto avermelhado, como a velha, o xale por cima do cabelo escuro. Os seios eram pesados de leite, as mãos endurecidas pelo trabalho como as mãos da mãe de Sailor tinham sido. Foi aí que ele percebeu o que havia de familiar nela; era o rosto desesperançoso e os ombros caídos e a carne derrotada de mulheres pobres de qualquer lugar. Ele queria fugir. Nem daquela forma diminuta queria acabar naquele buraco do passado, o buraco de que acredita ter escapado para sempre.

A *abuelita* disse algo. Era na sua própria língua, e o aperto do desamparo aumentou ao redor de Sailor. A mulher de quem Sailor tinha desviado o olhar falou, em um sotaque carregado:

— Ela falou pra tirar o paletó.

Sailor olhou para a *abuelita*. Suas garras imitaram o gesto. Ele voltou um olhar quase enlouquecido para a velha e a mulher trabalhadora. Elas não tinham se movido. Elas não iam se mover. Tinham ido ver o show, ou tinham ido para fofocar em frente à lareira apagada, e tudo aquilo era só mais um dia na vida da *abuelita*.

Ele tirou o paletó, começou a desabotoar a camisa. Fez isso devagar, se sentindo nu, envergonhado. Não sentia vergonha desde que era criança, uma criança acovardada que aprendeu a sentir vergonha pelos escrúpulos antiquados da mãe. No mundo do Senador, ninguém pensava duas vezes sobre tirar a camisa na frente de estranhos. O Senador fechava metade dos negócios enquanto se vestia.

Sailor não tentou encontrar a raiz do seu mal-estar; tentando menosprezar a vergonha, tirou a camisa e ficou lá, como se estivesse nu, não só sem camisa. O medo voltou, um medo atávico; estava indefeso diante de três bruxas. Era isso que atrasava sua mão; diante de seus encantamentos, ele precisava de todas as barreiras protetoras da civilização, até mesmo de uma camisa suja. Ele agora sabia o motivo da hesitação em ir para aquela casa; um medo do primitivo, um medo enraizado do estrangeiro e do estranho que permeava aqueles três dias. Ele era um homem da cidade, e nem precisava ser Chicago. Ele já tinha ido a Detroit, Minneapolis e Kansas City, uma vez à Filadélfia; ele se sentia em casa em qualquer uma delas. Não era um estrangeiro nas ruas da cidade. Mas aquele lugar não era civilizado. Por trás da estranheza estava o primitivo; aquela terra estava perto demais de um passado antigo. Ele não seria capturado em suas cavernas; escaparia antes de ser enterrado, antes que a mulher de pedra o transformasse em pedra.

Tentando fingir tranquilidade, ele perguntou:

— Certo, vovó, como é que estamos?

Estava tremendo, como na noite anterior, incapaz de controlar os tremores, mesmo antes de ela mover os dedos sem vida no lugar da faca.

Ele cheirava à terra, ao poncho de Pancho e a suor seco, o hálito com odor de alho velho. Estava sujo e sabia que estava sujo. Mas tinha que ficar ali parado, na sua imundície, enquanto ela se arrastava de lá para cá e resmungava e cutucava e o farejava. Enquanto as outras bruxas observavam com olhos obscenos.

Sailor percebeu que ela estava satisfeita pelos murmúrios, pelos pequenos acenos de cabeça. Ele entendeu que ela havia terminado quando começou a guardar os pacotinhos de gravetos de volta no lenço sujo.

— Tem algum lugar para me lavar? — perguntou ele.

Ela não entendeu a palavra que ele disse, mas a mulher mais jovem, sim.

— Quer se lavar?

— Sim.

Ele pegou a camisa e o paletó. A mulher o conduziu até a cozinha, uma cozinha grande e antiquada, com um fogão à lenha aquecendo-a. A mesa e as cadeiras eram velhas e feias; um oleado xadrez verde, vermelho e amarelo estava pregado no tampo da mesa. Ela derramou água de uma chaleira em uma bacia de estanho, misturou com água da torneira e colocou sobre a mesa, deixando uma barra quebrada de sabão ao lado. Então foi embora.

Não havia banheiro. Uma casinha externa nos fundos, dava para ver pelas janelas da cozinha. Que jeito de se viver, mesmo sendo um bando de bruxas. A mulher voltou com uma toalha limpa.

— Obrigado. *Gracias* — disse ele. Se ficasse mais um pouco, viraria um *chicano* também.

Ela se sentou em uma cadeira de madeira, e ele viu que trazia agulha e linha escura. Ia consertar o rasgo no paletó dele. Sailor não teve coragem de tomar um banho de gato na frente da mulher. Lavou apenas as mãos, mas como se estivessem cobertas de sujeira grossa. Continuou lavando, esperando que ela saísse e ele pudesse molhar o rosto. Ela não o fez. Ele secou as mãos, pegou a camisa.

— Se esperar um minuto — comentou ela com seu sotaque forte —, conserto a camisa.

Sailor negou com a cabeça.

— Obrigado. Não tenho tempo.

Ele queria fugir dali, rápido. Fugir da mãe dele, consertando suas roupas rasgadas. Ele não usava nada remendado desde que saíra de casa. Não ia voltar para os remendos. Jogaria essas roupas fora, mas amanhã. Era difícil colocar a camisa com o novo curativo queimando seu ombro; ela se aproximou e o ajudou.

— Obrigado. *Gracias* — repetiu Sailor, ao mesmo tempo se afastando dela. A mulher o ajudou a vestir o paletó, as mãos com veias saltadas de tanto trabalhar como as mulheres do cortiço.

Ele podia ir embora agora. Quase tão sujo como quando chegou, e seu ombro latejando embora não estivesse doendo antes. Ele voltou para a sala da frente e entregou um dólar à *abuelita*. Ela provavelmente teria que dividir com o sobrinho gordo que levara Sailor até ali, quando ele tinha pedido por um médico e nenhuma pergunta. Estaria longe desta cidade à noite, com sua grana. Pegaria um avião em Albuquerque e estaria na Cidade do México amanhã. Arranjaria um médico de verdade lá. Compraria um terno novo. Amanhã à noite ele e Ziggy estariam sentados no melhor hotel pedindo champanhe. Brindando ao Senador, ao falecido e não lamentado Senador.

# CAPÍTULO 2

Já passava das 10h30. Ele não podia perder mais tempo. Não queria que o Senador fugisse dele. O homem já tinha visto Sailor com a barba por fazer antes. Os ricaços do La Fonda podiam torcer o nariz; não fariam mais isso quando ele estivesse com aqueles cinco mil no bolso. O Senador não teria escolha depois da noite anterior; sabia que tinha que pagar ou Sailor entregaria a corda para Mac. Ele sabia que Sailor não aceitaria mais atrasos. O que o Senador não sabia era que essa escolha não existia mais; ele ia pagar de todas as formas possíveis.

A praça estava fervilhando, música no coreto, música no Tio Vivo, músicos ambulantes pelas calçadas. Chaminés fumegando, fantasias brilhando, vozes erguidas em risos e cantos. Sailor não foi para a praça. Subiu a rua e atravessou para o La Fonda. Ele não prestou atenção aos que saíam ou chegavam, só entrou direto. O saguão estava fervendo, mesmo que fosse tão cedo, como uma convenção, uma convenção de atores bem-vestidos. Havia muito barulho vindo do bar. No pátio, o sol e a fonte, os gerânios e os toldos listrados dos balanços e as mesas com guarda-sol eram como um palco.

Sailor não perdeu tempo, foi até o telefone do hotel e ligou para o número do quarto do Senador. Ouviu o toque, de novo e de novo, sem resposta. Bateu o telefone. O Senador não acordava cedo; só se estivesse fugindo. Talvez tivesse pedido ao hotel para não passar nenhuma ligação. Sailor caminhou até o elevador, subiu até o quarto andar. Sua batida na porta foi o único som no corredor vazio; ele apertou a mão no bolso direito enquanto as batidas quebravam o silêncio. Mas não veio resposta lá de dentro.

Ele voltou para o elevador, enfiou o dedo na campainha e não o tirou de lá. O Senador provavelmente estava na Placita tomando seu drinque matinal e um café. Com roupas limpas e brilhantes, usando sua voz terna com a brancura límpida de Iris Towers, enganando-a com água e sabão e uma navalha e a voz doce e podre.

A linda garotinha do elevador não disse nada quando Sailor entrou. Não reclamou por ele ter ficado apertando a campainha, como uma ascensorista de Chicago faria, e teria os dentes quebrados pela reclamação. O elevador desceu em silêncio. Ele saiu no mesmo silêncio, atravessou o portal sem ver qualquer um. Ele não podia ir atrás do Senador na Placita, não até que estivesse limpo. Desceu as escadas para a barbearia. Parecia chique como o hotel, mas havia apenas dois barbeiros e ambas as cadeiras estavam ocupadas. Ele atravessou o saguão, saiu para a rua e seguiu para uma loja que parecia uma barbearia. Não precisou esperar; os fregueses dali não estavam curando ressacas com toalhas quentes, e sim dançando na rua.

— Barba e cabelo — pediu Sailor.

O barbeiro gordo e careca não estava para bate-papo. Talvez quisesse fechar cedo e sair para as ruas também. O serviço não demorou, e Sailor já estava parecendo bem melhor.

A loja de roupas masculinas maior estava fechada, era feriado; mas a menor, mais adiante, estava aberta. Ele comprou uma camisa azul, um par de meias e uma cueca. Ele começou a voltar ao La Fonda, mas mudou de ideia. Alguém poderia ficar desconfiado; tudo que Sailor não precisava no momento era de um babaca desconfiado. Teria problemas. Ele não queria problemas; estava guardando isso para o Senador.

Ele foi até a rodoviária, trocou de roupa no banheiro, embrulhou a roupa suja e guardou em um armário. Ele parecia bem, parecia ótimo. Poderia ficar sentado no La Fonda o dia todo, se quisesse. Sentado lá até encontrar o Senador. Sailor voltou para o hotel. Era meio-dia. Ele entrou na cantina. O Senador não estava lá. Centenas de pessoas fantasiadas lotavam o bar, mas nada do Senador. Ele avançou e empurrou até chegar à Placita. A garçonete principal era tão indefectível quanto seu vestido branco, mas educada.

— Não tenho uma mesa vaga no momento.

Ele já tinha percebido.

— Só estou procurando um amigo, obrigado.

Ele contou rostos, até que viu o dela. Delicado, desenhado, o cabelo dourado-prateado traçando o formato da face. Havia flores brancas no cabelo dela; o vestido era branco, tipo camponês, a blusa decotada em seus ombros dourados. O grosseirão, Kemper Prague, estava apertado ao lado do ombro dela, mas nunca chegaria ao nível dela. Ela era límpida como a luz do sol; as outras mulheres pareciam ter passado a noite encharcadas de rum, os olhos pesados, mas ela estava imaculada. Os homens pareciam de ressaca, muito jovens, nenhuma velha doninha entre eles.

Sailor moveu os olhos pelas mesas no sentido horário, depois voltou no sentido anti-horário até encontrar os dela. O Senador não estava lá; não estava na Placita. Sailor podia ir até a mesa dela, seriam apenas alguns passos. Ele era muito mais bem-apessoado do que os caras com quem ela estava sentada. Ela não era uma princesa ou um anjo do céu; era Iris Towers, uma garota de Chicago como qualquer outra, tirando o fato de que seu pai era um grande milionário. Ele poderia se aproximar e perguntar, com cortesia, como havia aprendido com o Senador. "Você sabe onde posso encontrar o senador Douglass?" Ela seria educada também, porque essa tinha sido sua criação. Diria a ele onde o Senador estava. Ela saberia. Sailor ficou lá e a cabeça dela se moveu e ele estava olhando em seus olhos, seus olhos azul-claros. Ela olhou para ele. Mas não houve reconhecimento; apenas um homem parado olhando para ela. Sailor deu meia-volta e saiu.

Ele não se importava com quem levou cotoveladas enquanto ele tentava sair da cantina. Não enxergava pessoa alguma, apenas o fato de que o Senador ainda não estava lá. Ouviu o tilintar dos sinos de trenó e o baque dos tambores quando entrou no saguão. E uma multidão bloqueava a saída, um semicírculo sólido movendo-se na direção de quatro índios, homens índios, pintados, emplumados, como índios deveriam ser, como índios dos livros. Dois estavam nus exceto pelos sinos nos pulsos e tornozelos, os tapa-sexos com contas, os exagerados círculos de penas de papagaio decorando os panos na frente e atrás. Tinham tranças, enroladas com fitas, algumas penas nos cabelos. Os outros dois homens usavam camisas coloridas e jeans, mocassins nos pés, contas e cintos de prata e turquesa. Um bateu em um enorme tambor afunilado, quase na altura da cintura, enfeitado com penas. O segundo começou a cantar enquanto Sailor se aproximou do círculo, e os índios nus dançavam. Batendo com os pés no chão, sinos tocando, penas cintilando, músculos nus contraídos sob a carne magra e marrom. A dança terminou tão de repente quanto começou; o cantor foi silenciado, os dançarinos circularam como sinos, silenciosamente; o tambor era um rufar abafado.

Começou de novo, com um chamado agudo. Agora com argolas, uma dúzia ou mais de argolas finas e esguias nas mãos dos dançarinos. Mais selvagens do que antes, atravessando os aros com tremores do corpo, dobrando-se pelos círculos menores, seus pés batendo incessantemente no ritmo dos tambores, os sinos tocando de forma irritante. O Senador tinha que estar aqui. Ele gostava de voltar para Chicago e contar as coisas chiques que tinha visto.

Os olhos de Sailor passaram depressa pela multidão em círculo. Do outro lado estava McIntyre, que observava os índios dançarinos, sem examinar a multidão em busca do Senador ou de Sailor. Isso significava que Mac sabia da localização dos dois. Isso significava que Sailor podia descobrir onde estava o Senador.

Outra dança. Uma dança de guerra, os dançarinos avançando um contra o outro, sem aviso, soltando gritos surpreendentes. Isso deixou Sailor nervoso. De repente acabou, os dançarinos se afastando com passos macios e tilintantes, o tambor batendo cada vez mais devagar até ficar em silêncio. A multidão se desfez, falando de coisas bobas para exorcizar o feitiço.

Sailor começou a cruzar o espaço pelas beiradas, de modo a esbarrar com Mac por acidente. Seus pés vacilaram. Ele acelerou o passo de novo; não queria pensar naquilo. Nos rostos sem expressão dos índios; mesmo em seus gritos de guerra, sem expressão. Como os índios na rua e no muro do museu. Sob os rostos de pedra marrom, essa violência. Sob os desertos silenciosos desta terra, a terra deles, que violência? O medo, o medo desconhecido crescia em Sailor, mas ele deu passos duros, forçando-se a engolir o terror. E Mac não estava por ali.

Sailor passou pelo portal da direita, atravessou o salão, olhou na sala do Novo México e no salão de refeições. Nada do Senador. Nada de Mac. Ele podia esperar. Não tinha mais nada para fazer. Era mais confortável ali do que andando pelas ruas sujas. Pela primeira vez, Sailor estava com sorte. Alguém saiu de uma poltrona de couro bem no meio do saguão, em frente à recepção. Ninguém poderia entrar pela porta da frente ou pela lateral, ninguém poderia sair do bar ou ir à recepção sem que ele visse. Gostaria de tentar o telefone de novo; estava bem ali, o Senador podia atender. Mas o quarto dele parecia vazio demais, e Sailor não queria ter que ficar de pé a tarde inteira à toa.

Acendeu um cigarro, com um belo cinzeiro de cobre à mão. Se ao menos tivesse uma cerveja para tomar, Sailor estaria mais confortável do que estivera desde que chegara ali. Recostou-se, confortável, na poltrona. Apenas seus olhos se moviam, para a esquerda e para a direita, fingindo não prestar atenção. Ele não precisava manter a mão direita no lugar de sempre. Não haveria nenhum bandido o perseguindo no centro do saguão do La Fonda.

— Procurando o Senador?

Ele ergueu os olhos sem se exaltar.

— Oi, Mac. Como está a Fiesta?

Alguém se levantou do sofá ao lado da poltrona de Sailor, como se estivesse guardando o lugar para Mac, que se sentou.

— *Viva las Fiestas* — disse Mac. Até ele estava virando espanhol, que nem o chapéu e a faixa da cintura.

— Aham — retrucou Sailor. Ele não estava com pressa nenhuma de discutir o Senador. Mac não estava apto a se desviar muito do assunto. — Quando você vai voltar?

— Talvez amanhã — respondeu Mac, que não parecia tão falante naquela tarde. Estava indo tão devagar quanto Sailor. — Quando *você* vai voltar?

— Não sei — soltou Sailor como se não fosse nada. Parecia que ele estava esperando ordens do Senador, então completou: — Ainda não me decidi.

— Você vai voltar? — O rosto de Mac tinha uma expressão totalmente neutra.

— Para Chicago? — Sailor não devia parecer surpreso, nem aos próprios ouvidos, mas ficou. A ideia de Mac achando que ele não voltaria a Chicago. Sailor mal podia esperar

**O CAVALO COR-DE-ROSA**

para voltar, para um lugar em que sabia o que esperar, para um lugar onde havia luzes e prédios e espetáculos e pessoas... e vida! Ele despertou. Não ia voltar. Ia para o México. Sua risada não foi convincente. — O que te faz perguntar isso?

Mac estava calmo como sempre.

— Pensei que talvez você estivesse pensando em não voltar.

— Mal posso esperar para voltar.

State Street, Michigan Boulevard, North Shore, The Stevens, Palmer House, o lago, o vento frio e úmido do lago. Field's, Athletic Club, Trib Tower e o escritório de Ziggy bem ali ao lado. O escritório de Ziggy estava fechado. Para sempre. Sailor não iria ficar naquele buraco de qualquer maneira. Estava indo para a Cidade do México e era uma cidade, uma cidade bacana. Ziggy sabia; ele já estivera lá. Sailor não disse isso de novo, não em voz alta. Havia apenas o eco em seus ouvidos: mal posso esperar para voltar.

Havia outros lugares tão bons quanto Chicago. Muitos deles. Ele deu uma longa tragada no cigarro.

— Eu pensei que você estaria esperando pelo Senador.

— Acho que ele vai embora amanhã — respondeu Mac.

Ele não tinha certeza, pelo modo como Mac disse, se ele havia descoberto tudo o que queria e estava levando o Senador de volta com ele, ou se o Senador estava dando no pé e Mac ia apenas acompanhar. O Senador não ia esperar por Iris Towers, ou ele tinha feito com que ela mudasse seus planos. Não devia ter gostado do hálito de Mac esquentando seu pescoço, não sabia que Mac estaria atrás dele, esperando o momento certo. O tempo do Senador estava acabando. Sailor tomaria a decisão. O Senador se resolveria com ele hoje, ou Sailor daria a Mac o que ele queria.

— Cadê o Senador hoje? Você o viu por aí? — perguntou casualmente.

— Está se sentindo mal — disse Mac.

Mac estava tentando pegar Sailor desprevenido. Era isso que ele estava fazendo sentado ali, aparecendo com coisas que ninguém esperava, com aquele rosto inexpressivo dele.

Sailor não mexeu nem o dedinho, só riu.

— Qual o problema dele? Exagerou ontem à noite?

— Não acho que é isso, pelo menos não totalmente. — Mac jogou outra bola curva. — Como está o ombro?

— Ótimo. — O Senador não estava no quarto, a menos que estivesse escondido lá, sem atender o telefone, sem abrir a porta. A menos que ele estivesse se sentindo mesmo muito mal. Ele não estaria tão mal sem que Iris Towers estivesse do lado de fora da porta, do outro lado da linha. — Foi só um arranhão. Alguém deve ter se enganado.

— É, deve ter sido um engano — repetiu Mac sem emoção.

Ele podia estar querendo dizer que o cara não soube calcular bem a distância; não sabia que Sailor tinha se afastado bem na hora certa. Isso era uma coisa que nem Mac poderia saber. Quando o relâmpago ia cair.

— Qual o problema do Senador? — Sailor retomou o assunto anterior.

— Não sei. Só não está se sentindo bem, segundo Amity. E você, já está pronto para falar, Sailor?

— Sobre o quê?

Ele era tão evasivo quanto Mac e estava disposto a jogar do jeito dele. Mas Mac sabia onde o Senador estava. Mac já tinha deixado isso claro. Não que Mac soubesse que ele estava fugindo. Sailor deveria ter pensado nisso antes; era uma das esquivas favoritas do homem. Ficar escondido no quarto de outra pessoa quando não queria que ninguém soubesse onde ele estava. Como quando vinha de Washington sem avisar para fazer um negócio ou outro. E ficava escondido no apartamento de Sailor.

O Senador pode estar no quarto de Amity. Podia estar no quarto de Iris Towers, deitado na cama dela, doente de

**O CAVALO COR-DE-ROSA**

preocupação, porque as coisas não tinham saído do seu jeito pela primeira vez. Porque Sailor havia prejudicado seu jogo.

— Onde você estava na noite da morte da sra. Douglass?

Uma bola rápida, mas a mesma velha pergunta. Sailor foi gentil.

— Ora, Mac. Você sabe onde eu estava. No escritório do Ziggy, trabalhando nos livros. A gente ficou lá trabalhando até os seus rapazes aparecerem e contarem da tragédia. Nós nunca saímos de lá.

— Você nunca saiu de lá.

— Você sabe que nós nunca saímos de lá, Mac.

— Não estou perguntando do Zigler — disse Mac. — Estou perguntando de você.

— Pelo amor de Deus, Mac. Você já sabe cada passo que eu dei naquela noite. Estava lá quando testemunhei.

— Você nunca saiu de lá — repetiu Mac.

Seus lábios estavam tensos.

— Eu nunca saí de lá — mentiu com veemência. Era meio engraçado jurar aquela mentira agora e talvez à noite contar a verdade para Mac. Ele não acharia graça; estava acostumado. Mac sabia que tudo fazia parte do jogo. — Não está tentando colocar essa na minha conta, está, Mac?

— Eu não coloco nada na conta de ninguém, Sailor. Estou atrás do assassino da sra. Douglass.

— Então não está atrás de mim.

— Talvez não.

— Não está. — Ele podia dizer isso com determinação. — Se estivesse, não estaria aqui antes de mim. Teria vindo no meu rastro. — Sailor explicou os movimentos de Mac para o próprio, como se o homem não soubesse o que estava fazendo. — Você não chegou aqui primeiro porque sabia que eu vinha. Nem eu sabia que vinha até o dia em que peguei o ônibus.

Mac não respondeu, não diretamente.

— O que aconteceu entre você e o Senador?

Ele queria a resposta para aquela pergunta, tinha alguma coisa diferente na sua forma de falar.

— Como assim? — Sailor pareceu tão inocente quanto queria. Podia deixar Mac tomar a dianteira ali. Até mais tarde, quando contasse toda a parada. Mas, quando falou, da cantina saíram Kemper Prague e a linda Iris Towers. Deram a Mac a sua pergunta.

— Não foi algo com os novos amigos dele?

Eles não cruzaram o saguão. Sumiram de vista no portal da esquerda. Subindo para ver o pobre Senador doente. O Senador escondido. Levando uma bebida, ou uma aspirina, ou uma mão branca e macia para sua cabeça dolorida.

Sailor foi direto.

— Não.

Ele não podia dizer que ele e o Senador estavam na mesma de sempre depois que o homem o acusara para Mac na noite anterior. Aquilo tinha sido baixo. Era por isso que Sailor contaria tudo para Mac assim que recebesse. Tinha que cobrar primeiro, ou Mac poderia levar o Senador embora antes que Sailor tivesse sua chance.

— Não sabia. A gente se vê depois, Sailor.

E sumiu. Sem desculpas, apenas foi, pelo portal da direita. Para subir no elevador com eles. Para descobrir onde o Senador estava escondido. Mais rápido que Sailor. E os novos amigos do Senador, seus amigos da alta sociedade, nem notariam o homem quieto com o chapéu espanhol engraçado e a faixa na cintura. Qualquer um da organização perceberia. Não tinha ninguém das antigas que não perceberia de pronto um policial.

Ele estava inquieto demais para ficar sentado ali por mais tempo. O Senador não ia sair, não até achar que estava seguro. Mac descobriria onde, e Sailor poderia arrancar a informação de Mac mais tarde. Poderia, se fosse preciso, fazer um acordo com Mac. Prometer a história se pudesse ficar quinze minutos a sós com o Senador primeiro. Isso era tudo de que ele precisava. Podia ser até só dez minutinhos.

Ele podia almoçar logo. Não ali, onde seria um roubo; ele voltaria para o Kansas City Steaks. Comer seu tipo de comida. Matar um tempo, tomar uma cerveja gelada depois, voltar para o hotel na hora do coquetel. Se não conseguisse chegar ao Senador até então, faria o acordo com o Mac. Uma coisa era certa; ele tinha que sair da cidade naquela noite. Se não, Mac poderia garantir que Sailor voltasse para Chicago amanhã. Ele teria que dizer que estava voltando amanhã e fugir durante a noite. Depois de ter contado a verdade para Mac.

O ímpeto de música, cor e movimento, de sons e cheiros, havia aumentado na praça. A festa estava chegando ao clímax, como se, caso se movesse cada vez mais rápido, o fim pudesse ser adiado. Como se a acentuação da alegria pudesse atrasar o retorno ao cotidiano monótono do amanhã.

Sailor andava pela rua — era mais simples do que ser empurrado para fora do meio-fio pela multidão nas calçadas. Passou pela esquina do Tio Vivo, Pancho suando de trabalho; Ignatz e Onofre tocando mecanicamente. Passou pelas barraquinhas de palha, passando pelo chili e pelo refrigerante e pelos canários de papelão balançando nas varetas esguias. Passou pelo homem do balão. Abriu caminho para os carros de burro e para os cavalos com seus cavaleiros fantasiados, até passar pela esquina onde músicos ambulantes cantavam para suas pequenas plateias.

— Olá, Sailor.

Ela deu uma risadinha ao dizer aquilo, deu uma risadinha e parou no caminho dele. Era Rosie, com maquiagem na boca e nas faces, um convite nos olhos pretos e no balançar do corpo imaturo. Ela estava de braços dados com outra menina hoje, uma menina tão exuberante quanto as rosas ardentes no seu cabelo, uma menina com cabelo preto ondulante e seios fartos e quadris largos. Uma menina de pescoço sujo, boca cheia de chiclete e belos olhos grandes.

— Procurando Pila? — perguntou Rosie com um risinho.
— Não — respondeu ele, e tentou dar a volta nelas.
— Aposto que Pila está procurando você — disse Rosie.

Ele a empurraria, aquela ordinariazinha, se ela não saísse da frente. Ela e a bela bagunça ao seu lado. Sailor tentou passar de novo.

— Aposto que ela está procurando você para se despedir. — Rosie riu.

Ele parou.

— Pila vai para algum lugar?
— Vai. — Ela evidentemente não conseguia falar sem aquela risadinha idiota.
— Para onde?
— Ela vai para casa — respondeu Rosie. — O pai dela chegou para levar ela para casa. Para San Idelfonso. Eles são índios. — A risada dela ficou mais alta, depois mais baixa, como o som de uma flauta.
— Eu sei — retrucou Sailor. — Quando ela vai?

Ele lhe devia um refrigerante, ou outra volta no carrossel, ou um permanente. Tinha prometido.

Rosie deu de ombros.

— Eu não seeei — cantarolou ela com seu sotaque. — Talvez hoje à noite.

Ele tinha ficado interessado; ela não esperava isso. Achou que ele iria rir de Pila também. Sailor queria puxar aquele cabelo frisado, arrancar a maquiagem da sua boca.

A outra garota o encarou com seus olhos pretos lentos.

— *Muy macho* — falou com a voz arrastada.

Foi só então que Rosie se lembrou dela, e se alegrou.

— Essa é a minha amiga, Jesusita. Sita, esse é o Sailor de quem lhe falei.

— *¡Hola!* — falou Jesusita, com aquele mesmo olhar.

Se ele fosse ficar aqui, com tempo livre, poderia passar um tempo com aquelas duas. Poderia dar à desleixada um olhar astuto. Por ela valeria a pena uma visita ao parque do prédio do governo. Mas ele estava dando o fora. Não precisava brincar com moças desleixadas; poderia escolher a mulher que quisesse na Cidade do México.

— Diga a Pila que quero vê-la antes que vá embora — retrucou ele, e passou por elas às pressas, se afastando da praça da Fiesta, cruzando o quarteirão e virando a esquina para a lanchonete. Não olhou para trás. Não sabia se Rosie tinha qualquer intenção de passar o recado adiante, nem se Pila poderia se desvencilhar do pai para uma última tarde da Fiesta na praça.

Sailor caminhou rapidamente para o restaurante. Não estava lotado àquela hora do dia. Se Pila ficasse até aquela noite, ele poderia lhe dar o dinheiro para um permanente. Com o dinheiro do Senador. Naquela noite ele já teria conseguido a grana. Tinha quarenta dólares sobrando e um bolso cheio de trocados. Não era muita coisa. Não o suficiente para cuidar de Pancho e de Pila como gostaria. Era o suficiente por enquanto. Estava economizando dinheiro, dormindo, comendo e se cuidando como os nativos. Se alguém tivesse lhe falado, antes de deixar Chicago, que ele iria dormir com um *chicano* operador de carrossel e agir como um benfeitor para uma indiazinha durante a Fiesta, Sailor teria respondido que estavam malucos. Se alguém lhe dissesse que estaria em uma Fiesta, ele nem saberia do que estavam falando. Viajar com certeza ampliava os horizontes, que surpresa. Essa era apenas mais uma das ideias mesquinhas do Senador. Talvez ampliasse se você tivesse os cinquenta mil de sua falecida esposa para gastar.

Ele pagou a conta, enfiou um palito na boca. Do lado de fora, ele jogou o palito no chão. O Senador o havia ensinado muito bem. Sailor caminhou de volta pela rua, sem pressa. Isso era tudo que ele tinha que fazer agora: matar tempo. Até as dezessete horas. Ainda não eram quinze.

## CAPÍTULO 3

As nuvens se assomavam sobre a catedral, não nuvens de tempestade, grandes nuvens brancas, macias e fofas como marshmallows. O sol estava quente, o céu de um azul ardente. Se tivesse um quarto, tiraria uma soneca. Quando chegasse à Cidade do México, arranjaria o melhor quarto, no melhor hotel, e dormiria por uma semana. Ficaria na banheira por mais uma semana.

Ele não queria voltar para a praça, mas não havia outro lugar aonde ir. A menos que voltasse ao La Fonda e se sentasse no saguão. E conversasse com Mac. Ele nunca encontraria Pila no saguão do La Fonda, e queria dizer adeus à garota. Ele se perguntou quanto custaria um permanente. Não era culpa dela que o Senador tivesse fugido de novo na noite anterior. Ela ficaria horrível com um permanente.

Sailor perambulou pela rua, esquivando-se automaticamente das crianças, os ouvidos cheios da cacofonia de barulho, música e falação, cantoria, risos e choros, todos os tipos de barulho misturados no grande estrondo que era a Fiesta. Seguiu até a esquina onde a Fiesta estava mais ruidosa, onde Pancho fazia Tio Vivo galopar em suas voltas animadas. Pancho era um cara engraçado. Não tinha um motivo para ser feliz, mas estava sempre feliz. Não se importava em chegar a lugar algum. Não se importava onde dormia ou com o que vestia ou com o que colocava no estômago.

Um cara engraçado. Sailor se perguntou o que Ziggy acharia de Pancho. Ziggy estudava pessoas, descobria o que as fazia agir como agiam. Sailor deu a volta na parte de trás do carrossel e encostou-se à cerca. As crianças não estavam daquele lado, se aglomeravam perto do portão. Dali ele podia vigiar Pancho sem que ele percebesse. Observar os grandes músculos tensionando-se sob a camisa suada. Ele não conseguia entender Pancho. Trabalhando como um boi em troca de moedas. Não pelas moedas, mas para fazer um monte de crianças felizes. Talvez fosse por isso que Pancho era feliz, porque fazia os outros felizes. Fazia até um estranho de amigo. Um cara engraçado.

Enquanto estava encostado lá, viu Pila. Estava do outro lado, atrás das crianças, observando Tio Vivo. Ele não a reconheceu a princípio. Não estava de fantasia; usava um vestido azul simples, do tipo que as crianças usam em orfanatos, com o colarinho branco e botões grandes na frente. Seu cabelo estava preso em tranças e ela parecia a criança que era. Sailor deu a volta até ela o mais rápido que pôde, empurrando a multidão de crianças, e parou atrás dela.

— Eu te pago uma volta no cavalo rosa — disse.

Ela se virou devagar.

— Não. Meu pai está me esperando. Para me levar para casa.

— Te pago um refrigerante. Um refrigerante rosa. — Ele segurou o braço dela. — Pode levar, beber no caminho para casa.

Sailor a levou por entre a multidão, saindo do parque, até a barraquinha. Colocou a moeda no balcão.

— Rosie disse que você queria me ver — disse Pila.

Ele colocou a garrafa de refrigerante na mão dela.

— Aham. Sobre aquele permanente.

Os olhos dela ficaram fixos no rosto de Sailor. Os olhos da criança na frente da loja de bicicleta. Não desesperançados, simplesmente sem esperança.

— Quanto custaria?

— Por três dólares Rosie faz o permanente dela.

As coisas eram mais baratas naquele fim de mundo. As moças que o Senador conhecia em Chicago pagavam vinte dólares.

— Negócio fechado — falou ele com um sorriso, tirou as notas do bolso, puxou uma de cinco, depois outra.

Ela olhou para o dinheiro na mão de Sailor, mas não tocou nele.

— Pode pegar — insistiu ele. — Eu prometi, não foi?

— Não custa tanto assim.

Sailor colocou as notas na mãozinha marrom dela.

— Depois que você fizer o permanente, vai precisar de um vestido novo, não? — Ele baixou os olhos para os sapatos de órfão dela. — E sapatos.

— Meu pai...

— Não precisa contar nada para o seu velho, né?

Ela enfiou as notas no bolso, amassando-as com o punho.

— Obrigada.

Ela não sorriu nem pulou como Lorenzo. Se alguém tivesse dado a bicicleta vermelha para Sailor em frente à vitrine da Field's, ele também não teria pulado por aí. Teria ficado ali parado, dizendo "obrigado" como se não tivesse mais nenhuma palavra no seu coração.

— Tenho que ir com meu pai — disse Pila.

— Claro. — Ele seguiu ao lado dela.

Pila apertava a garrafa de refrigerante junto ao vestido azul.

— Não sei por que você quer um permanente — comentou ele, só por falar. Só por curiosidade.

Ela olhou para ele. Como se ele fosse o Senador.

— Para eu poder ir para a cidade e trabalhar. Que nem a Rosie, que ganha cinco dólares por semana para limpar casas. Eu sei limpar melhor que Rosie, aprendi na escola. De noite Rosie vai ao cinema e a bailes...

As luzes brilhantes da grande cidade caipira. Um permanente e um vestido novo e trabalhar como Rosie. Encontrar garotos à noite. No ano seguinte, o velho não poderia dizer nada. Deitar-se com garotos no gramado do prédio do governo. Como Rosie.

— Olha — disse ele, agarrando o braço dela de forma que o refrigerante quase caiu. Pila conseguiu segurá-lo e o apertou com ainda mais força. — Olha — repetiu. — Não faça isso. Fique onde está. Fique no *pueblo*. Case-se se precisar, mas fique lá. Com o seu povo. Encontre um rapaz lá, um rapaz legal. Um rapaz que o seu velho aprove. Você não é daqui, Pila. É boa demais para ser como Rosie.

Sailor não sabia do que estava falando. Era como uma mãe sábia dando conselhos. Ele não sabia por que estava com medo, do que tentava protegê-la. Ela faria o que quisesse. Mas ele podia tentar.

— Não se esqueça do que estou te dizendo. Fique no seu lugar. — Ele estava tentado explicar a ela. — A Fiesta só dura três dias. Depois disso, Zozobra não está mais morto.

Talvez ela entendesse. Talvez ela pensasse nisso. Ele não diria mais nada. Estavam no final do muro do museu, e ela se virou para ele.

— Adeus.

Sailor não avançaria com ela, percebeu. Ele a observou atravessar a rua e caminhar até uma caminhonete em frente ao Museu de Arte. Pila subiu na traseira. Já havia um bando de crianças lá dentro, e duas mulheres com xales de chita na cabeça. Um dos dois homens encostados na lateral do caminhão devia ser seu pai. Os dois pareciam com todos os homens naquela área: jeans velhos, camisas velhas, chapéus surrados. Rostos marrons magros. Ambos subiram na frente da caminhonete. Sailor ficou observando enquanto o carro dava ré, sacudindo e fazendo barulho. Ela não acenou em despedida; não sabia que Sailor estava lá observando. Ela estava bebendo refrigerante rosa.

Ele tinha tentado. Não sabia por que tinha dado dez dólares para ela. Dez dos quarenta, sobraram trinta. Não era muito dinheiro. Talvez ele tivesse pensado que Pila lhe daria sorte. Talvez estivesse pagando pelo olhar nos seus olhos, o olhar que lhe assustara. Porque sabia demais, sabia o que tinha acontecido e o que ia acontecer; o olhar que lhe negava a existência porque, com o tempo, com o tempo dos índios, ele não existiria mais. Ele tinha pagado; não era culpa dele se saísse pela culatra. Se ela se transformasse em Rosie na próxima Fiesta. Ele havia avisado. O resto era com ela.

E se alguém tivesse avisado a Sailor para seguir no caminho certo quando tinha catorze anos? Tinham feito isso. Mac tinha feito isso. Sailor afastou o pensamento. Talvez Pila ficasse melhor se deixasse o lixão onde morava e o velho que batia nela e viesse para a cidade de luzes brilhantes. Não havia nada de errado em tentar melhorar a situação para si mesmo. Tinha funcionado para ele, mas Sailor não era nenhum garoto inocente. Ignorante, mas não inocente. Ele não era nem uma coisa nem outra agora. O Senador tinha se certificado disso.

As nuvens eram de um branco resplandecente no céu azul brilhante. A praça estava suja como as saias floridas se arrastando na poeira. No coreto, uma orquestra de crianças espanholas gritava, desafinada. Os meios-fios estavam cheios de mulheres, bebês e velhos descansando. Era de se pensar que não tinham casas para onde ir. Sailor caminhou até o Tio Vivo, tirou as crianças do caminho até chegar à cerca. Ele se sentiu bem sem motivo; se sentiria melhor se saísse da praça quente e suja e fosse a algum lugar em que pudesse beber uma garrafa de cerveja gelada. Só que não queria ficar sozinho. Nem com Mac.

Ele gritou por cima da cerca:
— Ei, Pancho!

Ele ouviu. Deu mais algumas voltas na manivela e deixou que a corda acabasse sozinha. Limpou o rosto com uma bandana azul e se aproximou da cerca.

— Que tal uma cerveja?

— *Un tragito*. — Pancho suspirou e engoliu em seco. — Eu gostaria de uma cerveja, sim. *Muy bueno*.

— Vamos. Eu pago.

Pancho balançou a cabeça.

— Mas agora não posso ir. — Gesticulou para a horda de crianças esperando. — Volte em um pouquinho, marinheiro. Às seis da tarde, na hora da janta, não tem tantas crianças aqui. Ignacio consegue fazer quando não tem tantas.

— Tudo bem.

Ele tinha que dizer "tudo bem". Pancho já estava se arrastando de volta ao trabalho.

Bem, ele poderia comprar uma garrafa para si. Nada de errado com isso. Poderia se sentar na Placita, atrás do muro de proteção. Debaixo de uma árvore. Só que encontraria Mac, e era melhor não encontrar Mac. Poderia ir ao Keen's. Era a disputa entre Mac e o símio; a disputa entre o luxo e um bar enfumaçado e fedorento. Ele foi para o La Fonda. Podia lidar com Mac. E o Senador podia estar recuperado, esfriando a febre com uma cerveja na Placita.

O saguão ainda parecia uma convenção; a cantina mais parecia o metrô na hora do rush. Ele atravessou do mesmo jeito. A Placita não estava muito melhor, mas não era tão barulhento. E nem fedia. Em frente à lareira aberta havia um violonista e um cantor que estavam no tom. Não havia mesa livre, não naquele momento. Meia dúzia de fantasiados esperavam uma mesa vagar. Sailor não esperou. Atravessou o lugar até um grupo que estava para sair e, quando se levantaram, ele se sentou. A multidão na entrada não gostou, mas ele não se importou. A loira atrevida estava servindo as mesas de novo naquela área. Quando ela passou a saia engomada por ele, Sailor perguntou:

— Que tal uma bela garrafa de cerveja?

Ela assentiu. Tinha mesas demais para servir e demoraria muito para voltar com a cerveja, mas Sailor não ligava. Estava confortável. O Senador não estava por perto nem ninguém do seu grupo. As pessoas aqui se divertiam sem achar que precisavam fazer uma barulheira que nem os caipiras do bar. Sailor empurrou o chapéu para trás. Podia ficar sentado ali até cinco horas da tarde, se quisesse. A loira finalmente trouxe a cerveja e serviu metade em um copo. Despejou certinho, devagar, acertando o colarinho.

— Da próxima vez que vier para esses lados, que tal trazer outra? — Ele pensou ter visto ela questionar as cadeiras vazias e disse: — Estou esperando amigos.

— Mal posso esperar para a Fiesta acabar. Este lugar está uma loucura.

— Verdade. — Ela não estava tão animada quanto no dia anterior; havia olheiras de cansaço sob seus olhos. — Por que não bebe uma comigo?

O olhar dela era paquerador.

— Bem que eu queria. Mas só saio às nove.

Ela queria que Sailor marcasse um encontro. Não estava sendo oferecida, e sim convidativa. Ele fingiu tristeza.

— Vou embora antes disso.

— Não vai ficar para o Baile? — Ela estava enrolando, descansando um pouco. Descansando os pés e a cabeça.

— O que é isso?

— Tem um grande baile no final. E as pessoas vão dançar na praça.

Ele balançou a cabeça.

— Não posso. Tenho que terminar meus negócios e seguir em frente.

Ela riu.

— Se você está aqui a negócios, é o único que está aqui a negócios. — Ela ajeitou a saia engomada. — Trago a cerveja quando puder.

— Traga duas.

Sailor não tinha visto Mac. O policial estava sentado ali, à mesa; a garçonete bloqueara a visão dele até se afastar.

— Se importa se eu me sentar com você, Sailor?

— Não — respondeu ele, amigável. Como se não se importasse. — Está bem cheio, talvez você tenha que esperar um pouco pela cerveja.

— Posso esperar — disse Mac. Era McIntyre. Ele podia esperar, por uma cerveja, por um suspeito, ou por uma história de que estivesse atrás. — Como você conseguiu uma mesa, Sailor?

— Roubei. — Ele ergueu o copo. — Não se importa?

— À vontade. — Mac acendeu um cigarro e colocou o maço na mesa. — Sailor?

— Tenho o meu, obrigado. — Ele baixou o copo. A cerveja estava boa. Ele acendeu um cigarro e deixou seu maço na mesa também. Mac não era como o Senador, não iria roubá-lo. — Viu o Senador?

— Não.

— Descobriu onde ele está?

— Sim.

— Onde?

— Não pode falar com ele, Sailor. O médico mandou. Não é para ele ver ninguém. Por isso mudou de quarto.

Se Mac dissesse onde ele estava, Sailor iria atrás dele. Médico nenhum impediria.

— Qual o problema dele?

— Exaustão nervosa.

A risada de Sailor foi um som vulgar.

— Essa é nova.

Mac sorriu, um sorriso leve. Então o sorriso morreu.

— Você estava na casa do Senador na noite que a sra. Douglass foi morta.

— Que nada.

Ele serviu mais cerveja no copo, devagar e com segurança, observando as bolhas cor de âmbar se transformarem em espuma branca como as nuvens alvas como neve.

— Digitais não mentem.

Sailor tomou um gole confortavelmente.

— Eu ia muito lá. Mas não naquela noite.

— Você não ia muito lá — negou Mac, baixinho.

A loira trouxe mais duas garrafas e o troco.

— Obrigado, querida — disse Sailor. Deixou uma moeda de 25 centavos e uma nota na bandeja pelas garrafas.

Mac estava se servindo da própria garrafa.

— O Senador não levava seus colaboradores para casa.

— Eu era o secretário confidencial dele — apontou Sailor.

— Você não esteve lá naquela semana. As vidraças tinham sido lavadas na terça. Suas digitais estavam na porta de vidro.

Ele tinha usado luvas. Mac queria que dissesse que estava de luvas. Ele não deixou McIntyre ter qualquer ideia de que queria socá-lo por tentar uma coisa dessas com ele.

— Então você arrumou uma testemunha disposta a cometer perjúrio — comentou Sailor, ousado.

— Quando chegar a hora, tenho algumas boas testemunhas — devolveu Mac.

— Então o que está esperando? — quis saber Sailor. — Se tem tantas testemunhas ótimas assim, se acha que pode desmentir meu álibi, o que está esperando?

Ele tinha deixado a raiva dominá-lo, e não devia ter deixado. Bebeu um gole para esfriar a cabeça.

Mac estava calmo como um lago.

— Claro, eu poderia ter te prendido. Em Chicago, semanas atrás. Mas eu não quis, Sailor. Porque quero pegar o homem que a matou. — Sailor relaxou. — Você sabe quem a matou. Eu também sei.

Sailor permaneceu em total silêncio.

— Mas, até você me falar, eu não posso pegá-lo. — Mac concluiu, como se não fosse nada: — Um secretário confidencial sabe muito do que acontece.

— Mas não dá com a língua nos dentes.

— Nem depois de se demitir? — perguntou Mac.

— Você acha que eu me demiti?

— O Senador diz que você a matou.

Sailor ficou possesso de novo, aquele mentiroso sujo do Senador. Mas fechou a boca.

— O que você me diz?

— Eu digo que não matei. Eu não matei. Você pode me prender, mas nunca vai provar que eu fiz isso. Porque não fiz.

— Que tal outra cerveja? — perguntou Mac.

Sailor tocou a segunda garrafa.

— Eu estou bem. Mas pode pedir outra.

Ele olhou em volta em busca da loira, mas não a viu. Viu outra loira. Estava no canto e sua cabeça brilhante estava inclinada junto a de um cara loiro bonito, a cabeça dele inclinada para a dela. Não era o grosseirão do Prague. Seus ombros se tocavam. Debaixo da mesa, talvez seus joelhos estivessem se tocando também. Talvez mais do que os joelhos. Porque no olhar deles havia saudade. Não estavam sorrindo um para o outro; não estavam felizes.

Sailor poderia contar a história toda para McIntyre agora mesmo. Então poderia se aproximar e dizer para Iris Towers e para o jovem: "Está tudo bem agora. O Senador está fora disso". Mas não fez isso. Disse para Mac:

— Preciso ver o Senador. Me dê dez minutos sozinho com ele e eu falo.

Mac devia ter se animado com isso, mas não. Pareceu tão feliz quanto Iris Towers.

— Eu prometo.

— Acho melhor você não ver o Senador — disse Mac.

— Por que não?

Ele tinha oferecido um bom acordo para Mac; era bom que Mac aceitasse, não que começasse a arrumar problemas. Mac precisava dele, era melhor entrar no jogo.

— Não acho que seja seguro. — Mac encarou Sailor bem nos olhos. O chapéu espanhol não parecia mais engraçado; era o chapéu de um policial.

— Eu não estou preocupado — respondeu Sailor, confiante. — Consigo me cuidar.

— Não é com isso que estou preocupado — declarou Mac. — Você pode se cuidar contra qualquer pessoa, sabe disso. Mas será que sabe se cuidar contra si mesmo?

Sailor entendeu, não era burro. Mac não confiava que Sailor não fosse usar a arma.

— Não quero que nada aconteça ao senador Douglass. Eu disse isso antes. Além disso, não quero que nada aconteça com você. — Ele tomou um longo gole de cerveja. — Por que deveria me preocupar com isso, eu não sei, Sailor — disse ele, daquele seu jeito quieto. Como se estivesse pensando nisso pela primeira vez. — Todos esses anos, todas as vezes em que tentei te ajudar, te orientar da maneira certa, era como se estivesse falando com as paredes. Não sei por que pensei que valia a pena salvá-lo. Por que ainda penso assim.

O sol tinha se posto, já dava para sentir uma brisa fria fraca pela Placita. Do outro lado do muro, ecoando da praça, ouvia-se o canto, o canto alegre e selvagem: "*...alia en el Rancho Grande, alia donde vivía...*". Vozes gritaram. A Placita estava sendo tomada por uma luz lilás. Iris Towers e o rapaz estavam ainda mais próximos. O tilintar e os sons do Tio Vivo eram um som cintilante distante. E em algum lugar havia um tambor abafado e repetitivo.

— Talvez porque eu poderia ter sido como você. Se a pessoa errada tivesse me controlado quando eu era jovem. Se o Demônio tivesse me tentado, talvez eu tivesse caído em tentação, como você.

Mac estava falando como um pastor de novo.

— Você está livre dele agora, Sailor. Ainda é jovem, essa parte já acabou. Você não deve cometer um erro agora.

— Eu não vou machucá-lo — disse Sailor com um sorriso.

— Você não sabe disso — retrucou Mac. — Pode acontecer. É melhor não arriscar.

Ele não ia matar o Senador. Tudo o que ia fazer era pegar a grana que lhe era devida. Não precisava matá-lo; Mac e o estado de Illinois cuidariam disso. Sailor riu.

— Você me entendeu errado, Mac. Eu não roubaria o Senador de você. Não estou tentando derrubá-lo.

Sailor enfiou a mão no bolso direito. De repente, quis se explicar para Mac. Se Mac podia ter sido ele, ele podia ter sido Mac. Sempre estiveram ligados, um de um lado, outro do outro, como um homem partido ao meio. Talvez estivesse se explicando para si mesmo.

— Olha, Mac — começou. — Você não tem que se preocupar comigo. Eu nunca usei uma arma na minha vida, tirando quando fui obrigado, para me proteger. — Tirando uma vez. E não funcionou. Não contou. — Contra caras que você mesmo teria atirado. Eu nunca matei ninguém. São os capangas que lidam com essa parte.

Ele era bom demais para essas coisas de capanga. Era da parte boa da cidade, um secretário confidencial. Mac já devia saber disso.

Mesmo assim Mac não confiava nele.

— Como você sabe o que vai fazer com uma arma no bolso? Às vezes, a pessoa errada acaba no caminho. Uma arma é uma coisa ruim de se ter à mão, Sailor. Eu não gosto de armas. Não ando com uma desde que parei de fazer ronda nas ruas.

Que bom para Mac. Armas não preocupavam Sailor. Ele falou com confiança:

— É para proteção, só isso.

— Eu posso te oferecer uma proteção melhor — argumentou Mac. — Se você me contar o que houve naquela noite, vou garantir que você esteja protegido.

Mas Mac não podia lhe dar cinco mil, nem mesmo mil dólares. Mac não tinha esse tipo de grana. Era um cara bem legal, considerando que era policial, mas não era esperto com dinheiro. Era honesto. Nunca estaria ostentando na Cidade do México, vestido com um terno branco de Palm Beach, pedindo coquetéis de champanhe para uma garota como Iris Towers. Não era esperto assim. E Mac não ajudaria Sailor a encontrar o Senador. Estava sozinho nessa. A luz lilás estava se aprofundando.

— Eu tenho um encontro. — Sailor lembrou de repente.

Mac estava tenso, pronto para ir atrás dele.

Sailor riu.

— Não com o Senador. Com um amigo. Para beber uma cerveja.

Mac relaxou.

— Pense nisso, Sailor. Vou estar bem aqui.

— Pode deixar.

Ele já tinha pensado em tudo aquilo. Ia encontrar o Senador nem que tivesse que falar com Iris Towers para conseguir isso. Nem McIntyre, nem qualquer outro poderia impedi-lo.

# CAPÍTULO 4

O crepúsculo estava enfeitado com as primeiras estrelas e as luzes da praça. Sailor foi até o redemoinho que era o Tio Vivo. Estava atrasado. Espiou por cima da cerca. Ignacio girava a manivela. O velho Onofre tocava. Nenhum dos dois tinha a alma de Pancho; Tio Vivo estava sem ânimo e a música era sem graça. Sailor gritou por cima do burburinho da Fiesta:

— Cadê o Pancho? Ei, cadê o Pancho?

Ignacio o ouviu. Deu de ombros.

— *Quien sabe?*

Bem, ele poderia falar com Pancho mais tarde. Afastou-se, mas antes de chegar ao meio-fio, esbarrou no grandalhão. Tinha uma mancha de chili no queixo sujo e um cheiro de alho capaz de derrubar qualquer um.

Pancho sorriu.

— Ah, Sailor? Onde você estava? — Suas mãos deram tapinhas nos ombros de Sailor com ternura.

— Me atrasei. Negócios — disse Sailor. — Escute, vamos tomar um *tragito* mais tarde. — Ele saiu do abraço e tirou uma nota do bolso. Uma de dez. Não importava; ele daria um jeito naquilo daqui a pouco. — Tequila, que tal?

Os olhos castanhos de Pancho deram uma olhada feliz na nota.

— Tá bom — respondeu ele.

Uma festa de despedida com seu anjo da guarda, Pancho. Que anjo. Um *cucaracha* velho e sujo que dava corda em um carrossel.

— Tá bom — repetiu Sailor.

Ele se sentiu bem saindo da praça, passando por cima do meio-fio e entrando na rua. Sem prestar atenção às pessoas do local. Elas não eram tão ruins, só não se divertiam muito. Não era de admirar que aquela Fiesta falsa lhes parecesse boa. Ninguém poderia se divertir muito vivendo naquela cidade minúscula. Sailor iria embora amanhã. Não para Chicago, mas para a Cidade do México, que seria ainda melhor. Claro que sim; sem mais sujeira, frio e suor; nada mais de pular sempre que o Senador levantava o dedo mindinho. Como Mac dissera, estaria começando uma nova vida, que poderia ser da maneira que quisesse. Ele ia ficar bem com a grana do Senador.

Voltou ao hotel. Tentou o quarto do Senador primeiro. Sem sorte. A vagabunda de cabelo amarelo-acinzentado estava sentada à escrivaninha. Ele perguntou educadamente:

— Pode me dar o número do quarto do senador Douglass?

Ela passou a informação como se aquilo a machucasse fisicamente.

— Ele não está no quarto agora — explicou Sailor. — Acabei de ligar.

— Bem, não sei onde ele está — respondeu ela, mal-humorada.

Alguém deveria enfiar a mão na cara dela. A mulher bem que podia aprender algumas boas maneiras com os *cucarachas* ou os índios. Ela provavelmente vinha de uma cidadezinha do Kansas, tão pequena que pensava que aquilo ali era uma metrópole. Que aquele hotel era o Palmer House.

— E o quarto de Iris Towers? — perguntou ele.

Ela lhe lançou outro olhar sórdido. Um dia, ele voltaria ali e alugaria a maior suíte do lugar e faria com que ela fosse demitida. Ligou para o quarto.

A voz de um homem respondeu:

— Alô?

**O CAVALO COR-DE-ROSA**    245

Não era o Senador. Era uma voz jovem. Um pouco bêbada.

— Estou tentando falar com o senador Douglass. Poderia me dizer onde posso encontrá-lo? — perguntou Sailor. Ele falava como se fosse um playboy rico. Casual e um pouco entediado.

— Sinto muito — respondeu o sujeito. — Não sei onde ele está.

Sailor perguntou, antes que o homem desligasse:

— Posso falar com a srta. Towers, por favor?

O sujeito ficou relutante.

— Bem... — disse. E então Iris Towers estava ao telefone. Sua voz era rouca e distante. Meio sem fôlego. Como se tivesse sido interrompida.

— Sabe onde posso encontrar o senador Douglass? — questionou Sailor.

— Não, me desculpe. Quem está falando?

Deu a ela um nome falso. O Senador estava escondido no quarto de Iris. Sailor tinha certeza disso. Ela não teria levado um bêbado para seu quarto se fosse mesmo o seu quarto. Não era desse tipo. Ela e o Senador haviam trocado de quartos. Mas ele estava empacado de novo. Não poderia ter sua conversa com o Senador com Iris Towers presente.

Ela não ficaria lá a noite toda, cuidando do Senador. Não estava apaixonada por ele. De alguma forma, o Senador a hipnotizara, como fizera com outros. Mas ninguém ficava assim para sempre. Todo mundo se dava conta depois de um tempo. Descobria que o Senador era frio como aço, que estava usando você. Mesmo um grosseirão como Sailor compreendeu depois de um tempo. Ela iria começar a se arrumar muito em breve. Se vestir para o jantar e o grande Baile. Sairia com o jovem. Porque o Senador estava doente. Tudo que Sailor precisava fazer era esperar. Esperar até ela e o jovem descerem. Então subiria. Moleza.

Ele se afastou da multidão, para o portal dos fundos. Não havia lugar para se sentar. A orquestra mexicana, com cetins e veludos, tocava para a multidão bem-vestida no salão Novo México. Uma corda de veludo carmesim afastava a multidão, como se fosse o restaurante Pump Room. Se fosse o Pump Room, Sailor poderia atravessar a corda, pois haveria uma mesa. Ele era um dos homens do Senador.

Também havia seguranças no pátio externo. A fonte chapinhava, e os balanços rangiam preguiçosamente. Os ternos brancos dos garçons brilhavam sob o holofote azul, os gerânios eram escuros e perfumados. O riso transbordava do chafariz, o riso de quem era jovem e protegido pelas melhores famílias e belas casas com gramados verdes, de quem nasceu nos lugares certos. Risos de quem não tinha negócios a fazer aqui, nada além de aproveitar a Fiesta.

Ele ficou ali, encostado na porta, entre o pátio e o portal. Não ficou surpreso quando Mac se juntou a ele.

Mac perguntou:

— Que tal jantarmos?

— Muito cedo.

— Tenho uma mesa no salão de jantar — informou Mac. Ele foi em frente, mas deixou a fome para trás.

Sailor não precisava ficar ali, esperando. Poderia tirar uma hora para comer. Matar o tempo, se alimentar e dormir. Descansar um pouco. Não havia outra maneira de fazer isso durante a Fiesta. Ela levaria um tempo para se vestir. O salão Novo México tinha um cheiro melhor do que uma espelunca engordurada. Ele poderia escapar fácil de Mac mais tarde.

Não pensou mais nisso. Seguiu o mesmo caminho que Mac. Não era o salão Novo México; era o salão de jantar principal. Outra corda, outra multidão, mas ele passou por ela.

— A mesa do sr. McIntyre.

Ele esperava que Mac tivesse mencionado que um amigo poderia se juntar a ele para a garota alta na porta. Sim, mencionara. Mac lançou um olhar divertido para Sailor quando ela o levou à mesa.

— Não é muito cedo agora?

Sailor levou na esportiva.

— O tempo com certeza passa rápido durante a Fiesta. — Como se o tempo não tivesse se arrastado nos últimos dias.

Mac ergueu o menu.

— Quer um drinque? Esqueci, você não bebe. — Ele chamou a atenção de um simpático hispânico que usava um terno escuro. — Um martíni, por favor.

— É claro. — O sujeito sorriu. Ele não tinha sotaque. — E o senhor?

Sailor assentiu.

— Vou comemorar com você, Mac. Dois martínis. — O sujeito o fez se sentir em casa. Dois sujeitos da cidade em uma sala cheia de fantasias berrantes. Até as garçonetes estavam fantasiadas. O homem também era educado, não como a velha bruxa do hotel. Ela poderia fazer bom uso de uma dose de sangue espanhol.

— Indo para o Baile? — perguntou Sailor a Mac.

— Não, acho que não. E você?

Mac ficaria no cangote do Senador esta noite. Sailor sorriu por dentro. Não seria perto o suficiente. Ele não sabia em que quarto o Senador estava.

— Talvez — respondeu Sailor, como se tivesse uma garota em algum lugar. Uma adorável garota prateada, não uma criança índia, ou uma vagabunda magricela com cabelos frisados, ou uma desleixada com olhos sensuais e pescoço imundo.

O simpático hispânico de terno conduzia um garoto bobo em um terno branco disforme para a mesa deles. O garoto tinha cara de índio. Ele segurava a bandeja de martíni como se tivesse certeza de que iria derrubá-la. Mas conseguiu, colocando os drinques na mesa. Só derramou um pouco das bebidas.

Mac ergueu o copo.

— *Viva las Fiestas!*

— *Viva las Fiestas* — repetiu Sailor.

O martíni estava frio, seco e certo. Quando chegasse à Cidade do México, começaria a tomar um drinque antes do jantar. Dava uma sensação de luxo tomar um drinque em uma sala de jantar cheia de alegria. Deixou de beber por muito tempo para cuidar dos negócios do Senador.

Poderia fazer o que quisesse a partir de agora. Seria seu próprio patrão amanhã. *Mañana*.

— Também começou a fazer isso — comentou Sailor.

— O quê? — Mac fazia o pedido.

— Falar espanhol. *Viva las Fiestas. Mañana. Mi amigo.* Quem diria que estaríamos conversando em espanhol juntos?

Mac entregou o pedido para a mocinha escura. Suas saias farfalharam e se afastaram.

— É um mundo engraçado — disse Mac.

Sailor continuou falando. Não queria que Mac voltasse ao caso e não queria que Mac começasse a pregar. Queria aproveitar aquela hora.

— Sim, é engraçado. Quando vim para cá, achei que eram apenas um bando de *chicanos* sujos. Um bando de imprestáveis. Mas dê uma olhada em Pancho.

— Quem é Pancho?

— O cara que cuida do Tio Vivo. — Ele pensou que Mac conhecia Pancho. Então percebeu que Mac conhecia, só não sabia o nome dele. — Eu o chamo de Pancho. Pancho Villa. Ele tem um longo nome espanhol. Don José sei lá o quê. Diz que é descendente de um *conquistador* da época em que a Fiesta começou. Ele se parece mais com Pancho Villa para mim.

Mac sorriu.

— Parece mesmo.

— Bem, dê uma olhada em Pancho. Ele vive imundo. Aposto que não toma banho nem uma vez por ano. Provavelmente nunca escovou os dentes na vida. Mas é um bom *hombre*. Faria qualquer coisa por você se fosse *su amigo*... — Ele se interrompeu. — Lá vou eu de novo, pensando em espanhol. — Ele tomou outro gole. — Não porque ele quer algo de você, mas porque quer fazer algo por você. Esse é o tipo de sujeito que Pancho é.

Mac assentiu.

— Talvez eles não sejam todos tão simples assim. Mas não te tratam mal. Sorriem para você. Mesmo quando você não fala a língua deles, não te tratam mal. Não da maneira como nós os tratamos quando chegam às nossas cidades.

— Eu sei — disse Mac. — Pensei em algo mais ou menos parecido. Nós somos os forasteiros, mas eles não nos tratam como forasteiros. São tolerantes. Só que são mais do que tolerantes. Como você disse, são amigáveis. Eles nos dão um sorriso, não desprezo.

Sailor pensava em Pancho. E estava falando demais, talvez fosse culpa do martíni.

— Eles são pobres. Não é bom ser pobre — falou Sailor, citando Pancho. — Mas se você tem que ser, é melhor ser neste país, acho. Onde nada importa muito.

Sailor ficou um tanto surpreso ao ouvir aquelas palavras saírem da sua boca. Se tivesse que ficar ali, aquela terra estrangeira iria conquistá-lo, assim como conquistava todo mundo. Ele próprio seria um homem *mañana*; não teria mais ambição do que Pancho. Começaria a acreditar, como Pancho, que ambição e orgulho não levam a nada, apenas a ser enganado por gringos avarentos. Melhor esquecer a grandeza e a glória, cantar, dançar e trabalhar um pouco, beber *un tragito* nos sábados à noite, ir à missa nos domingos de manhã. Melhor ser feliz na sua vidinha do que ser importante. Você poderia manter o orgulho porque era tudo que lhe restava; não saberia que era apenas uma palavra que aprendeu há muito tempo.

Foi isso que os índios fizeram com o intruso, foi assim que o reduziram à inexistência. Os índios e a terra eram um, fortes, imutáveis, invencíveis.

O terror paralisante que Sailor conhecera quando criança diante de uma escultura era um arrepio dentro dele agora. Pois aquele pedaço inanimado de mulher sabia então que o mundo dele, esquálido e miserável como era, não era a rocha que ele pensava ser. Ela sabia que a rocha iria se desintegrar, que, com o tempo, haveria o Senador, e o Senador fugiria dele, e ele seria levado para aquela terra estranha. Ela não tinha avisado, não sentia pena ou se vangloriava; apenas sabia. Sailor, de todas as crianças no Museu de Arte naquele dia, ficaria preso em uma terra onde ela sabia que ele não existia.

Ele estava ficando desequilibrado. Por que continuava pensando em armadilhas? Por que não tinha parado de pensar em armadilhas desde que tinha ido parar ali? Um pedaço de terra não poderia prender um homem. Mesmo que se espalhasse como a eternidade pelo mundo inteiro até ser impedido pelas montanhas. Ele não estava preso. Estava indo embora.

Sailor não sabia do que McIntyre estava falando. Apenas ouviu o que o policial estava dizendo agora.

— É bom para a gente ver como outras pessoas vivem. Ficamos terrivelmente limitados nas nossas próprias vidinhas. Passamos a pensar que somos tão importantes que ninguém mais importa. Esquecemos que todos importam, que todos neste planeta importam tanto quanto nós.

Sailor respondeu:

— Sim. Você tem razão, Mac. — Ele sorriu. — Mesmo assim, por melhores que sejam essas pessoas, estou grato por não ter que morar aqui. Prefiro Chicago, nos Estados Unidos da América. — Ele começou a comer.

— Nós estamos nos Estados Unidos — respondeu Mac.

— Mas de jeito nenhum esse lugar é os Estados Unidos. Não importa a bandeira que eles hasteiem. — Mac não sabia o segredo. — É uma terra estrangeira. Não pertencemos a este lugar.

Mac não precisava se preocupar com o segredo. Ele voltaria para Chicago. Não havia sido exilado pela maldade de um velho nefasto. Sailor também não seria exilado. Ele sairia dali e abriria um negócio no México, mas, assim que se tornasse um figurão com dinheiro suficiente para fazer a máquina funcionar, voltaria para Chicago. Suas mãos estavam limpas. Ele as manteria assim. Não iria usar a arma no Senador. Poderia pegar o seu dinheiro sem ela.

Esta era a maneira que um homem deveria comer. Bom serviço. Sem pressa. Pessoas limpas ao redor. Era assim que ele viveria de agora em diante. Livre. Não apenas como um cavalheiro resignado e o Senador pagando as suas contas. Ninguém mais iria olhar com desdém para ele.

Ambos se iluminaram. Confortáveis. Esperando pelo sorvete. Tranquilos.

— Há quanto tempo o Senador conhece Iris Towers?

Mac sabia quando você estava tranquilo. Ele nunca desligava, mesmo quando fingia estar desligado. O policial tentava somar dois mais dois; tentava tornar o assassinato um motivo para livrar-se de uma velha esposa a fim de substituí-la por uma jovem. Como se houvesse necessidade de mais motivo além de uma apólice de seguro de cinquenta mil. Mac não precisava somar até cinco; quatro era bom o suficiente.

— Eu não sabia que ele a conhecia. Até fazer esta viagem — respondeu Sailor.

— Ela é bonita.

Ela era linda como um sonho; era a única coisa adorável naquele estranho sonho.

— O Senador disse a você que ele ia se casar com a Towers?

Sailor respondeu, curto e grosso:

— Ele não me disse nada. Nunca tinha mencionado ela para mim. — Sailor não queria falar sobre esse assunto. Talvez Mac estivesse tentando alfinetá-lo. Talvez o policial soubesse como ele se sentia em relação à mulher estar envolvida com o Senador. — Sempre foram negócios, entre mim e o Senador. — Ele não sabia como fugir do assunto. — Desde que ele me contratou naquele dia no salão de bilhar. Lembra-se do antigo salão de sinuca, Mac? Eu era muito bom na sinuca até me mudar para a casa do Senador. — Ele estava se saindo bem. Sorriu. — Então aprendi bridge e buraco.

Mac não o acompanhava tão bem.

— Você cuidava dos livros-caixa.

— Esse era o trabalho de Zigler. — Mac provavelmente iria pegar os livros. Se é que já não estivesse com eles.

Não seria nada bonito. Havia imóveis demais nos livros do Senador.

— Mas você com certeza poderia explicá-los bem. Um secretário confidencial.

O sorvete chegou. E o café.

Sailor tomou o café primeiro.

— O que você quer, Mac? Um escândalo político?

— Estou procurando o assassino da esposa do senador Douglass — respondeu Mac com calma.

— Mas não se importa de abrir a organização ao mesmo tempo. — Foi a vez dele de reclamar. — O Senador não deveria ter se oposto a você nas eleições.

— O Senador me ofereceu o apoio dele. Através de um emissário. Eu recusei. — Mac ergueu uma sobrancelha. — Você sabia disso?

Ele não sabia. O Senador não falava dos seus fracassos. Tudo que ele sabia, tudo que a gangue sabia, era que a organização queria derrotar o pessoal de Mac. E não conseguiu. Seria porque a mente do Senador já estava em Iris Towers naquela época?

— Não gosto de homens corruptos que só destroem. Não gosto de bandidos que ficam ricos em cima dos pobres. Simplesmente não gosto. O Senador me ofereceu um emprego quando eu era um jovem policial, Sailor. Eu recusei. — Sua boca estava séria. — Por quê? Não precisa nem perguntar. Eu tinha acabado de pescar um dos secretários confidenciais dele no lago. Depois disso, ele passou a escolher caras como você. Pessoas que já tinham ficha. Que podiam aguentar.

— Por que ele agiu como se não conhecesse você?

— Talvez tenha esquecido. Talvez prefira não me conhecer. Eu fiquei fora do caminho dele. Mas sabia há muito tempo que o Senador não deixaria nada ficar no caminho dele. O que você estava fazendo na casa dele naquela noite?

— Deixe-me vê-lo e eu conto — falou Sailor, teimoso.

Mac pegou a conta. Sailor estendeu a mão.

— Deixa comigo.

— Não. Eu convidei você.

Aquilo ajudaria; ele estava liso, depois de distribuir esmolas. Depois pagaria um jantar melhor para Mac na Cidade do México.

— Não vou discutir. Pago na próxima. — Ele poderia sair naquele momento, mas seria educado, esperaria pelo troco com Mac.

Mac colocou uma nota na bandeja. Seu rosto era solene.

— Ainda está determinado a arriscar?

— Não tem risco, Mac — disse Sailor. — Mas tenho que vê-lo antes de abrir o bico. Devo ao menos isso a ele.

— Você não deve nada a ele, Sailor.

Não devia mesmo. Nada de bom. Mas ele devia muito ao Senador por aqueles três dias dormindo no chão. Muito por aquela ferida sob o ombro. Muito por fazê-lo esperar pelo seu pagamento justo.

— Deixe-me vê-lo — insistiu ele. Como se Mac pudesse permitir isso ou não. Como se Mac tivesse o Senador trancado, incomunicável.

Nenhum Zigler para soltá-lo com um *habeas corpus*. Mac disse categoricamente:

— Ele não quer ver você.

— Ele disse isso?

Mac sorriu.

— Pare de se esquivar, Sailor. Me dê um nome, o nome de um assassino, e eu o levarei ao senador Douglass na hora. Se você não consegue ver de outra forma, faça da maneira de sempre: a que vai fazer você ser pago.

Mas não em dólares. Eles deixaram a sala de jantar, abrindo caminho pela multidão ainda faminta contra a corda de veludo. Sailor sabia como fugir.

— Deixa eu pensar sobre isso. Você vai ficar por perto?

— Vou ficar por perto.

# CAPÍTULO 5

Saiu do hotel para a noite fria, aquecido pela agitação da Fiesta. Ele lhe deu as costas e se afastou pela ruela. A massa escura da catedral assomava ali, implacável como o Dia do Juízo Final. Não o incomodava. Ainda faltava muito até esse dia. Sailor passou pela catedral e deu a volta no quarteirão. Podia haver uma porta dos fundos no hotel.

Se havia, ele não viu. Só viu paredes e depois as varandas do La Fonda subindo até o telhado alto e plano. Ele poderia escalar até uma sacada, mas não era uma boa ideia. Não se alguém estivesse no quarto que ele entrasse, alguém que começaria a gritar chamando a polícia. Ele subiu a rua, passando por baixo da marquise da porta lateral, e novamente deu de cara com a Fiesta.

Não dava para escapar dela naquela noite. Ele caminhou direto para ela, a atravessou, mergulhou nela até a rua oposta, para o museu. Os índios não estavam mais sob o portal; a ausência deles era de alguma forma mais assustadora do que tinham sido os olhos negros, silenciosos e vigilantes. Os índios sabiam que esses dias acabariam. Eles nunca acreditaram no sonho. Nunca tinham sido parte dele.

Ele se impulsionou até a borda assim que encontrou um espaço e ficou lá sentado, marcando o tempo até as nove horas da noite. Apenas sentado e assistindo à Fiesta dançar, ouvindo os músicos tocando no coreto e na plataforma abaixo, onde cantavam os *mariachis*, e o Tio Vivo e os violeiros ambulantes. Seria triste se a vida de um sujeito não passasse de um carrossel, alguém usando uma manivela para fazê-lo girar em grande estilo e depois deixando você definhar no mesmo lugar em que começou. Isso poderia ter acontecido com Sailor se não tivesse conseguido o que conseguiu com o Senador. Porque ele estava acabando com a organização; ele não o levaria consigo para o mundo de Iris Towers e sua riqueza e influência. Se Sailor não tivesse esperado naquela noite, estaria assobiando, pedindo o jantar. Como Humpty e Lew, se voltassem para Chicago. A sorte estava do seu lado, e ele a manteria lá. Seria tão cuidadoso com o Senador quanto Mac. Queria entregá-lo em um embrulho bem arrumado para Mac tanto quanto o policial queria receber aquele presentinho. Para que o Senador pagasse não apenas pelo que fez, mas pelo que faria se pudesse se casar com Iris Towers.

Esperou até nove da noite e então começou a voltar para o hotel. A essa altura, ela já teria ido embora, ela e o resto do grupo. Para o jantar e para o Baile. A única coisa era evitar Mac. Ele tinha descoberto como antes. Pela porta lateral. Nem precisou passar pelo saguão.

Pela porta lateral, passando pela entrada da loja com badulaques dos índios à esquerda; pelas escadas que descem para a barbearia à direita. Em seguida, o pequeno lance de escadas que conduzia a um corredor, depois banheiro feminino, salão de beleza, quartos. O corredor corria paralelo ao portal da direita, você saía dele descendo outro pequeno lance de escada, e estava no elevador. Nem precisava encarar a multidão do saguão. Fácil.

O elevador estava deserto como sempre.

— Quatro — disse Sailor.

O corredor do quarto andar estava igualmente deserto, um passeio fantasmagórico. Nenhum som vinha de nenhuma das portas fechadas. Ele passou pela porta fechada do Senador, depois por mais três portas fechadas, até o número do quarto de Iris Towers. O quarto que antes tinha pertencido a ela.

Não havia som nenhum lá dentro. Vazio de sons como o corredor em que Sailor estava. Ele bateu, bateu de novo, continuou batendo. O silêncio lá dentro se aprofundou, os ecos dos nós dos dedos de sua mão esquerda na porta oscilando no vazio. Ele não podia gritar pelo Senador; não podia atrair atenção. Alguém poderia estar em um quarto vizinho. A fresta na parte superior da porta estava escura, talvez o Senador estivesse dormindo. Talvez estivesse deitado no escuro, quase sem respirar, sabendo quem estava lá fora.

Só havia uma coisa a fazer. Entrar. A chave estava em seu anel, a chave que abria portas trancadas. Um presentinho do Senador, para que ele usasse quando precisasse que Sailor abrisse algumas portas teimosas. Não havia risco em usá-la. Se Iris Towers ou qualquer um dos outros estivessem lá dentro, teriam respondido às suas batidas.

A porta se abriu sem fazer ruído. Ele se moveu junto com a abertura para permanecer na escuridão protetora da parede. Seu pé empurrou a porta até ela se fechar. A arma estava na mão. Seu brilho metálico opaco refletia mesmo no quarto escuro. Tanta era a luz que vinha da noite do lado de fora das janelas.

Ele disse:

— Tudo bem, Senador. Sou eu.

Suas palavras caíram no vazio. Nem mesmo um farfalhar como resposta, nem a batida de um coração.

Seus olhos estavam começando a se acostumar com o escuro. Viram as camas, as cobertas lisas, bem puxadas sobre os colchões. Viram as cadeiras vazias, os cantos vazios do ambiente.

Sailor caminhou rapidamente para o banheiro, abriu a porta com um chute enquanto acendia a luz. Não havia ninguém lá. A porta do guarda-roupas estava fechada. Antes mesmo de se aproximar e abri-la, ele já sabia o que iria encontrar. Um armário cheio de roupas femininas.

Ele começou a xingar o Senador baixinho. Nem se incomodou para apagar a luz do banheiro. Ele saiu do quarto. Nem se lembrava da arma à vista em sua mão até usar a chave na porta do próprio Senador. Não se escondeu; deslizou para dentro, xingando o Senador, xingando-o no quarto que tinha sido dele, mas que agora estava vazio, nem uma bituca de cigarro sobrara.

O Senador havia fugido. Mac tinha segurado Sailor, entretido-o com jantar e boa conversa enquanto o Senador fugia. Sailor enfiou a arma no bolso antes de sair do quarto. Manteve a mão na pistola. Mac tinha deixado o Senador ir. Sabendo que poderia pegá-lo, talvez já com um cara esperando para encontrar o chefe na estação da rua La Salle. Esperto; mantendo o Senador seguro, mantendo-o longe de Sailor. Imaginando que Sailor falaria a qualquer momento. Sailor pensaria que o Senador tinha fugido dele, e ficaria louco o suficiente para falar. Mac não sabia sobre os cinco mil. Pensava que Sailor estava esperando uma recompensa, mas não sabia o tamanho da aposta.

Ele desceria e veria Mac. Repreenderia Mac. Mas não ia falar. Não até que voltasse para Chicago e enfrentasse o Senador. Até isso poderia ser o que Mac queria, levar os dois de volta para a cidade. De volta para onde Mac mandava. Nunca dava para saber quando se estava jogando o jogo do policial. E como Sailor poderia voltar para Chicago? Não tinha mais de vinte dólares. Teria que deixar Mac comprar as passagens. Viaje com Mac, mas sob custódia, não. Só com um policial como guarda-costas.

Ele não estava sozinho no elevador, mas não viu os rostos das pessoas com quem desceu até o térreo. Eram bonecos de papel que alguém havia recortado e colado ali. Cheiravam a bebida e faziam muito barulho. Ele saiu primeiro do elevador e seguiu com determinação raivosa em relação ao saguão. Teve que parar um minuto no portal. Outro bando de bêbados barulhentos estava bloqueando o caminho. Sailor queria passar por eles e suas expressões bobas, mas esperou. Esperou e conseguiu a pista.

O grupo do elevador parou atrás dele. Uma garota choramingou:

— Por que não chamamos o senador Douglass antes de irmos? Quero que Willie vá conosco.

Um homem disse:

— Eu te disse que ele já foi para o Baile. Ele e Iris saíram há uma hora.

— Iris! — A garota soltou uma gargalhada alta.

Sailor não se virou. Não tinha ideia de quem eram. Só agradeceu baixinho. Se afastou da multidão e caminhou até o saguão. Era um redemoinho de cores, cheiros e sons, mas não viu o chapéu preto com elásticos coloridos. Ele parou e procurou. Não queria ser seguido naquele momento. Virou-se para sair do hotel pela porta lateral quando percebeu que não sabia para onde ir. Não haveria chance de pegar um táxi rápido, não na última noite da Fiesta. Ele parou na banca de jornal.

— Onde é o Baile?

A garota atrás do balcão não sorriu, só olhou para ele com indiferença.

— No Arsenal.

— Onde é isso?

— Perto da College. A rua que dá para os fundos do hotel.

— É longe?

— Não.

Ele comprou um maço de cigarros dela e saiu do hotel. Pela entrada lateral, descendo a rua da Fiesta para a escuridão da College Street. Um convento de um lado, um posto de gasolina do outro. As mãos enfiadas nos bolsos, a mão direita fechada no aço feio, a mão esquerda apertada em punho no bolso esquerdo. Ele não sabia o que sua mão esquerda estava destruindo até olhar. Papel rosa.

O folheto que o balconista elegante lhe dera. Falando sobre a Fiesta. Se tivesse lido, saberia que o Senador não perderia o Baile. O Baile que encerrava a Fiesta com chave de ouro.

Subiu a rua, subiu a colina. Lojinhas; casas escuras, ninguém ficava em casa na última noite da Fiesta; outra escola de tijolos com uma cruz no topo. Sailor seguiu em frente. Um carro de vez em quando passava rugindo. No cruzamento, um poste projetava uma pequena poça de luz. As noites eram geladas ali, as estrelas, nítidas e frias acima das árvores.

A rua estreita era sinuosa, os postes de luz eram pequenos e espaçados demais. Se soubesse como esse Arsenal era longe, teria esperado um táxi, ou as máquinas caindo aos pedaços que serviam de táxi naquele buraco. Ele seguiu em frente. Estava sozinho na longa rua, sozinho na longa, escura e estranha rua. As casas pelas quais passou estavam escuras, silenciosas. Estava sozinho, como antes em seu pesadelo. Mas não estava perdido. Sabia para onde estava indo. Para encontrar o Senador. Para a reunião final com ele.

A longa rua terminava no topo de uma colina. Ali tornava-se uma estrada, uma estrada de duas mãos. Ele não sabia qual o caminho que deveria tomar. Sob a lua branca, ambas levavam ao nada, a frias e infinitas extensões de deserto, bloqueadas pela finalidade das montanhas contra o céu estrelado. Ele ficou parado, e um carro passou, e pouco atrás dele, outro. Ambos seguiram para a direita, e ele escolheu.

Foi a escolha certa. Um pouco mais adiante, Sailor ouviu música e risadas. O Arsenal não parecia um arsenal. Era outro elegante edifício espanhol em adobe, pálido ao luar. Havia figuras reunidas do lado de fora, passando garrafas, misturando-se na noite. Figuras reunidas na entrada iluminada, espiando o salão de baile. Garotos desengonçados, com rostos mexicanos escuros de queixo caído. Sem fantasias, sem grana para entrar no Baile. Podiam olhar, mas não podiam tocar. Fazia muito tempo que haviam sido os conquistadores; agora eram os conquistados. Os índios estavam em melhor situação; não queriam nem olhar.

Sailor foi até a porta. O hálito quente e rançoso do salão atingiu seu rosto. Estava tão lotado que não dava para ver ninguém lá dentro, apenas o caleidoscópio de cores em movimento sob as luzes baixas. Ele nunca localizaria o Senador nesta multidão. Foi por isso que o Senador pensou que seria seguro fugir para o Baile. Não achava que Sailor poderia encontrá-lo ali.

Sailor entrou. Não ia pagar para falar com o Senador. Nem precisou discutir. Não havia ninguém na porta, já era tarde demais para isso. Meia-noite, já. Ele começou a fazer um círculo lento ao redor da pista. Procurando um homenzinho de focinho comprido e cabelo ralo, um homenzinho de calça e jaqueta de veludo preto, para cobrir sua alma sombria. Procurando as saias brancas e cabelos prateados de uma garota de marfim que alguém deveria impedir que se aproximasse do podre do Senador.

Movendo os pés bem lentamente, os olhos imóveis, a mão inabalável, certa no bolso.

Observando os dançarinos balançando ao som das maracas, o arranhar das cabaças, o frenesi sensual da música latina; observando a forma dos corpos derretendo em um só, afastando-se apenas para se misturar de novo. Procurando certa voz no trovão mudo das muitas vozes.

Quando ele a viu, ficou tenso. Como se não estivesse pronto para o encontro. Ou como se tivesse vindo para agir, não para falar. Ela se virou enquanto dançava e estava com o Senador. Sailor ficou bem então. Os músculos de seu estômago não estavam tensos; estavam prontos. Como se ele e os dois estivessem sozinhos no vasto salão lotado, ele atravessou a pista, evitando apenas com os instintos os dançarinos que fluíam como uma maré ao seu redor. Poderia tê-los perdido, um casal entre tantos outros, mas seus olhos nunca a deixaram depois de encontrá-la. Poderia tê-los perdido, mas a frieza da sua raiva era um fio de chumbo que se estendia entre Sailor e o Senador. Quando chegou até eles, Sailor sabia que sua raiva havia se solidificado, de modo que não era mais raiva, mas um bloco de gelo feito de ira. Ela não era mais branca e bela; esta noite ela era o que era, as saias tingidas de escarlate, os olhos embaçados pelas pálpebras semicerradas. Sailor deveria ter percebido antes, pelo jeito que tinha agido com os ricos escroques, pelo jeito que tinha olhado para ele uma vez. Não sabia até vê-la naquela noite; ela era a vadia, Jesusita, só que com um milhão de dólares. Eram os olhos lentos da desleixada sorrindo para ele agora. Era a sua boca de prostituta que o viu e pensou que ele era bom. Fazia muito tempo que ela não era limpa. Ela era a parte mais podre daquele sonho. O Senador, virando-se, também o viu.

Sailor perguntou:

— Você quer ir lá para fora ou quer resolver isso aqui?

A língua do Senador cintilou sobre seus lábios pálidos. Os olhos baixaram para o rígido bolso direito, depois às pressas de volta para o rosto de Sailor. Para o rosto de pedra de Sailor.

— Vamos lá para fora.

O Senador era uma casca prestes a quebrar. Pensou que Sailor tinha vindo para apagá-lo. Era uma boa ideia. Era bom que ele pensasse assim. A garota escarlate dançou, ainda segurando seu braço.

— Willis, aonde você está indo?

Mas seus olhos estavam em Sailor. E sua boca.

O Senador disse:

— Volto em um minuto.

Não acreditava nisso. Ele era um covarde cagão, sua voz era pó e cinzas.

— Mas, Willis...

— Será só um minuto, Iris. Desculpe.

Ele não sabia explicar. Não tinha palavras para explicar a ela.

Sailor disse, grosso:

— Não tenho a noite toda.

Os olhos do Senador baixaram novamente para o bolso direito.

— Encontre Kemper. Volto já.

Ele a deixou ali, sozinha no meio da multidão. Irritada com ele por deixá-la, ou irritada com Sailor por fazê-lo deixá-la, mas não ficaria sozinha nem irritada por muito tempo. Seu corpo escarlate estaria se pendurando em outro homem enquanto a música ribombava e se agitava, enquanto o Senador pagava na noite fria. Pagava o que devia.

— É só sair por aquela porta — disse Sailor.

Sua mão, dentro do bolso, tocou a lateral do corpo do Senador. Guiou-o até a porta na lateral oposta. Depois dos casais gritando, balançando seus corpos quentes. Guiou-o pelo corredor escuro até os fundos do prédio. Onde estava silencioso. Onde eles estariam sozinhos.

O Senador torceu o nariz em direção ao salão de baile.

A boca de Sailor se contorceu.

— Não se preocupe com ela. Tudo o que ela quer é um homem. Qualquer homem.

O Senador não disse nada.

Sailor continuou, irritado:

— Não sei o que ela quer com você. Talvez pense que vai se sentar na mansão do governador. Talvez seja isso que ela está procurando. Ou será que está em busca de uma emoção barata? — O ódio envenenou suas palavras. — A mulher do condenado ficava tão linda de preto...

A voz do Senador saiu aguda e histérica:

— Cala a boca.

Sailor sorriu. Ele não estava com vontade de sorrir. Seu estômago doía.

— Qual é o problema? Está ficando com medo?

Ele deveria atirar no Senador, aquele senador sujo, chorão e covarde. Um tiro era bom demais para ele. Um tiro seria fácil. Seria melhor deixar Mac colocá-lo na cadeira, onde ele sofreria. Deixar Mac mandá-lo para o inferno. O sorriso na boca de Sailor era frio como a lua, fixo como as estrelas geladas, brancas e distantes.

A voz do Senador era um gemido fino. Tentou fazer a voz ficar rica e aveludada, mas não conseguiu.

— Vamos conversar sobre isso, Sailor. Depois de tudo que você foi para mim. Como um filho. Depois de tudo que fiz por você...

Ele era como um daqueles canários amarelos baratos tremendo em uma vareta. Era engraçado. Sailor começou a rir. Empinou o queixo e riu e riu do canário engraçado que em certo momento Sailor pensou ser o cara mais importante do mundo.

Quando terminou de rir, repetiu:

— Qual é o problema, Senador?

Ele poderia matar o canário facilmente; não havia ninguém por perto. Eles estavam tão sozinhos que era como se tivessem inventado aquele deserto estrangeiro para seu encontro final, inventado de modo que pudessem ficar totalmente sozinhos para a despedida. Ele não queria matar; só queria seu dinheiro. O pagamento honesto pelo seu trabalho. E disse isso.

— Eu não vou apagar você. Só quero minha grana. Só isso.

Ele observou o Senador parar de tremer, observou o sangue encher o rosto enrugado, observou a vergonha do covarde se transformar em raiva vingativa. Sua mão apertou a arma no bolso, porque ele conhecia a raiva do Senador. Conhecia bem demais para confiar nele.

Mas o Senador não atacou, só ficou em silêncio, baixou os olhos. O bigode cobria o formato de sua boca.

— Você falou — disse categoricamente. — Está esperando Mac.

Os lábios de Sailor endureceram.

— Eu não falei nada ainda — retrucou. — Você sabe que não. O que Mac sabe não veio de mim. Ele está chutando. — Ele cuspiu a mentira. Só que, no momento, não era mentira. — Me dê a minha grana e você vai poder lidar com Mac do seu jeito. Vou embora esta noite. Você está com ela aí?

Os olhos estreitos se moveram para encarar Sailor.

— Estou — respondeu o Senador com a voz doce. — Sim, estou com ela aqui.

Ele sorriu, sorriu para Sailor como se ele fosse seu garoto lourinho de novo, como se fosse como era quando o levou para a cidade pela primeira vez.

Ele enfiou a mão no bolso interno do casaco, onde sua carteira estaria se estivesse vestindo um paletó, não uma jaqueta de veludo. Enfiou a mão e Sailor ficou lá parado, como um idiota, esperando, esperando que a mão saísse segurando uma arma, atirando com a arma.

Só que o Senador não era bom nisso. Nunca tinha precisado dar seus próprios tiros. Sailor era bom. Conseguiu atirar antes do Senador, conseguiu observar a arma dele explodir em direção às estrelas, distantes demais para saber ou se importar; conseguiu ver o Senador desmoronar na terra escura.

— Seu maldito. — Sailor soluçou por entre os dentes cerrados. — Seu maldito.

Estava de pé sobre o Senador e poderia ter esvaziado a pistola na sombra caída na terra fria. Estava pronto para atirar e atirar de novo. Mas ouviu o grito louco na porta iluminada, ouviu as conversas, e correu.

Esquivando-se pelos fundos do prédio, correndo rente ao chão por entre as fileiras de carros estacionados. Um soluço na barriga, a respiração atravessando os dentes. *Maldito seja, maldito seja, Deus...* Ele tropeçou; não sabia para onde estava indo. Só que estava fugindo. Antes que fosse pego por matar o Senador.

Ele não tivera a intenção de matá-lo. Tinha sido legítima defesa. Qualquer um saberia que tinha sido legítima defesa. Só que ninguém acreditaria, porque o Senador era quem era, tinha sido o Senador, e Sailor era só um capanga lá dos cortiços que fazia o trabalho sujo dele. Até o Senador o trair.

Não havia ninguém atrás dele. *Rápido rápido rápido...* Sailor estava sozinho atravessando quintais, dando a volta em casas silenciosas e adormecidas. Não havia som de sirene gritando no silêncio da noite. Talvez não tivesse sido um grito na porta; talvez fosse apenas uma dama reclamona com bafo de uísque, rindo. Talvez ninguém tivesse ouvido as armas lá dentro, onde a música estava tão alta. Ele se afastou das casas e foi para a rua vazia. Não a rua principal; instintivamente Sailor evitou aquele caminho.

Alguém tropeçaria no Senador antes que o baile terminasse. Mac estaria por perto em algum lugar; saberia de quem era a arma que o matara. Se pudesse pegar um dos últimos ônibus, se chegasse rápido a Albuquerque, se embarcasse em um avião para o México, estaria seguro. Se pudesse fazer isso rápido. Antes que alguém descobrisse o que era aquela coisa caída no chão sujo do Arsenal.

Sailor não tinha dinheiro suficiente para uma passagem de avião. Não tinha mais de 25 dólares no bolso. O enjoo era um caroço sujo no estômago dele. Sailor tinha tanta certeza de que iria receber seu dinheiro. Tivera tanta certeza de que o Senador pagaria o que fosse para salvar o próprio pescoço. Se pudesse chegar a Pancho, pegar os dez dólares de volta, pedir um pouco mais emprestado, o suficiente para chegar ao México. Ziggy já devia ter algo planejado. Ele enviaria o dobro de volta para Pancho; devolveria imediatamente. *Rápido rápido rápido...* Ele tinha que achar Pancho e fugir, rápido. Não havia sirene; o Senador ainda estava fazendo sua grande cena sozinho.

Ele não sabia onde estava, mas estava indo para a direita, para o reflexo de luzes coloridas que iluminava o céu sobre os prédios à frente, a rapidez da música que dedilhava na noite. Sob a música, ele ouviu o baque do tambor dos índios, implacável como as batidas do coração, como os passos de um policial à espreita.

Ele viu a Kansas City Steaks e atravessou a rua, subiu a colina e virou para a praça. Quando se virou, a noite se estilhaçou com o ruído; aquele era o clímax, a volta final cintilante do carrossel da Fiesta.

# CAPÍTULO 6

A praça e as ruas estavam apinhadas de gente dançando, de música, de confusão de cores e trajes e dos cheiros da terra que estariam para sempre em suas narinas. Com o calor da vida. Na colina, os forasteiros brincavam de Fiesta com seu baile chique, mas a Fiesta estava aqui. Nos rostos marrons e nos rostos brancos, nos jovens e nos velhos; brincando juntos, esquecendo a derrota e o desespero, e o cansaço dos longos dias pesados que viriam antes que fosse hora do banquete de novo. Isto era a Fiesta. Os últimos momentos do belo, do alegre e do bom; quando o mal, o destruidor, havia sido ele próprio destruído pelas chamas. Esta era a riqueza da vida para aqueles que podiam destruir o mal; que podiam por três dias criar um mundo sem ódio, sem ganância e sem preconceito, sem malícia e crueldade, sem chuva para estragar a diversão. Não eram três dias para lembrar que o mal depois de três dias retornaria; pois nos dias da Fiesta não havia mal neste mundo.

E assim eles dançaram e cantaram nas ruas sob as guirlandas coloridas de luz, sob a fumaça branca espiralada das barraquinhas de telhado de palha. E os *mariachis* gritaram suas canções ferozes e nostálgicas sobre a pátria-mãe de um canto da praça, e a lúgubre banda dos conquistadores berrava sua dissonância de metais de outro canto. E os músicos ambulantes cantavam com os cantores sob as árvores escuras e cintilantes, e as crianças que deveriam estar na cama corriam para cima e para baixo, rindo. E os velhos de cabelos brancos balançaram a cabeça no ritmo do riso e da música. E todos se seguravam com força aos últimos momentos da Fiesta, com a força de quem não precisaria largá-la, como se o amanhã nunca fosse encontrar seu caminho para o sonho.

Naquela multidão rodopiante era possível se esconder. Sailor fugiu para a confusão, seguro por enquanto, seguindo até Tio Vivo, que girava e tilintava no canto mais distante. Lá estaria Pancho, seu amigo Pancho.

Tio Vivo estava imóvel e apagado. Em toda a cintilante praça, só o Tio Vivo estava quieto. Nem mesmo uma brisa fraca agitava os cavalos rosa, marrons e roxos. Nem um camarada grande, suado e descalço balançava a gôndola. Pancho não estava lá. Não tinha ninguém lá.

Em súbito pânico, Sailor disparou da solidão escura novamente para a rua, para a multidão da rua. Não importava quem ele era, não importava que fosse um estranho ou o que havia feito. Ele não podia errar na Fiesta porque não existia erro. Alguém agarrou suas mãos, ele foi arrastado para a dança, a garota ao seu lado podia ser Rosie, podia ser a vagabunda, podia ser a *abuelita*. Ou Juana ou a mulher com os ombros pesados de sua mãe. Quem quer que fosse, era honesta, não uma prostituta disfarçada de anjo branco, manchando a antiga e sagrada Fiesta. Sailor dançou e cantou com a multidão, "*¡Hola, hola!*"; girando como um cavalo em um carrossel, "*Ai, yai yai yai*". Ele dançou e seus olhos procuravam Pancho e seus olhos procuravam Mac. Seus ouvidos procuravam o grito da sirene — e ele ouviu o baque do tambor.

Ele não tinha imaginado o tambor. Estava ali mesmo na praça. Um índio grandão estava tocando tambor. Os dançarinos estavam aparecendo ao lado dele, de braços dados, seguindo seu lento passo arrastado ao redor da praça. Todos os dançarinos estavam se juntando ao círculo. Sem saber,

Sailor sabia que era o fim. Sem erguer os olhos para ver os músicos guardando os instrumentos, sem ver os *mariachis* virarem sombras silenciosas na noite. Ele sabia a finalidade. E o pânico era poeira cinza em sua garganta.

Pancho? Onde estava Pancho? Seu amigo. Seu anjo da guarda. Seus pés se arrastavam no interminável círculo interligado que começava a acompanhar o estrondo do tambor ao redor da praça. Observava os casais desaparecerem do círculo, e não podia detê-los, nem ele nem eles podiam evitar o fim da Fiesta; observava a fogueira na esquina ficar cada vez mais fraca. Ele poderia correr, mas para onde? Pila se foi. Pancho se foi.

Todos se foram. Todos menos Mac.

O círculo foi diminuindo, quando chegou à esquina de novo, estava pequeno. Separou-se em frente ao museu. A Fiesta não acabou em fogos de artifício, ela só desapareceu. Sailor apertou as mãos para evitar estendê-las para alguém, para qualquer um, em busca de ajuda. Antes que todos fossem embora e a praça ficasse vazia, vazia a não ser por ele.

Desesperado, olhou para Tio Vivo, como se por pura força de vontade conseguisse forçá-lo a balançar e tilintar.

Sailor respirou novamente. Pancho estava lá.

Ele atravessou a rua correndo para o parque, correu até ser parado pelas cercas. Não era Pancho. Era um homem gordo, mas não era Pancho. Nenhum dos quatro homens era Pancho. Rostos escuros, chapéus surrados, jeans gastos, mas não Pancho. Nem mesmo Onofre ou Ignacio. Os quatro homens estavam desmontando o carrossel. Eles sabiam como fazer isso; sabiam onde pousar o cavalo rosa, o marrom, onde a cerca tinha que ser empilhada.

Sailor perguntou:

— Onde está Pancho?

Os homens não prestaram atenção nele. Era como se nem estivesse lá.

— Onde está Pancho? — Ele queria gritar em seus ouvidos surdos, em seus rostos vazios. — Onde está Pancho?

Mas ele não devia erguer a voz. A praça estava muito silenciosa. A Fiesta tinha acabado, o único som era o de homens trabalhando e, baixinho, lá no alto da colina, o lamento *"Adiós, mi amigo..."*.

Sailor agarrou o magrelo que passou carregando uma braçada de cercas vermelhas.

— Onde está o Pancho? — exigiu saber. Olhos vazios encararam os dele. Sailor disse, com raiva e desespero: — Nenhum de vocês sabe de quem estou falando? O cara que é dono do carrossel? Pancho, Don José? O grandalhão. Meu amigo. *Mi amigo*. Onde ele está?

Eles não sabiam. Tagarelavam entre si em espanhol. Gesticulavam, veementes.

Então viraram os rostos vazios para Sailor. Deram de ombros.

— *Yo no se*.

Os cavalos pareciam coisas mortas caídas no chão. Pancho voltaria a qualquer momento, voltaria para colocar sua grande pata marrom no pescoço do cavalo rosa, para assegurar ao cavalinho que amanhã ele galoparia novamente.

A cabeça de Sailor disparou para uma sombra que cruzava a esquina do La Fonda. Sua respiração era silenciosa, mas pesada. Sua mão agarrou o bolso. Não era Mac. *Rápido rápido...* Ele deveria estar correndo, não parado ali. O Senador já devia ter sido encontrado. Mas talvez os ricaços da colina não tivessem parado de dançar para procurar por ele. Pancho viria. Pancho tinha que vir.

Os quatro homens estavam indo embora. Sailor ficou no caminho deles.

— Aonde vocês estão indo? Cadê o Pancho? Cadê o Pancho?

Eles balançaram a cabeça. Balbuciavam *"Yo no se"*, mas não pararam. Eram sombras desaparecendo na sombra mais profunda da praça. Estavam indo embora, e então se foram, deixando Sailor ali. Sozinho.

Ele começou a ir atrás deles. A voz o deteve. A voz calma atrás dele, nas sombras escuras e silenciosas atrás dele.

— Indo a algum lugar, Sailor?

Ele não se mexeu. Ficou imóvel como uma árvore enquanto Mac parava ao seu lado.

— Eu não faria isso — disse Mac.

Ele poderia estar se referindo ao dedo de Sailor que pressionava o gatilho da arma dentro do bolso. Ele poderia estar se referindo a não correr. O que quer que quisesse dizer, a mão de Sailor saiu do bolso, frouxa.

— Você não ia conseguir fugir — disse Mac.

Mac, sempre tão seguro e tão certeiro. Podia estar errado, mas estava certo. Não havia escapatória daquilo, desde o início não havia escapatória. Desde o dia no salão de bilhar. Sailor não ia conseguir fugir.

Sailor disse lentamente:

— Eu não queria matá-lo. Ele ia me matar. Foi legítima defesa.

Mac ofereceu um cigarro a Sailor, que aceitou; acendeu o fósforo para ambos. Mac sentou-se em uma pilha de cercas vermelhas. Mac, tão seguro de si, tão certo de que Sailor não atiraria nem fugiria.

— Eu sei.

Sailor não acreditou nele, mas o rosto de Mac era óbvio como a verdade era óbvia. Ele estivera lá, invisível, silencioso como uma sombra. Ele tinha visto tudo acontecer.

Havia uma amargura na língua de Mac.

— Eu não queria que você o matasse. Tentei te dizer. — A amargura era férrea. — Eu queria que ele fosse julgado. Queria que ele pagasse. — Olhou para Sailor. — É tarde demais para nossa conversa agora.

Sailor se sentou ao lado de Mac. Começou a amaldiçoar o Senador, a raiva e a autopiedade o consumindo.

— E você ficou com ele apesar disso — comentou Mac, meio pensativo. — Apesar de saber como ele era.

— Não — rebateu Sailor. — Eu estava fora. Estava saindo. Você sabe que eu estava saindo, Mac.

— Por que não saiu, então? O que estava esperando? — E então Mac se lembrou, sem ser informado. — A recompensa.

— Ele me devia isso — declarou Sailor, teimoso. Ele nunca receberia nem um centavo. Ele teria que trabalhar para Ziggy. Fazer o trabalho sujo para Ziggy como tinha feito para o Senador. Ou teria que trabalhar para algum mafioso em Chicago, não um cavalheiro como o Senador. Se é que algum advogado espertalhão conseguiria livrá-lo disso. Não seria Ziggy. Ziggy tinha fugido; não voltaria. Algum mafioso arranjaria um advogado para ele, então seria vendido para o mafioso. Sailor queria chorar.

Um cara das ruas de Chicago não chorava. Ele ia sair dessa.

— Foi legítima defesa — repetiu. — Você sabe que foi, Mac.

Mac era sua única testemunha. Mac tinha que testemunhar por ele.

— Sim, foi legítima defesa — concordou Mac. — Mas nem sempre vai ser legítima defesa, Sailor. Haverá um momento em que não será legítima defesa.

— Se eu sair dessa... — prometeu Sailor.

— Você não vai mudar. — Ele balançou a cabeça. Os elásticos coloridos dançaram em seu chapéu espanhol preto. Sua voz não vacilou.

— Posso viver uma vida direita — insistiu Sailor. — Eu ia virar um homem direito.

— Você não quer ser um homem direito. Virou as costas para o caminho certo já faz muito tempo. Escolheu o caminho errado, o caminho mais fácil. Você não pode cometer um erro e não pagar por isso — declarou. — Claro, você poderia dar meia-volta e tentar de novo, mas é um longo caminho de volta, e o caminho seria difícil. Duas vezes mais difícil do que teria sido se você tivesse tomado o caminho certo muito tempo atrás. Difícil demais para você. Você não aguentaria.

Sailor ergueu o queixo.

— Eu aguentei bastante coisa. Não sou mole. Eu consigo aguentar.

O silêncio era pesado.

— Você não sabe como seria difícil. Não sabe como é difícil ser bom. — Mac colocou o cigarro no chão. Pisou com cuidado na cor do fogo. — Posso estar errado. Posso estar errado sobre tudo. Talvez você não tenha virado mau porque é assim que é por dentro. Talvez você queira ser bom. Talvez nunca tenha descoberto como fazer isso. Eu sempre quis ajudá-lo, Sailor. Eu tentei. Pela graça de Deus, lá vou eu de novo. — Ele se levantou. — Lá vou eu tentar de novo. Se é isso que você quer. Se não, que Deus te ajude. Se não andar direito, não vai poder fugir do que vai te acontecer. — Os olhos de Mac estavam tristes no rosto de Sailor. — Você não vai poder fugir.

O sermão de Mac acabou. Voltou a ser um policial.

— Você pode ficar com uma das camas no meu quarto hoje à noite. Amanhã voltamos. Já me resolvi com os locais. Eu tinha um mandado de prisão para o senador Douglass, eles acharam que você estava me ajudando.

Sailor ficou de pé, devagar, ouvindo as palavras, as palavras que eram como as palavras de um sonho, de um pesadelo.

— Não vai ser difícil para você. Ele puxou a arma primeiro. Se não fosse pela sua ficha... — Sua voz era gentil. — Quando você sair, estarei lá. Se quiser minha ajuda, estarei lá.

Se a organização estivesse funcionando, ele sairia rápido, mas não havia mais uma organização. Não havia um senador. Ele estava sozinho.

Escaparia fácil. Quatro ou cinco anos. E, depois que saísse do xilindró, Mac arranjaria um emprego para ele, talvez pagando 25 pratas por semana. Sailor escovaria os dentes e iria à igreja aos domingos e se reportaria a Mac uma vez por semana e diria obrigado, Mac, por me ajudar a ser um otário.

Ele conseguiria fazer isso se quisesse. Não era mole; conseguiria fazer isso. Ele só não queria. Não era bom o suficiente para ele.

Além das montanhas estava a liberdade. Tão perto, logo além da linha do horizonte. Ele poderia pegar uma carona, roubar um carro se fosse preciso, estaria além da fronteira pela manhã. Com a arma seria fácil. Ele conseguiria. Uma vez além da fronteira, seria mais difícil trazê-lo de volta. Em Juarez, ele poderia ligar para Ziggy e pedir dinheiro. Ziggy precisava de Sailor tanto quanto ele precisava de Ziggy. Os dois fariam uma bela de uma sociedade no México; Ziggy, o cérebro; Sailor, o gatilho. Se fosse preciso, ele seria um gatilho. Seriam figurões em pouco tempo, ternos brancos de Palm Beach e as melhores suítes e as damas penduradas nos pescoços deles. Isso seria melhor do que se esfalfar em uma fábrica a vida toda. Mac estava louco.

O vento soprava frio na praça escura.

— Vamos — disse Mac. Ele bocejou. — Vai ser bom para você dormir em uma cama esta noite.

Sailor respondeu:

— Não.

Os olhos de Mac saltaram para seu rosto. Olhos policiais, tão rápidos, pálidos, duros como aço. A mão de Sailor apertou a pistola.

— Olha, Sailor... — Ele começou a se mover.

Sailor repetiu:

— Não.

Atirou em McIntyre.

E correu. Fugiu pela rua, para longe do som que estilhaçava a escuridão da noite, o silêncio da praça deserta. Não houve tiros em resposta; Mac não andava armado. Ele não queria fazer isso. Mac era um bom homem. Mas era um policial.

Sailor chorava enquanto corria, chorava por Mac. Nenhum som vinha de trás dele, nenhum som na noite a não ser seus passos correndo, suas lágrimas. Em algum lugar do silêncio, Pancho rezava por ele, sem saber que rezava por um condenado. Ou talvez Pancho dormisse com tequila doce nos lábios. Pancho, que teria ajudado Sailor. Que não poderia ajudá-lo agora. Era tarde demais.

Ele correu, em campo aberto, muito rápido; mergulhando nos desertos da terra e do céu infinitos, estendendo-se ao infinito, por toda a eternidade, até a distante barreira das montanhas. A noite estava fria, mais fria do que antes. Tudo o que ele tinha que fazer era seguir em frente, continuar andando, até as montanhas. Do outro lado estava a liberdade. A fuga daquele sonho terrível.

*Você não pode fugir.* Não podia ser Mac que ele ouviu falando com pena; Mac estava morto. *Você não pode fugir.*

Cegamente, ele tropeçou.

# Carrossel de homens sombrios: o labirinto *noir* de O *cavalo cor-de-rosa*, de Dorothy B. Hughes

*Por Cristhiano Aguiar*

Poucas vezes, em tempos recentes, estive tão impactado quanto ao ler este forte e trágico romance, *O cavalo cor-de-rosa*, de Dorothy B. Hughes. É bem provável que você, ao terminar a leitura do livro e agora iniciar esta conversa comigo, esteja, em algum grau, também sob o impacto de sua linguagem seca e poética, permeada por fantasmagorias, luzes versus sombras, desejos frustrados e ansiedades. Inédita até o momento no Brasil, não somos só nós, brasileiros, que estamos redescobrindo-a: parcialmente fora de catálogo nos Estados Unidos, a obra de Hughes tem sido reeditada e redescoberta nos últimos anos até mesmo em seu próprio país de origem.

Há um senso de lugar neste livro, que é uma das obras seminais da literatura *hard boiled* americana, tendo inspirado um clássico cult do cinema *noir*, dirigido e estrelado por Robert Montgomery. Ao me referir a um "senso de lugar", quero dizer que há no romance *O cavalo cor-de-rosa* uma reflexão sobre os valores e fundamentos dos Estados Unidos de sua época. Publicado originalmente em 1946, *O cavalo cor-de-rosa* é ambientado na cidade de Santa Fé, localizada no estado do Novo México, e caracterizada no livro como um ponto de encontro das culturas indígena, latino-americana e europeia. O pano de fundo racial e culturalmente miscigenado é fundamental para que as desventuras de seu protagonista, Sailor, sejam não somente uma bem tramada história de suspense, mas um comentário sobre racismo, sobre os fundamentos dos Estados Unidos como um país de imigração, bem como a fratura do Sonho Americano.

Dorothy B. Hughes foi uma marcante autora de narrativas policiais, além de ter se notabilizado como crítica literária. Algumas de suas obras foram adaptadas para o cinema poucos anos depois de suas publicações originais. Hughes teve o seu ápice criativo entre os anos de 1940-1952. Em 1952, porém, ela subitamente parou de escrever ficção. Seu hiato durou onze anos, quando lançou o romance que é considerado por muitos sua obra-prima: *The Expendable Man*. Em seguida, silenciou-se outra vez. Falecida em 1993, Hughes nunca mais voltaria a escrever ficção, embora tenha se dedicado à crítica literária e à escrita da biografia de Erle Stanley Gardner, criador do famoso personagem de histórias policiais Perry Mason. Dessa maneira, a autora se junta a um rol de ilustres escritores que, em um momento de suas carreiras, sem que o motivo seja claro, simplesmente desistem de escrever, ou de escrever ficção. Na literatura latino-americana (e fora do contexto do policial), é o caso do mexicano Juan Rulfo, ou do brasileiro Raduan Nassar, por exemplo.

*O cavalo cor-de-rosa* é lançado quando o *hard boiled* é uma vertente consolidada entre os leitores do seu país de origem. Além disso, surge em um momento importante do cinema *noir*, que foi justamente influenciado por este tipo de narrativa. A crítica se divide quanto a existir uma diferença entre *hard boiled* e *noir*. Alguns tentam traçar uma divisão; outros, como eu próprio, tendem a usar as duas palavras como sinônimos. Surgidas na literatura nos anos 1920, as narrativas *noir*, ou *hard boiled*, se vocês preferirem, são um momento de renovação das histórias policiais. Saem de cena os detetives elegantes, cerebrais, que eram autênticas personificações de uma irrestrita aposta na racionalidade e no intelecto humano. Detetives-heróis como Auguste Dupin, de Edgar Allan Poe, Sherlock Holmes, de Conan Doyle, ou Hercule Poirot, de Agatha Christie, são substituídos por homens — e, no futuro, mulheres — que andam na corda bamba não só da tênue linha entre a lei e a criminalidade, mas da própria sobrevivência. Às vezes tão excêntricos, ou excluídos socialmente, quanto os criminosos que caçam, os detetives *noir* usam menos o intelecto e mais o conhecimento das ruas, ou os próprios punhos, para resolver seus problemas. Autores como Dashiel Hammet e Raymond Chandler são nomes fundamentais para o surgimento do *noir*, consolidando seus protagonistas como anti-heróis problemáticos.

No *noir*, o erotismo é um ingrediente fundamental das histórias. A violência, a decadência social e a corrupção, também. O *noir* não busca a elegância das conversas de salão e dos chás das cinco das academias de Letras. A brutalidade das suas temáticas se reflete na linguagem: direta, comunicativa, seca — permeada de gírias, do cheiro das ruas e da angústia dos tipos sociais retratados em seus enredos. A linguagem *noir* é afiada como o gume do punhal e tão sagaz quanto as suas mais complexas personagens femininas. O estilo destes contos e romances é uma agressão aos códigos do "bom gosto" literário — não surpreende, portanto, que durante décadas tenha sido considerado como subliteratura.

Partindo do *noir*, bebendo tanto da tradição literária, quanto do claro-escuro expressionista dos filmes policiais de seu tempo, é que Dorothy B. Hughes constrói a sua carreira. *O cavalo cor-de-rosa* revela a autora no auge da sua maturidade criativa. Para aqueles acostumados com os lúdicos quebra-cabeças da literatura policial do século XIX, ler o romance pode ser uma surpresa. Hughes se interessa menos pelo crime, e mais pelo criminoso. Hughes propõe não apenas uma análise sobre um tipo social, como também uma reflexão sobre a noção, em si, do Mal. Em sua obra, o Mal claramente é enraizado na nossa capacidade de violência. Atos violentos, contudo, não nascem apenas de um coração sombrio: eles são, *O cavalo cor-de-rosa* defende, resultado de uma condição social e de uma estrutura de poder que organiza a sociedade americana. Precisamos de centenas de páginas para entender os tiros que Sailor dispara contra o Senador e contra Mac, no sombrio desfecho do romance. Quando estas mortes acontecem, elas não soam gratuitas, porque estão ancoradas em um profundo estudo psicológico de Sailor.

Esta, porém, não é tanto a originalidade do romance, porque outras obras do *noir* também estabelecem um interesse maior nos crimes e nas suas consequências, do que no jogo da sua elucidação. O *noir* é, portanto, a forma mais impactante de realismo. A força de *O cavalo cor-de-rosa* está no fato de que, aceitando as convenções típicas do gênero, a autora consegue renová-lo, produzindo, como consequência, literatura de alta qualidade. Tal qualidade já se encontra na linguagem. Ela é cortante e brutal, como todo bom *noir*, mas com frequência Hughes nos proporciona achados poéticos, ou sacadas inteligentes. A poesia está bem mais na voz do narrador; a sabedoria das ruas, a filosofia dos desvalidos, nos diálogos travados entre as personagens do livro. No caso dos diálogos, eles estão cheios de subentendidos, armadilhas e dilemas éticos.

Para além da poesia, outro ponto de destaque é a atmosfera. Hughes resgata, possivelmente por influência do cinema, as raízes góticas e românticas do *noir*. Suas noites são obscuras, quase sobrenaturais — e os contrastes dos dias da Fiesta com as atormentadas andanças noturnas de Sailor só deixam o romance mais sombrio. Na ambientação encontramos outra originalidade do livro: além do aspecto *dark*, o romance transforma a cidade de Santa Fé, que pela sua origem latino-americana tenderia a ser associada ao solar e ao festivo, em um labirinto. Hotéis, cafés, botecos, carrosséis, campos, praças, ruas — todos são descritos de maneira econômica, porém vívida. Transformar uma cidade então pequena em um cenário de pesadelo *noir* é outra originalidade do livro, pois geralmente pensamos este tipo de literatura ambientada em grandes metrópoles como Chicago, Nova York, Los Angeles ou São Paulo.

Por fim, *O cavalo cor-de-rosa* se diferencia de seus pares pela crítica ao racismo e pela atenção a identidades não brancas. No contexto da literatura policial de sua época, a autora se destaca pelo interesse em representar, tentando fugir dos clichês, uma alteridade que não seja branca e protestante. Como pudemos ler juntos, a crítica que o romance faz ao genocídio indígena, por exemplo, é contundente. No caso do racismo, embora escrito na terceira pessoa, é como se acompanhássemos uma narração confessional de Sailor, de tão perto a câmera do narrador está dele. *O cavalo cor-de-rosa* é construído em um sutil discurso indireto livre, aquele recurso narrativo no qual, sem aviso, pensamentos e/ou sentimentos dos personagens tomam conta — ou, melhor seria dizer, "hackeiam" — o narrador em terceira pessoa. Desta forma, temos, através do narrador do livro, a sensibilidade racista de seu protagonista contaminando a voz narrativa com seus preconceitos.

Ora, Sailor busca se distinguir dos habitantes de Santa Fé se apegando aos possíveis privilégios de sua branquitude. Tais privilégios, contudo, estão falidos, o que em parte explica a crise do protagonista: homem branco ele é, mas oriundo de família pobre e sem renome. Sailor acredita que a sociedade lhe deve algo, o que gera nele um profundo ressentimento. Em parte, ele tem razão. Mas a saída que procura o levará à ruína: contra as amarras da classe social, ele tenta pegar uma carona numa ascensão social ilusória, prometida pelo crime.

*O cavalo cor-de-rosa*, desta forma, cria um suspense duplo: Sailor encurralará o Senador antes de ser capturado por Mac? A princípio, este parece ser o conflito principal deste *noir*. Nesta primeira camada, típica das narrativas policiais, o suspense se constrói com bastante eficácia. É o primeiro labirinto do livro, o mais visível — é prazeroso observar o jogo de estratégia bem jogado entre os três homens, participantes de um triângulo talvez não amoroso, mas cheio de desejos. O segundo labirinto, por outro lado, é mais denso e baseado em uma pergunta que poderia ser assim formulada: há redenção possível para você, Sailor? O adiamento da resposta até as linhas finais do livro também convoca o suspense.

É difícil, em alguma medida, e apesar de seus valores horríveis, não se identificar com Sailor. Ele é em parte uma vítima, também. Do início ao fim, sua alma está em jogo. O debate ético, neste caso, é conduzido por Mac e por Pancho — por um branco protestante e por um latino católico. Os dois procuram ser a bússola moral de Sailor, chamando-o à razão e lhe mostrando que a vida pode seguir um outro rumo que não o do crime. Ambos representam a possibilidade de Sailor recomeçar, seja em Santa Fé, ou em Chicago. Mas a raiva, o ressentimento e a sede de vingança do gângster estão para além de qualquer negociação. Nós sabemos bem disso, porque, faltando poucas páginas para encerrar a leitura, Hughes nos tornou íntimos dos tormentos do protagonista, bem como de seu ódio e capacidade de violência. O fracasso ético estava anunciado: Pancho pouco suaviza Sailor; Mac acaba assassinado por quem buscava, seguindo os ditames da Lei, ajudar.

Entre luz e sombras, entre ruína e delírio, em meio ao carnaval e às lâminas que espreitam na noite, *O cavalo cor-de-rosa* alia o frio na barriga do *noir* a debates sobre raça, imigração, masculinidade e colonização, que estão ainda mais presentes nas pautas políticas dos dias atuais. Conduzindo-nos pela derrocada de um homem terrível, o livro nos ensina mais de uma lição sobre empatia. Com sua poesia-só-lâmina, Dorothy B. Hughes se revela a escritora que a literatura contemporânea do século XXI deve reler com redobrada atenção.

**Dorothy B. Hughes (1904-1993)**

Dorothy B. Hughes nasceu em Kansas City, Missouri, em 1904. Jornalista, escritora e crítica literária americana, escreveu catorze livros. Estudou na Universidade do Novo México e na Universidade Columbia. Suas obras mais famosas foram *O cavalo cor-de-rosa* (1946), *No silêncio da noite* (1975) e *The Expendable Man* (1963). Em 1951, Hughes ganhou o Edgar Award em 1978 por Outstanding Mystery Criticism, e, em 1978, o Grand Master Award pelo conjunto de sua obra da Mystery Writers of America, da qual foi uma das fundadoras. Ela morreu em 1993.

Este livro foi impresso pela Ipsis, em 2023, para
a HarperCollins Brasil. O papel do miolo é pólen
natural 70g/m², e o da capa é couchê fosco 150g/m².